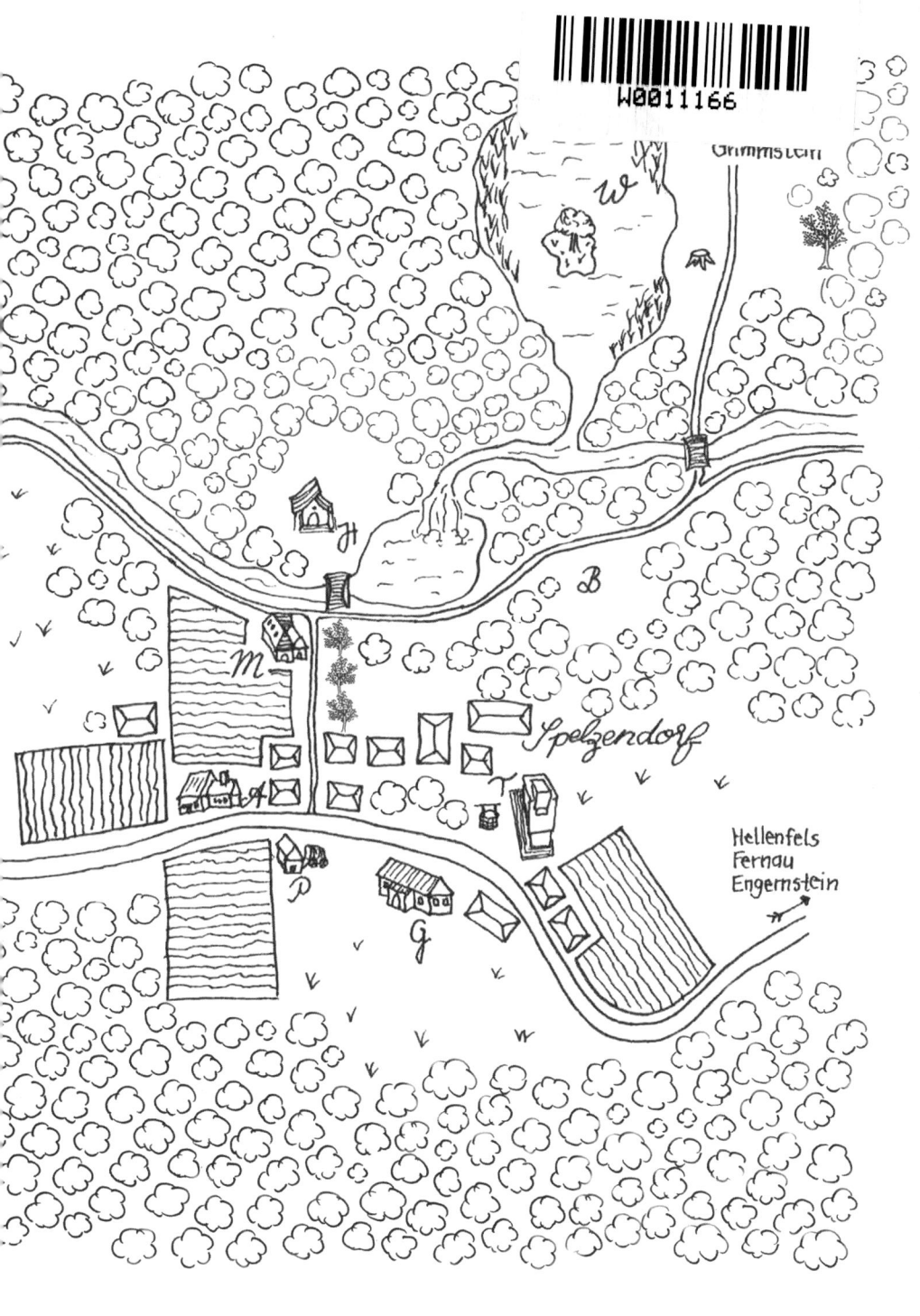

Grimmstein

W

H

B

M

Spelzendorf

A

T

P

G

Hellenfels
Fernau
Engernstein

Ruth Anne Byrne

VERBENA. Band 1

RUTH ANNE BYRNE

Verbena
HEXENJAGD

Fabulus Verlag

© 2020 Fabulus Verlag, Fellbach
www.fabulus-verlag.de

Bibliografische Information der Deutschen Nationalbibliothek: Die Deutsche Nationalbibliothek verzeichnet diese Publikation in der Deutschen Nationalbibliografie; detail-
lierte bibliografische Daten sind im Internet über http://dnb.dnb.de abrufbar.

Lektorat: Joachim Güntner

Zeichnung/Lageplan auf dem Vorsatz: Gioia Hope/Ruth Anne Byrne

Umschlaggestaltung: Fabulus Verlag in Zusammenarbeit mit
r² | röger & röttenbacher, büro für gestaltung, Leonberg

Satz und Herstellung: r² | röger & röttenbacher, büro für gestaltung, Leonberg

Druck und Bindearbeiten: CPI books GmbH, Leck

Printed in Germany

ISBN Print: 978-3-944788-87-6
ISBN E-Book: 978-3-944788-88-3

Für Gerhard,
meinen Fels in der Brandung.

PROLOG

In der Mitte des Marktplatzes stand der Scheiterhaufen, sicher drei Mann hoch, so dass die Schreie der Kreuzdorner Hexe weithin hörbar sein würden und alle – wirklich alle – sie sahen. Sie zerrte, riss an ihren Fesseln, wollte schreien, hätte da nicht das Tuch in ihrem Mund gesteckt. Verfilzte Strähnen flogen um ihren Kopf. Heilerhaare.

Ausgerechnet eine Heilerin?

Ihre Augen blitzten wild, kampfbereit – wenn sie nur irgendeine Möglichkeit gehabt hätte. Striemen und verkrustetes Blut bedeckten ihren Körper. Sie hatte wohl schon einiges erdulden müssen.

Was war nur aus den Dienern Mavanjas geworden – in so kurzer Zeit? Unter neuer Führung handelten die Hüter erbarmungslos und diese arme Frau war die Erste, die ihnen ins Netz gegangen war.

Ein Gong ertönte, ließ das Publikum verstummen. Ein hagerer Mann, noch recht jung, betrat die Bühne. Seine Nase war genauso spitz wie die Schnäbel der Krähen, die über den Türmen der Kronenburg kreisten. Korvinus von Seggensee. Der neueste Speichellecker bei den Hütern. Der feine Herr strich sich die langen Haare aus dem Gesicht, genoss den Moment der Stille, bevor er seinen Gebieter ankündigte: »Hört, hört, werte Kronenburger und andere Bürger des Rohnlandes, Eure Exzellenz Helleborus von Resede, Großmeister der Hüter und ergebener Diener der Mutter des Lebens, wird nun zu euch sprechen.« Damit trat er einen Schritt zur Seite und verbeugte sich.

Es erschien ein weiterer Mann. Seine Augen waren wach und kalt. Berechnend warf er einen Blick über die Menge. Die Lippen pikiert, sah er zu der Hexe hinüber, schmunzelte, nickte ihr wissend zu. Die beiden hatten offenbar schon einige Zeit miteinander verbracht.

Sie erstarrte bei seinem Anblick, nur um dann umso fester an ihren Fesseln zu zerren.

Seine Exzellenz setzte ein Lächeln auf, als ob er sich für den Karneval verkleidete, und begann zu sprechen: »Ihr guten Bürger! Ihr alle erzählt sie euch, die alten Schauergeschichten. Ich sage euch, sie sind wahr. Zu lange sind wir Hüter unserer Aufgabe nicht nachgekommen, haben die redlichen Menschen – wie ihr es seid – nicht gut genug vor diesem Abschaum geschützt. Ab dem heutigen Tag werden wir aufräumen! Weg mit dem Gesindel! Das verspreche ich euch.«

Er wartete auf Beifall und eine tosende Woge rollte ihm entgegen.

Die Exzellenz machte einen Schritt auf die Heilerin zu. »Diese hier ist eine Traumweberin aus dem kleinen Dorf Kreuzdorn. Dort hat sie den Leuten Träume geschickt, die sie krank machten, nur um selbst mehr zu verdienen! Nun wird sie büßen!«

Der mit der spitzen Nase hatte inzwischen eine Fackel entzündet, stand bereit, den Scheiterhaufen in Flammen zu setzen. Doch Helleborus von Resede bedeutete ihm mit nur einem Fingerzeig, dass er das selbst in die Hand nehmen wollte.

Man sah Korvinus von Seggensee an, wie ungern er verzichtete. Aber er folgte seinem Großmeister, wie ein Hund seinem Herren. Demütig ging er auf die Knie und überreichte die Fackel.

Die Exzellenz wartete, ließ den Moment wirken.

Korvinus riss den Knebel aus dem Mund der Heilerin. Sie spuckte ihn an, schrie, zeterte, verwünschte ihre Peiniger und alle rundum, die tatenlos zusahen, sie allein sterben ließen.

Die Menge schien wie gelähmt.

Dann kamen die Rufe.

»Höchste Zeit!«

»Lasst sie brennen!«

»Hexenpack!«

Die Exzellenz senkte die Fackel. Die Flammen züngelten über das Holz hinauf, sprangen von Scheit zu Scheit, loderten höher, erreichten die Spitze. Ein Heulen erklang, das nichts Menschliches mehr hatte.

DIE NACHTWANDERUNG

Alraune warf einen gehetzten Blick aus dem offenen Fenster. »Das ist alles nicht mehr so einfach wie früher ...«, murmelte sie.

So hatte ich sie noch nie erlebt. Wenn Alraune etwas nicht war, dann ängstlich.

Es war inzwischen dunkel geworden. Eine Frühlingsbrise wehte herein. Die Kerze am Tisch flackerte. Ich rieb die Arme, um keine Gänsehaut zu bekommen. »Wie meinst du das?«

»Ich weiß nicht ... Wicke sagt, wir sollten vorsichtig sein. Das macht mich nervös.«

»Wegen der Kreuzdorner Hexe?«

Alraune nickte. Sie trat zum Fenster und klappte die Läden zu.

Das war übertrieben. »Wir sind Heilerinnen, keine Hexen. Die Leute brauchen uns!«

»Natürlich brauchen sie uns. Aber sie verstehen nicht immer, wie wir ihnen helfen. Da sieht schnell einmal etwas nach einem Wunder aus.«

Ich griff nach einem meiner verfilzten Zöpfe, drehte ihn zwischen den Fingern und warf ihn hinter die Schulter. »Trotzdem, wir tun nichts Übersinnliches!«

Alraune räusperte sich. »Naja ... manchmal sind die Grenzen fließend.« Sie machte eine Pause. »Es gibt da etwas, was ich dir schon längst hätte sagen müssen.«

Endlich setzte sie sich, legte ihre knochigen Finger auf den Tisch. Ich lehnte mich nach vorn, strich mir die losen Strähnen hinter das Ohr.

Alraune sah mir in die Augen. »Es gibt Dinge, die wir Heilerinnen tun, die nicht in den Büchern stehen. Dinge, die – vor allem in letzter Zeit – größtmögliche Verschwiegenheit brauchen. Du bist jetzt alt genug.« Sie stockte erneut. »Morgen wirst du eine Drachenzahn-Essenz brauen und ich zeige dir wie.«

Was?

Hatte sie vergessen, was wir vorhatten?

»Aber morgen ist die Hochzeit!« Ich ließ mich im Stuhl nach hinten fallen. Das war wieder typisch! Jedes Mal, wenn im Dorf etwas los war – und das kam selten genug vor – war einer von Alraunes wichtigen Erntetagen. Seit Wochen hatte ich mich auf dieses Fest gefreut, auf meine Freunde, und im Besonderen auf Finn.

»Verbena ... es tut mir leid! Auf uns wartet Dringlicheres als diese Hochzeit. Die Drachenzahn-Essenz kann nur am ersten Neumond nach der Apfelblüte gebraut werden, und das ist morgen!«

Machte sie das absichtlich? Wollte sie etwa nicht, dass ich Finn wiedersah? Die meisten Mädchen im Dorf waren in ihn verschossen. Aber er hatte sein Auge ausgerechnet auf mich geworfen ... Ich konnte das noch gar nicht fassen. Nur was, wenn ich nicht auftauchte?

»Hörst du mir überhaupt zu?«, holte Alraune mich aus den Gedanken.

»Ja ... Drachenzahn-Essenz.« Davon hatte ich noch nie gehört. »Ich soll einem Drachen seinen Zahn abnehmen?« Das war nicht ihr Ernst, oder? Drachen gab es doch gar nicht.

Alraune schnaubte und schüttelte den Kopf. »Nein. Aber es wird nicht weniger gefährlich.« Ihr Blick wanderte zu den verschlossenen Fensterläden. »Pass auf!«, flüsterte sie, »ein Drachenzahn ist die Wurzel der Drachenwurz. Nur einmal im Jahr für eine Nacht steht der Drache in Blüte. Zu dieser Zeit ist die Essenz am stärksten.«

»Was soll so gefährlich daran sein, eine Wurzel zu ernten?«

»Nicht ernten ... diesen Drachen JAGT man! Das ist keine gewöhnliche Pflanze. Zumindest morgen in der Nacht nicht. Wenn du sie siehst, wirst du wissen, was ich meine.« Alraune nickte mir wissend zu. »Der Drache wird seine Wurzel unerbittlich verteidigen.«

Was sollte eine Pflanze schon machen?

»Hat er Dornen? Nesselt er?«

Alraune schüttelte den Kopf. »Wenn er dich bemerkt, speit er giftige Dämpfe ... wie ein Drache eben. Am besten schaust du es dir morgen selbst an, sonst glaubst du es mir nicht.«

Das hörte sich wirklich nicht nach einer gewöhnlichen Pflanze an. Gab es da tatsächlich mehr? Dinge, die erklärten, weshalb Leute wie die Kreuzdorner Hexe gejagt und verbrannt wurden?

»Warum hast du mir das nicht schon längst erzählt?«

»Um sich mit den magischen Dingen dieser Welt zu beschäftigen, braucht man ... sagen wir einmal ... eine gewisse Reife und vor allem Verschwiegenheit. Ich glaube, die hast du jetzt.«

Seit wann glaubte sie das? Trotzdem straffte ich die Schultern. »Wozu verwendet man diese Essenz?«

Alraune schmunzelte. »Das ist etwas Besonderes. Man nimmt damit Dinge wahr, die einem normalerweise verborgen bleiben. Ich verwende sie zum Beispiel, um in der Nacht besser sehen zu können.«

So etwas gab es?

»Du kannst sie gern probieren. Morgen!«

Ach, Finn und die Hochzeit – doch ich musste zugeben, dass ich diesen Drachen nicht verpassen wollte. »Wann in der Nacht müssen wir das machen?«

»Mitternacht.«

»Dann können wir doch vorher auf die Hochzeit!« Einen Versuch war es wert.

Sie seufzte. »Vielleicht wäre es nicht dumm, sich dort zumindest bei der Segnung blicken zu lassen. Sonst reden die Leute. Versprich mir, dass du niemandem von unserem Vorhaben erzählst!«

Na bitte! Ich nickte.

»Bis Sonnenuntergang können wir bleiben. Danach müssen wir weit gehen, um einen Drachen zu finden, und außerdem braucht die Drachenzahn-Essenz Zeit, um zu wirken.«

Mist! Die Feier am Abend war der eigentliche Grund, warum ich auf die Hochzeit wollte. Aber gut, irgendwie würde ich es schon schaffen, mich zumindest kurz mit Finn zu treffen.

Vorfreude kribbelte in meinem Bauch. Dann stockte ich. »Man braucht die Essenz, um den Drachen zu finden?«

Alraune nickte. »Sonst siehst du ihn nicht. Im Dunkeln darüber zu stolpern, wäre fatal.«

Ich schüttelte den Kopf. Das passte nicht zusammen. »Wie ist denn dann das erste Mal ein Drachenzahn gejagt worden?«

Alraune kniff die Lippen zusammen. Sie knetete ihre Finger, bevor sie antwortete. »Von jemandem wie der Kreuzdorner Hexe.«

Ausgerechnet im schönsten Moment, knapp nachdem Finn mich zum Tanzen aufgefordert hatte, wollte Alraune aufbrechen. Sich von ihm loszureißen, war nicht einfach gewesen, vor allem ohne ihm zu sagen, warum ich gehen musste. Fria hatte mich genauso gelöchert und einer besten Freundin sollte man nichts verschweigen. Aber der Wirt hatte sie glücklicherweise in die Schank gerufen und so unser Gespräch jäh beendet.

Nun stand ich in meiner Kammer und zog mich um, tauschte Sonntagskleid gegen Wandersachen. Ich fasste die Haare zu einem hohen Pferdeschwanz zusammen. Finn sagte immer, dass die verfilzten Strähnen dann von meinem Kopf wegständen wie ein Haselnussstrauch.

Was würde heute auf mich zukommen? War das mein erster Schritt auf den Scheiterhaufen?

Es würde uns in dieser Neumond-Nacht doch niemand im Wald begegnen? Oder schlimmer noch, uns gleich an die Hüter Mavanjas verpfeifen?

Ach, nein. Das ganze Dorf war ja auf der Hochzeit. Alle, nur ich nicht mehr …

Aber ich war auch neugierig. Wie würde die Drachenzahn-Essenz wirken? Was konnte man damit sehen? Und was war mit diesem Drachen? All das machte mich ganz zappelig. Ich straffte mein Lederwams und stieg die schmale Treppe in die Stube hinunter.

Alraune hockte vor den Schubladen unter der Stiege und kramte in der untersten. Zwischen diversen Tiegeln und Töpfen zog sie ein unscheinbares Tongefäß hervor. Eines, das ich vorher nie bemerkt hatte.

Sie stand auf und sah mich an. »Bist du bereit?«

»Ist das …?«

Alraune nickte.

Behutsam griff ich nach dem Gefäß und öffnete es. Darin befanden sich nur noch wenige Tropfen einer sämigen Flüssigkeit. Heraus kam ein Geruch, den ich bisher nie gerochen hatte. Er war harzig-süß wie Honig, aber auch scharf wie Meerrettich.

»Sei vorsichtig!« Alraune nahm mir den Tiegel wieder aus der Hand.

Die Nase reibend sah ich ihr zu, wie sie den Stiel eines Holzlöffels in das Gefäß tunkte.

»Du brauchst nur einen Tropfen auf deiner Zunge, nicht mehr! Wir müssen sparsam sein.« Sie hielt den Stiel über sich, ließ die Essenz in ihren Mund fallen und reichte mir den Löffel.

Einen Moment dachte ich an die Kreuzdorner Hexe. Hatte sie auch solche Dinge getan? Und war es das wert gewesen? Die Hüter hatten ihr kurzes Leben jäh am Scheiterhaufen beendet.

Aber ich war viel zu neugierig, um es bleiben zu lassen. Sollten mir die Hüter doch den Buckel runterrutschen. Heute, morgen, und erst recht dann, wenn ich alt und grau und buckelig war. Aber jetzt … jetzt musste ich das probieren!

Der süße Geschmack verteilte sich im Mund. Dann kroch die Schärfe hinterher, machte die Ohren heiß. Ich hielt mir die Nase zu, um nicht zu niesen.

»Hui«, keuchte ich, als das Kribbeln langsam nachließ, und sah mich um.

»Na, so schnell geht es nicht. Lass es wirken! Wenn wir draußen im Wald sind, wird es anfangen.« Alraune nahm ein Messer in einer Scheide von der Anrichte und hielt es mir hin. »Hänge das an deinen Gürtel! Damit wirst du den Drachen erlegen.« Sie entzündete eine Laterne und langte nach einer Schaufel. »Gehen wir?«

Ich schloss die Finger um den Griff des Messers an der Hüfte und nickte.

Wie aufregend!

All die Jahre hatte Alraune nie von solchen Dingen gesprochen und auf einmal öffnete sie mir die Tür in eine neue Welt.

Die Neumondnacht draußen war stockdunkel. Der Schein der Laterne reichte nur wenige Schritte, danach verlief sich der Weg im Finstern. Ich blinzelte in die Dunkelheit. Noch nichts.

Alraune überquerte schnellen Schrittes den Bach. Am anderen Ufer folgten wir dem Weg in den Wald.

Wo blieben sie, die ersten Anzeichen dieser anderen Wahrnehmung?

Wir waren einige Zeit dem Lauf des Bachs gefolgt. Kurz nach dem Waldsee war Alraune abgebogen. Nun stiegen wir den Hang des Grimmsteins hinauf. Meine Beine wurden langsam müde. War es noch weit?

Ich sah mich um. Immer noch nichts Außergewöhnliches. »Wirkt es bei dir schon?«

»Nein, aber bald ...«

Der Pfad war nicht mehr so steil, der Wald lichter als im Tal. Wir hatten eine Hochebene erreicht.

Alraune setzte sich auf einen moosüberwachsenen Felsen.

»Hier machen wir Pause. Du musst ausgeruht sein, bevor du dich dem Drachen stellst.«

Wie gefährlich konnte das schon sein? Es war doch nur eine Pflanze. Aber eine Pause war mir trotzdem recht. Neben Alraune ließ ich mich auf den Moosteppich fallen. Ich streckte die Beine aus und legte mich rücklings auf den Stein, starrte in die Finsternis.

Moment ...

So dunkel war es hier nicht mehr.

Verdutzt setzte ich mich wieder auf, betrachtete den Baumstamm direkt vor mir. Er flimmerte. Nein. Ich sah ihn genauer an. In ihm flimmerte es. Schimmernde Bahnen wanderten auf und ab, brachten ihn zum Leuchten. Der Schein wurde immer stärker. Nicht nur in diesem einen Stamm. In allen Bäumen rund um mich herum. Ich drehte mich, sah hinauf in die Baumkronen, sah jede kleine Verästelung leuchten. Dort war ein Vogelnest. Vier winzige Körper schimmerten, zugedeckt vom Flügel der Mutter. Weiter drüben schlief ein Eichhörnchen. Ich sah, wie sein Herz pulsierte, schimmernde Bahnen durch seinen Körper pumpte.

»Man sieht das Leben fließen. Schön, nicht?«, flüsterte Alraune.

Ich wandte mich zu ihr, konnte nicht glauben, was ich sah. Mit großen Augen starrte ich Alraune an, nicht in der Lage auszuatmen. Ihre Haut strahlte und in ihrem Körper sah ich die gleichen schimmernden Bahnen. Sie leuchteten durch ihre Kleidung hindurch.

Leicht beschämt sah ich weg, hob stattdessen die Hände, drehte sie. »Ich leuchte auch ...« Mein Licht war viel stärker als Alraunes.

Sie lächelte. »Manchmal, wenn ich nicht weiß, woran ein Kranker leidet, dann verwende ich die Drachenzahn-Essenz. So sehe ich, wo das Problem liegt ...« Sie zeigte auf einen ihrer knorrigen Finger. »Schau! Bei meinen entzündeten Gelenken staut sich der Fluss.«

»Warum hast du mir das nicht schon längst gezeigt?« Bei vielen

Kranken hatte ich beim besten Willen nicht gewusst, was ihnen fehlte.

»Weil du dich, auch ohne Hilfsmittel, so gut wie möglich auskennen musst! Die Drachenzahn-Essenz ist keine Selbstverständlichkeit. Es gibt so wenig davon, dass wir sie nur im Notfall verwenden dürfen. Außerdem muss immer ein Tropfen übrigbleiben, um im darauffolgenden Jahr den nächsten Drachen zu jagen.« Alraune blies die Flamme in der Laterne aus. »Die brauchen wir nicht mehr. Komm, es ist Zeit!«

Sie stand auf, stapfte querfeldein durch den Wald. Einige Zeit wanderten wir schweigend hintereinander her. Ich konnte mich nicht sattsehen an den schimmernden Baumstämmen um mich herum.

Unvermittelt blieb Alraune stehen. Sie streckte ihren Arm nach hinten, um mich aufzuhalten.

»Dort vorn!«, hauchte sie.

Mein Blick folgte ihrem ausgestreckten Finger. Am Boden zwischen den Bäumen, mindestens zehn Schritte entfernt, leuchtete etwas viel heller als all das andere Leben um uns herum. Es war kniehoch, wenn überhaupt.

»Beängstigend sieht die Drachenwurz nicht gerade aus.«

»Psst!«, zischte Alraune. Sie wandte sich zu mir um. Ihr sonst so gütiger Blick war eindringlich. »Verbena, glaub mir, dieser Drache ist gefährlich! Wenn er dich bemerkt, bevor du ihn erlegt hast, umhüllt er dich mit einer Wolke von giftigen Dämpfen, aus der du nicht mehr entkommst.«

»Und dorthin schickst du mich?«

»Beide gehen können wir nicht. Das wäre nicht weise.«

Einige Zeit starrten wir zu der Pflanze hinüber, dann fuhr Alraune fort: »Der Drache wird von Fledermäusen bestäubt. Nur sie lässt er an sich heran. Du musst dich vorsichtig anschleichen. Er darf dich auf keinen Fall bemerken! Wenn du nahe genug bist, stichst du mit deinem Messer dorthin, wo der Spross aus dem Boden wächst.«

Sie nahm mich bei der Schulter und schob mich leicht voran. »Viel Glück! Du schaffst das!«

Ich schluckte. War das ihr Ernst?

Das Messer in der Hand, setzte ich vorsichtig einen Fuß vor den anderen. Mich fröstelte. Wenn ich nur Finn von alledem hätte erzählen dürfen. Mit seinem Bogen hätte er den Drachen abschießen können. Finn traf alles. Dann wäre das hier schnell erledigt gewesen.

Ich kniff die Augen zusammen und betrachtete den Drachen. Diese Pflanze sah tatsächlich wie einer aus! Zwei große gezackte Kelchblätter standen wie Flügel seitlich ab. Ein Drittes hing lose nach hinten, sah aus wie ein Schweif. Die Kronblätter vorn formten ein Maul, groß genug, um eine Fledermaus zu verschlingen.

Unter meinem Fuß knackte ein Ast.

Das helle Leuchten vor mir fing an, sich zu bewegen. Die Flügel schlugen, drehten die Blüte am Stängel hin und her. So, als ob der Drache sich umsehen würde. Versteinert blieb ich stehen, sog Luft ein.

»Leise!«, mahnte Alraune von hinten.

Das Maul des Drachen wandte sich in meine Richtung.

Hatte er mich wahrgenommen? Behutsam drehte ich mich um.

Alraune warf mir einen Sag-ich-doch-Blick zu und legte den Zeigefinger auf ihre Lippen.

Sie hatte nicht übertrieben! Ich musste mich in Acht nehmen. Ein Schauer kroch meinen Rücken entlang. Hoffentlich beruhigte der Drache sich wieder.

Da hörte ich ein Rascheln.

Meine Nackenhaare stellten sich auf.

Es war nicht Alraune. Es kam aus der anderen Richtung.

Ein Fuchs?

Ein Wildschwein?

Ein Bär?

Ich suchte das Gebüsch ab.

Es knackte noch einmal und heraus trat ein Reh.

Erleichtert atmete ich aus.

Es wandte seinen Kopf in meine Richtung, sah mich, machte einen Satz und landete direkt neben dem Drachen.

Ein Grollen ... oder bildete ich mir das nur ein?

Der Drache richtete sein Maul nach oben.

Mutter des Lebens! Sah das Reh die Gefahr nicht?

»NEIN!«, schrie ich.

Der Drache spuckte eine glitzernde Wolke aus.

Das Reh bäumte sich auf, sprang zur Seite, stolperte. Seine Beine gaben nach. Es brach zusammen.

Ich stand reglos da, fasste nicht, was passiert war. Lebte das Reh noch? Ich konnte nicht einmal hinlaufen und nachsehen.

Der Wind trug die glitzernde Wolke davon.

Nun stand der Drache wieder ruhig.

Das war nichts für mich. Ich ging zwei Schritte zurück, wandte mich zu Alraune um.

Diese bedeutete mir zu warten, ihre Lippen formten die Worte: »Du schaffst das.«

Die Alte war verrückt! Wer brauchte schon einen Scheiterhaufen, wenn man gleich hier sterben konnte?

Aber die Drachenzahn-Essenz, dieser mächtige Wirkstoff! All die Dinge, die man damit machen konnte! Er schlummerte dort vorn im Boden. Wenn ich den Drachen heute nicht bezwang, ging das frühestens in einem Jahr wieder. Alraune hatte die Härte, unverrichteter Dinge nach Hause zurückzukehren, nur um mir eine Lehre zu erteilen. Das wusste ich.

Mein Blick fiel auf das Reh. Sein Licht war schwächer, das schimmernde Pulsieren langsamer. Es brauchte Hilfe.

Wenn, dann musste ich mich beeilen!

Ich sammelte mich.

Sollte ich es wagen?

Meine Hand zitterte. Ich legte die Finger fester um den Griff des Messers. Bedächtig schob ich ein Bein vor das andere, wartete, machte einen weiteren Schritt. Zwei Meter noch.

Mein Herz pochte. Hoffentlich hörte der Drache das nicht! Vorsichtig hob ich den Fuß über eine Wurzel.

Fast da.

Das Reh zuckte.

Der Drache begann wieder mit seinen Flügeln zu schlagen, grollte.

Mavanja, steh mir bei!

Hüllte er mich gleich ein, erstickte mich in seiner glitzernden Wolke des Todes?

Ich musste jetzt handeln, sofort!

Schnell stieß ich mich ab, streckte mich, warf mich mit erhobenem Messer auf den Drachen.

Die Klinge bohrte sich tief in die Wurzel, durchschnitt den Spross. Die Blüte fiel zu Boden.

Ihr Licht erlosch.

Ich hob den Kopf, stieß Luft aus, stemmte mich hoch und ließ mich nach hinten gegen einen Baumstamm fallen.

Mein Herz raste.

Alraune hockte schon bei dem Reh. »Es atmet, hat nicht die volle Ladung abbekommen. Es wird sich erholen!«

Ich nickte erleichtert.

Sie hielt mir die Schaufel hin. »Möchtest du deinen Schatz ausgraben?«

Ich lachte erleichtert. Geschafft!

Langsam rappelte ich mich auf, langte nach der Schaufel. Das Messer steckte noch in der Wurzel. Ich zog es heraus und wischte es ab. Meine Knie waren weich, aber ich fand die Kraft, den Spaten in den Boden zu rammen.

Wie klein die Wurzel war. Sie sah tatsächlich aus wie ein Zahn. Oben war eine Knolle, die sich nach unten hin in zwei Rüben verjüngte. Ich wischte die Erde ab und reichte sie Alraune.

Sie legte sie in eine kleine Schatulle und steckte sie in ihre Tasche. »Gut gemacht! Ich hätte nicht so schnell gehandelt.« Alraune entzündete wieder die Laterne. Sie hängte sich bei mir ein und zog mich durch den Wald hinunter ins Tal.

Das Leuchten war inzwischen weniger geworden. Die Wanderung zurück kam mir wesentlich länger vor. Ich bemühte mich redlich, auf den Weg zu achten, aber meine Beine spielten nicht mit. Ständig verhakten sich die Füße an Wurzeln.

»Was ist los mit mir?« Fröstelnd schlang ich die Arme um meinen Körper. »Ist das wegen der Drachenzahn-Essenz?«

Alraune nickte. »Wenn ihre Wirkung abklingt, macht sie unendlich müde.« Ihre Stimme hatte auch nicht die gewohnte Kraft. »Aber reiß dich zusammen. Die Wurzel muss jetzt verarbeitet werden.«

»Was? Ich kann kaum die Augen offenhalten.«

Endlich sah ich das Haus, stolperte über die kleine Brücke und am Kräutergarten vorbei. Die Stube empfing mich mit wohliger Wärme. Ich sah zur Ofenbank und konnte an nichts anderes denken, als mich dort einzurollen.

»Wie würdest du die Essenz aus dieser Wurzel haltbar machen?«

Ernsthaft? Mitten in der Nacht kamen Prüfungsfragen?? Ich rieb mir die Augen. »Können wir das nicht morgen machen?«

»Die Essenz ist nur zu Neumond so stark – habe ich doch gesagt. Das muss auf jeden Fall jetzt passieren. Und so etwas solltest du sowieso im Schlaf wissen!«

Ich legte die Hand vor den Mund, um ein weiteres Gähnen zu verbergen. »Ölauszug?«

»Ja. Kalt oder warm?«

Kalt, hoffte ich inständig. Aber ich wusste, dass das nicht stimmte. »Warm. Weil in Wurzeln Wasser gespeichert ist und das abdampfen muss, um die Essenz haltbarer zu machen.«

»Sehr gut! An die Arbeit! Ausziehen musst du es jetzt, filtern kannst du morgen. Gute Nacht, ich gehe ins Bett.«

Ich sah ihr nach, wie sie nach draußen zum Abort verschwand, ballte die Fäuste. Danke aber auch!, hätte ich ihr am liebsten hinterhergerufen. Konnte sie mich nicht endlich gleichwertig behandeln?

Immerhin weckte mich der Ärger kurz wieder auf. Seufzend holte ich Wasser vom Brunnen. In der Küche entzündete ich einige Kerzen und hängte den Kessel über die Feuerstelle. Sobald das Feuer knisterte, schabte ich hauchdünne Scheiben von der Wurzel.

Mein Kopf war schwer. Ich legte das Messer beiseite, stützte mich an der Ablage auf. Ich konnte die Lider kaum noch offenhalten.

»Nein! Ich muss das fertigmachen.« Schon allein deswegen, weil ich die Drachenzahn-Essenz noch öfter ausprobieren wollte. Ich schüttelte mich, um das bleierne Gefühl in den Gliedern loszuwerden, und griff wieder zum Messer.

Endlich war alles zerkleinert. Die Schnipsel lagen in einem kleinen Gefäß und waren mit Öl übergossen. Jetzt kam der schwierigste Teil – wach zu bleiben, während sich das Ganze im Wasserbad erwärmte.

Ich lehnte mich an die Ablage, verschränkte die Arme. Mir wurde schwarz vor Augen.

»Muss mich beschäftigen ...« Mein Blick wanderte durch die Küche und blieb an dem schmutzigen Topf vom Abendessen hängen. Konnte diese Nacht noch grausamer sein?

Ich nahm Asche und Wasser und begann zu scheuern.

Endlich war der Auszug fertig und obendrein der Topf sauber. Im Dunkeln tastete ich die Stiege entlang nach oben und ließ mich ins Bett fallen.

ᐁAS TIER IN MIR

Ich rannte einen Ast entlang. Einen Ast!? Hoch oben in einem Baum? Wie kam ich da hinauf? Ich würde doch nie so weit klettern. Was, wenn der Ast gleich brach und ich in die Tiefe stürzte? Ich wollte hinunterschauen. Aber es ging nicht. Meine Augen waren geradeaus gerichtet. Warum hatte ich keine Kontrolle über meinen Körper? Ich fühlte nach den gewohnten Konturen, doch ich fand sie nicht. Stattdessen lief ich mit kleinen Tatzen kopfüber einen Stamm hinunter.

Was für ein seltsamer Traum, dachte ich im Halbschlaf.

Ich wäre gerne stehen geblieben, um diesen Körper zu erkunden. Doch er folgte meinem Willen nicht. Er lief den Waldboden entlang.

Ich bin in einem Tier. Nur in welchem? Einem Eichhörnchen?

Neugierig öffnete ich die Sinne. Es war dunkel. Aber das störte nicht. Die Gerüche um mich herum zeichneten die Umgebung. Hier roch es nach Pilzen, dort nach Moos. Und der wesentlichste Geruch von allen zog sich wie ein warmes Band durch den Wald. Er verströmte Geborgenheit und es war das Wichtigste überhaupt, diesem Duft zu folgen.

Die kleine Nase schnupperte nach der Fährte. Dort ging es entlang. Links am Baum vorbei und unter dem Busch hindurch. Vor den Augen des Tiers eröffnete sich eine Lichtung. Hinter den Wipfeln der Bäume machten sich die ersten Zeichen des Morgens bemerkbar.

Dieser Ort! Er kam mir bekannt vor. Im Sommer pflückten Alraune und ich hier Brombeeren.

Im kargen Licht der Dämmerung flitzte in einiger Entfernung ein Schatten vorbei. Was war das? Ein weiteres Tier? Ich hätte es aus sicherem Versteck beobachtet. Doch mein kleiner Körper rannte munter darauf zu. Ein warmes Gefühl breitete sich in der Brust aus, eines das eben diese Geborgenheit und Sehnsucht nach Nähe verströmte.

Da schlich sich noch ein anderer Geruch in die Nase. Ich fühlte, wie im Maul das Wasser zusammenlief. Die Schnauze wühlte zwischen den Blättern am Boden. Der Kehlkopf brummte vor Verlangen.

Gefunden!

Bevor ich die Gelegenheit hatte zu sehen, was das Tier aufgespürt hatte, biss es herzhaft hinein. In eine Schnecke!

Wäh! Ich wand mich im Bett.

Das Tier schmatzte genüsslich.

Kein Eichhörnchen.

Ein Laut ließ das Tier die Ohren spitzen. Sein Lauschen war mein Lauschen. Die Fährte, die Geborgenheit, sie rief! Schnell huschten wir über die Lichtung, krochen unter einen Brombeerstrauch. Dort wartete ein Marder, etwas größer als das Tier, in dessen Körper ich mich befand. Meine Nase schnupperte an seinem Gesicht, rieb sich an ihm. Sie steuerte weiter zum Bauch, vergrub sich im weichen Fell, suchte nach Zitzen.

Wie lieb, ich war ein Marderkind!

Doch das Muttertier entzog sich. Es drehte sich weg und schlich voran durch das Gebüsch.

Der kleine Marder fiepte, folgte der Mutter.

Ich verstand seine Enttäuschung.

Abrupt blieb die Marderin stehen. Sie setzte nicht einmal ihr Vorderbein ab. Auf leisen Tatzen duckte der Marder sich unter einem Zweig hindurch, schmiegte sich an sie.

Eine Maus! Dort vorn auf der Lichtung.

Ich spürte wieder sein Verlangen. Er wollte loslaufen, auf die Beute springen, zubeißen. Doch die Haltung des Muttertiers gebot Einhalt. Was für eine Prüfung es für ihn war, ruhig zu stehen, wenn doch dort vorn so ein Leckerbissen wartete.

Die Maus kam näher.

Geduld!, dachte ich, gleich war sie nahe genug.

Die Muskeln in den Hinterläufen der Mutter neben mir zuckten. In hohem Bogen flog sie auf die Beute und biss zu.

Im gleichen Moment sah ich etwas aus dem Augenwinkel. Ich wollte hinaufschauen. Der Blick des kleinen Marders blieb auf die Maus gerichtet.

Schau nach oben!, flehte ich.

Endlich hob sich auch sein Kopf.

Ein Uhu! Lautlos. Im Landeanflug. Seine Krallen ausgestreckt, bereit, die Maus zu greifen. Doch die Fänge packten die Mutter. Der Körper des kleinen Marders erstarrte.

Nein!

Fassungslos betrachtete ich das Geschehen.

Die Marderin wand sich, fauchte, versuchte sich zu befreien. Der Vogel hielt sie mit eisernem Griff. Sie quiekte, ein letztes Mal.

Der kleine Marder sprang aus dem Gebüsch, fletschte die Zähne. Ein tiefes Grollen bahnte sich den Weg aus seinem Brustkorb.

Für einen Moment sah ich in die riesigen gelben Augen des Uhus. Dann spürte ich den Wind seiner Schwingen. Er hob ab, trug den schlaffen Körper der Mutter mit sich. Die Maus fiel zu Boden. Tot.

Ich schrie, fand mich im Bett sitzend wieder. Die Ruhe meiner kleinen Kammer kam mir unwirklich vor. Ich rieb mir die Augen, atmete keuchend.

»Alles in Ordnung da oben?«, hörte ich Alraunes Stimme aus der Stube.

Nein, in Ordnung war gerade gar nichts. Mein Herz schlug immer noch viel zu schnell. Ich rappelte mich auf und torkelte die schmale Holztreppe hinunter.

Alraune saß in der Stube. Sie nahm die Teekanne und schenkte mir eine Tasse ein.

Ich ließ mich auf die Ofenbank fallen, sank nach vorn auf den Tisch und versteckte den Kopf zwischen den Armen.

»Schlecht geträumt?«, fragte Alraune.

Ich nickte in die Armbeuge hinein.

Alraune sagte nichts.

Ich hob den Kopf.

Sie sah mich erwartungsvoll an. »Möchtest du mir davon erzählen?«

»Ich ...«, begann ich. Mir fehlten die Worte. »Der Marder ... seine Mutter ist tot«, schluchzte ich.

Alraune erhob sich und setzte sich neben mich. Sie legte ihren Arm um mich. »Du hast von einem Marder geträumt?«

Kopfschüttelnd sah ich zum Fenster hinaus. »Ich ... war der Marder ... nein, im Marder. Weiß nicht genau.«

»Aber es war doch nur ein Traum.«

Da war ich mir nicht so sicher. Ich wischte mir die Tränen aus den Augen. »Das hat sich so echt angefühlt ... auf der Brombeerlichtung!« Mit einem Satz sprang ich auf. »Ich muss nachsehen gehen.«

»Verbena, das Filtern!«

»Muss das vorher wissen!« Plötzlich war mir klar, was ich zu tun hatte. Den Kleinen finden und für ihn da sein. So wie Freunde das eben für einander taten. Da war eine Verbindung, immer noch. Ich warf mir den Mantel um und rannte hinaus. Alles, bevor Alraune Zeit hatte zu protestieren.

Der Tag war inzwischen angebrochen. Dem Weg den Bach entlang folgend, lief ich in den Wald hinein. Der Morgennebel über dem Wasser machte noch keine Anstalten, sich zu verziehen. Am Rande der Lichtung blieb ich stehen. Nur nicht bedrohlich wirken. Mit bedächtigen Schritten folgte ich dem Weg, der quer durch die Brombeersträucher führte und sah mich um.

Hier! Das musste die Stelle sein.

Mein Herz setzte einen Schlag aus. Der leblose Körper der Maus! Er lag genau dort, wo ich ihn fallen gesehen hatte. Es war also wirklich passiert! Ich hatte Dinge geträumt, die sich tatsächlich ereignet hatten. Unglaublich!

Der Kleine, er steckte in dem Dickicht aus Brombeeren. Zwischen den schon ausgetriebenen Frühlingsblättern war er nicht zu sehen. Wie sollte ich ihn da finden? Einfach durch die Stacheln zu klettern und ihn damit zu verschrecken war keine Lösung. Gab es eine Möglichkeit, ihn zu mir zu locken? Konnte ich die Verbindung zu ihm stärken?

Bedächtig setzte ich mich auf den Weg und schloss die Augen, suchte nach dem Ort in mir, wo er war, der kleine Marder. Tief in meinem Herzen. Ich erinnerte mich an das wohlige Gefühl, an die Fährte der Geborgenheit, stellte mir das warme Band vor, begann es zu flechten zwischen dem Kleinen und mir selbst.

Ich spürte ihn. Er kauerte in einem Erdloch.

Komm Kleiner, komm zu mir!, schickte ich ihm zu.

Es knackte. Aufgeregt öffnete ich die Augen, suchte das Gebüsch ab.

Bei den Malvenpflanzen weiter vorn am Wegrand raschelte es. Eine braune Nase erschien zwischen den violetten Blüten. Sie schnüffelte nach der Fährte. Ihr folgten schwarze Knopfaugen.

»Malve. So werde ich dich nennen.« Ich streckte die Arme aus, hieß ihn willkommen.

Mit einem Satz sprang er auf den Weg hinaus, nach einem weiteren kroch er in einen Ärmel meines Mantels. Das kitzelte und ich gluckste vor Glück.

Er zitterte, dann schmiegte er sich an meinen Arm. Ich legte die Wange an den Stoff, spürte seine Wärme. »Alles ist gut, jetzt bin ich für dich da.«

Schönen dank

Was würde Alraune sagen?

Sie arbeitete im Kräuterbeet. Als ich über die kleine Brücke zum Haus hinüber kam, legte sie die Harke ins Gras und stand auf.

Ich winkte ihr mitzukommen, setzte mich auf die Bank vor dem Haus. Dann öffnete ich meinen Mantel und hob den Arm, so dass man in die Armbeuge sah. Dort steckte ein kleiner Kopf. Müde hob sich ein Augenlid.

»Ein Baummarder ...« Alraune setzte sich neben mich, ließ die erdigen Hände in den Schoß fallen. Eine Weile betrachtete sie das Tier. »Das war also mehr als nur ein Traum.«

Nickend strich ich Malve über die Stirn, fühlte seine Wärme durch das Fell und in mir. Das Band war gewoben, die Verbindung solide.

»Eieiei, Verbena! Habe mich schon gefragt, ob du ...« Alraune beugte sich vor. Schmallippig begutachtete sie mich. »Naja, vielleicht ist es nur die Nachwirkung der Drachenzahn-Essenz. Hoffen wir's!«

Wovon sprach sie?

Schon wieder war da dieser Blick, suchend, ob jemand lauschen könnte. Flüsternd fuhr sie fort:»Was machen wir jetzt mit dir? Das darfst du auf keinen Fall herumerzählen! Was, wenn du eine von den Begabten bist? Das ist ein Fluch!«

Bestürzt schloss ich den Mantel, legte den Arm schützend um das kleine Tier. »Meinst du wie die Kreuzdorner Hexe?«

Sie nickte, presste die Lippen aufeinander, bevor sie antwortete. »Solche Begabungen gibt es verschiedenste – Hellsicht, Gedankenlesen, weiß der Kuckuck, was alles.« Sie deutete auf den Marder. »Offenbar hast du auch eine. Was das genau bedeutet, musst du erst herausfinden.«

Im Dorf erzählten sie sich allerlei Schauermärchen über »die Begabten«. »Der Marionettenspieler, die Frau, die anderen das Leben entzog ...« Mir wurde schummrig.

Alraune packte mich, sah mir tief in die Augen. »Verbena, das sind nicht bloß Geschichten! Solche Leute gibt es. Die Hüter wurden ursprünglich gegründet, um uns vor ihnen zu schützen.«

»Aber ... ich will doch niemandem etwas Böses!«

»Ich weiß.« Sie legte mir den Arm um die Schulter. »Viele Begabte hätten gern ein normales Leben. Sie werden nicht mitgerissen von der Macht, die sie mit ihrem Talent in die Wiege gelegt bekommen haben. Nur machen die Hüter da inzwischen keinen Unterschied mehr!«

Mutter des Lebens! War ich die nächste Kreuzdorner Hexe?

»Hast ... hast du so ein Talent?«

Alraune schüttelte den Kopf. »Mavanja sei Dank, nein! Heilfroh bin ich darüber.«

»Kennst du andere Leute ...?«

»Darüber spricht man nicht!« Doch dann schmunzelte sie. »Von einer weiß ich es aber, und ich sage es dir, weil sie schon tot ist. Die alte Seggenseerin, die hatte auch ein Tier. Einen Ziegenbock! Der hat sie überall hinbegleitet. Dem Roderik war seine Mutter immer peinlich!«

»Roderik von Seggensee? Der Baron?«

»Genau der!«, kicherte Alraune. Dann fasste sie sich wieder, sah mich ernst an. »Was machen wir jetzt mit dir?« Sie schnalzte mit der Zunge und überlegte. »Wenn dich jemand fragt, sagst du, dass du den Marder als verletztes Jungtier gefunden hast. Du hast ihn gesund gepflegt und jetzt ist er zahm. Aber Verbena, niemals – hörst du! – niemals darfst du erzählen, dass du eine Verbindung zu diesem Tier hast! Nicht einmal Fria – vor allem der nicht! Die Ohren der Hüter sind überall.«

Die Arme um meinen Körper geschlungen, nickte ich.

»Ach, und übrigens ...« Alraune klopfte mir auf die Schulter. »Bei Gelegenheit kannst du dich bei Alvar bedanken!«

»Bei wem?«

Wer war das? Und wofür bedanken? Bedanken war das Letzte, was ich wollte, nach all dem, was Alraune mir soeben gesagt hatte.

»Das erzähle ich dir, sobald du die Essenz gefiltert hast!«

Wirklich? War das notwendig, mich jetzt auch noch auf die Folter zu spannen?

Seufzend erhob ich mich. Alraune war bisher erstaunlich geduldig gewesen. Die Drachenzahn-Essenz hätte schon längst verarbeitet werden müssen.

Mein Magen knurrte, als ich durch die Stube ging. An ein Frühstück war jetzt nicht zu denken. Nicht, bevor die Pflicht erfüllt war.

Vorsichtig schlüpfte ich aus dem Mantel, legte den darin schlafenden Marder sanft auf die Ofenbank. Einen Moment verweilte ich. War es mein Todesurteil, wenn ich mich entschied, ihn zu behalten? Doch ich spürte die Wärme in meiner Brust, das Band, die Verbindung. Ein gutes Gefühl. Eines, das ich nicht missen wollte.

»Fertig!«, rief ich durch die Tür in den Garten hinaus. In meiner Hand war ein kleines Tongefäß, das etwa fingerbreit mit dem sämigen Öl gefüllt war. Ich freute mich schon auf jeden einzelnen Tropfen davon.

Alraune kam herein, wischte ihre schmutzigen Hände an der Schürze ab. Sie begutachtete den Inhalt des Tiegels. »Gut!« Sie nahm ihn mir aus der Hand, um ihn in einer der Laden unter der Stiege verschwinden zu lassen. Kritisch musterte sie mich von oben bis unten. »Wie läufst du denn immer noch herum? Geh dich anziehen.«

Was für ein Tag! Bislang hatte ich nicht einmal Zeit gehabt, mich frisch zu machen, und mein Magen knurrte wie der große Jagdhund des Barons. Schnell lief ich hinauf in meine Kammer.

Als ich in die Stube zurückkam, war es seltsam finster. Die Fensterläden waren geschlossen. Alraune zog die Tür ins Schloss. Wo war die Frühlingssonne, die sonst das Haus durch alle offenen Fenster und Türen erhellte?

Alraune entzündete eine Kerze am Tisch.

Immerhin fand ich eine Tasse Tee, Brot und Käse an meinem Platz.

»Setz dich!«

Ich rutschte auf die Ofenbank, griff zum Brot, wagte aber nicht abzubeißen. Was war jetzt schon wieder los?

Alraune hatte sich auf einem der Stühle niedergelassen, lehnte sich nach vorn. Sie suchte meinen Blick in der Dunkelheit, flüsterte: »Ich weiß nicht viel von diesen Dingen. Aber das, was ich weiß, will ich dir erzählen. Du bist ja jetzt eine von denen.«

Eine von den Aussätzigen? Gebrandmarkt auf Lebenszeit? Auserkoren für den Scheiterhaufen? Ich schluckte.

»Als ich klein war, hatte Mavanja, die Mutter des Lebens, viele Kinder. Erst später verboten die Hüter den Glauben an manche der Geister.« Alraune schüttelte nachdenklich den Kopf. »Erstaunlich, wie schnell es geht, dass man sich an die Verbotenen nicht mehr erinnert. Wie sie einfach aus unserem Leben verschwinden. Die Jungen lernen sie erst gar nicht kennen. So wie du. Ich sage dir, es wird noch so weit kommen, dass die Hüter alle Geister verbieten. Dann wäre die Mutter des Lebens allein, ohne ihre Kinder. Und das ist es, was die eigentlich wollen. Da bin ich mir sicher.«

»Aber Escha ... wie würden wir ohne die Kraft Eschas heilen?«

»Eben! Wir brauchen den Geist der Heilung. Und du brauchst jetzt noch jemanden. Einen Geist, der schon lange in Vergessenheit geraten ist ...«

Waren da Schritte vor dem Haus?

Alraune verstummte. Sie wandte den Kopf zur Tür, grummelte. Es klopfte.

»Hallo!? Seid ihr zu Hause?« Finns Stimme?

Mein Herz machte einen Sprung. Ich lief zur Tür. Das Sonnenlicht draußen blendete mich, aber ich erkannte seinen Rotschopf.

Finn war außer Atem. Er wischte die Hände an der Hose ab. Sie waren schmutzig. Rotbraun. War das Blut?

»Meine Güte, ist dir etwas passiert?«

»Hederich schickt mich, ist Alraune da?«, keuchte er.

Ihr Stuhl kratzte über den Boden, als sie aufstand.

»Was ist los?«, fragte ich eindringlicher, streckte die Hand nach ihm aus.

Alraune stellte sich zu mir in den Türrahmen.

»Wir haben auf der Jagd einen Verletzten gefunden. Auf der Landstraße hinter Seggensee. Sieht nicht gut aus ...« Er sah zu seinen blutigen Händen. »Die anderen bringen ihn. Hederich sagt, ihr müsst alles vorbereiten!«

Er deutete in Richtung des Weihers. »Muss mich waschen.« Kurz sah er mich an. Beinahe unmerklich wanderten seine Mundwinkel nach oben, blitzten seine Augen. Dann zog er den Langbogen über den Kopf, legte ihn und den Köcher auf der Bank vor dem Haus ab, und lief zum Weiher.

Alraune fasste sich. »Du kochst Wasser und reinigst das Werkzeug und ich richte die Heilerei her.« Sie verschwand in dem Anbau zu unserem Haus.

Ich nickte, sah Finn hinterher. Vom Brunnen holte ich einen Eimer Wasser. Die Glut im Ofen gloste noch. Mit ein paar neuen Holzscheiten fing das Feuer wieder zu brennen an.

Als ich die Stube durchquerte, um das Werkzeug aus der Heilerei zu holen, erschien Finn in der Tür. Ich bedeutete ihm, leise zu sein.

Er grinste und schlich zu mir, legte seinen Arm um meine Taille und schob mich zurück in die Küche.

Ich kicherte.

»Verbena! Das Werkzeug ...« Alraunes Stimme klang ungeduldig.

Wir ließen voneinander ab.

Er strich mir eine Strähne aus dem Gesicht und deutete mit einer Kopfbewegung hinaus.

»Komme sofort!«, rief ich Alraune zu.

Sie breitete ein starkes Leintuch über den großen Tisch. Auf der Kredenz lagen schon Tücher, Verbände und allerlei andere Dinge bereit.

Ich nahm die Schatulle mit dem Werkzeug. In der Küche fand ich Finn am Küchentresen lehnend. Er biss gerade von meinem Käse ab.

»Hey, du Käseklauer! Das war mein Frühstück.«

»Meines auch!«, schmatzte er. »Iss lieber jetzt noch etwas.« Er steckte mir das letzte Stück in den Mund. »Wenn Hederich den Verletzten bringt, werdet ihr lange beschäftigt sein.«

»So schlimm?«

Finn nickte. »Bin mir nicht sicher, ob der durchkommt. Er lag im Straßengraben. Sieht nach Raubüberfall aus. Von diesem Teil seines Gesichts ...«, er zeigte auf die eigene Nasen- und Augenpartie, »... ist nichts mehr übrig.«

»Bei Escha.« Ich legte das Stück Brot, von dem ich gerade hatte abbeißen wollen, zur Seite. Stattdessen öffnete ich die Schatulle und nahm Nadeln, Messer, Spatel, Scheren und Pinzetten heraus. Diese schichtete ich in den Topf mit Wasser am Feuer.

Ich drehte mich zu Finn.

Er hob mein Kinn mit dem Finger, sah mir in die Augen, beugte sich zu mir herunter.

»Sie kommen!«, rief Alraune draußen.

»Pfff...« Finn verdrehte die Augen. »Sehen wir uns beim Sautrogrennen?«

»Auf jeden Fall! Spätestens.« Das war in vier Tagen. Hoffentlich hatte Alraune nicht schon wieder andere Pläne.

Escha sei mit ihm

Vier Männer hoben den schlaffen Körper von einer Bahre auf den Tisch. Es roch nach Wald, Schweiß und Blut. Mein Magen zog sich zusammen. Er war zu leer für solche Gerüche.

»Bei Escha!« Der Kopf des Verletzten ...

Finn hatte recht gehabt. Da war kein Gesicht, nur dunkelrote Krusten.

Ich taumelte nach hinten, stützte mich an die Kante der Kredenz. Die Heilerei drehte sich.

»Mädchen, reiß dich zusammen!«, hörte ich Hederichs Stimme. Eine Pranke von einer Hand griff nach mir, stützte mich. »Kein schöner Anblick, ich weiß.«

Ich starrte in die freundlichen Augen des großen Mannes. Im Hintergrund hörte ich die anderen Jäger lachen. Meine Wangen wurden heiß. Finn ... was dachte er jetzt von mir? Ich war eine Heilerin. Die musste Blut sehen können und mit beiden Beinen am Boden stehen.

»Geht schon wieder«, murmelte ich. Bloß nicht den Verletzten ansehen, und Finn erst recht nicht.

Hederich strich über seinen langen Bart und betrachtete den Bewusstlosen. Er berührte dessen Schulter. »Alles Gute, Junge! Möge Escha mit dir sein!«

Alraune scheuchte die Jäger zur Tür hinaus und schloss sie hinter ihnen.

Sie holte tief Luft und kam zurück zum Tisch. Ihre Hand über den Mund des Mannes haltend, legte sie den Kopf schief. Fand sie keinen Atem? Wohl nicht. Sie tastete nach dem Puls an seinem Hals und nickte. »Er lebt, aber ob er durchkommt?«

Dann wandte sie sich mir zu. »Komm, wir müssen zügig arbeiten. Schau ihn dir an! Sag mir, wie du die Lage einschätzt.«

Das war mehr, als den Kindern aus dem Dorf etwas gegen Halsweh zu geben. Mit wackeligen Beinen stellte ich mich neben Alraune, stützte mich an der Tischplatte ab, um nicht wieder umzukippen, und zwang mich hinzusehen. Diesmal musste ich es schaffen, ohne dass mir schummrig wurde. Seine Nase war eingedrückt, der Bereich um die Augen blutig und geschwollen.

»Nasenbeinbruch. Platzwunden bei den Augenbrauen.«

»Ja. Wie versorgen wir das?«

Ich zeigte auf die Nase. »Schienen mit Schilf. Wunden nähen?«

»Auf jeden Fall! Sonst werden das furchtbare Narben. Was noch?«

»Das ist alles so zugeschwollen. Sind die Augen verletzt?«

Alraune begutachtete seine Lider, versuchte, sie sanft aufzuziehen. »Das werden wir erst wissen, wenn die Schwellung zurückgegangen ist.«

»Er sieht nicht alt aus, keine zwanzig.« Vor einigen Tagen war er wohl noch rasiert gewesen. Jetzt bedeckte Bartwuchs Oberlippe und Kinn. Die Haut war hell, die Haare dunkelbraun.

Mein Blick fiel auf seine Kleidung. Er trug ein hellgrünes Wams mit Stickereien und Puffärmeln, schmutzig und völlig zerschlissen. Das Leinenhemd darunter musste einmal weiß gewesen sein. »Ein Adeliger?«

»Möglich.«

Mit einer Schere zerschnitt ich die Ärmel, die Mitte des Hemdes und die Hosenbeine. Alraune zog ihm die Strümpfe aus. »Seine Schuhe haben sie ihm auch geklaut.«

Mutter des Lebens! Der Körper war übersät mit Blutergüssen.

»Der ist mächtig verprügelt worden ... mit einem Knüppel oder Stock.« Es sah anders aus als die blauen Flecken nach den Schlägereien am Mavanjafest.

»Den hat er wohl auch ins Gesicht bekommen.« Alraune legte eine Decke über ihn und tastete seine Arme und Beine nach Brüchen ab.

»Drachenzahn-Essenz?«, fragte ich.

Alraune verharrte. Dann nickte sie. »Ja, das ist ein Notfall. Vor allem, weil wir uns den Kopf genau ansehen müssen.« Sie legte ihre Hände an seinen Schädel, fuhr mit den Fingern durch die Haare, tastete. »Ich fühle keinen Bruch, aber da weiß man nie. Nimm du die Essenz. Beeil dich!«

Mit einem Krug voll warmem Wasser kam ich zurück in die Heilerei, hatte den süßlich-scharfen Geschmack im Mund. »Hast du noch etwas gefunden?«

Alraune schüttelte den Kopf. »An die Arbeit! Bis die Essenz wirkt, machen wir die Nähte!«

Ich reinigte die Wunden, löste das verkrustete Blut. Das Wasser in der Schüssel färbte sich rot. Währenddessen holte Alraune Rosshaar aus einer kleinen Schatulle und fädelte es in eine gebogene Nadel ein. Sie schob mich beiseite. »Schau gut zu! Die andere Seite machst dann du.«

Mein Magen ließ gerade einmal zu, diese Wunden anzusehen. Jetzt sollte ich darin herumstochern? Schon bei dem Gedanken daran wurde mir wieder flau. Mit der Ellenbeuge strich ich mir die Haare aus dem Gesicht und verfolgte aufmerksam, wie Alraune die gebogene Nadel durch die Haut schob. Nach jedem Stich verknüpfte sie die Enden und schnitt den Faden ab. Sieben Stiche später streckte sie mir die Nadel entgegen.

Ich biss mir auf die Unterlippe. Alraune würde nicht lockerlassen. Und außerdem, was war ich für eine Heilerin, wenn ich damit nicht fertig wurde? Es war peinlich genug gewesen, als ich vor Finns Augen beinahe ohnmächtig geworden war. Ich griff nach der Nadel, beugte mich über den Mann. Mit zittrigen Fingern setzte ich an. Hineinzustechen, konnte ich mich jedoch nicht überwinden.

»Er ist bewusstlos, er spürt das nicht! Ist nicht viel anders, als Socken zu flicken.«

Glaubte Alraune wirklich, dass mir das gerade weiterhalf?

»Mach schon!«, drängte sie.

Ich setzte noch einmal an, konzentrierte mich genau auf den Rand der Wunde, musste fest andrücken, bis die Nadel durch die Haut rutschte. Dann zog ich die Ränder zusammen, verknüpfte den Faden.

Alraune reichte mir die Schere. »Na, siehst du!«

Nach weiteren vier Stichen war die Wunde geschlossen.

»So, und jetzt die Nase … pass zwei Schilfrohre an!«

Über den Verletzten gebeugt, hätte ich beinahe das Klopfen an der Tür überhört.

Alraune hob den Kopf. »Wer will denn jetzt schon wieder etwas?« Sie ging und öffnete.

»Alraune, du musst kommen! Karlottas Kind ist unterwegs!« Ingar stolperte in die Heilerei herein.

»Was? Sie ist doch erst im achten Mond! Ich kann jetzt nicht gehen. Sonst stirbt uns der noch weg.« Sie deutete auf den Mann am Tisch.

»Der Baron sagt, es ist dringend!« Ingars Tonfall ließ keine Widerrede zu.

Alraune sah zwischen mir und ihm hin und her. Die Tochter des Barons ließ man nicht warten. Nur – wenn Alraune jetzt ging, war ich allein.

»Verbena, du hast beim Schienen von Ulriks gebrochener Nase zugesehen, richtig?«

Mir schwante Übles. Der Wahrheit entsprechend nickte ich jedoch.

»Gut! Dann schaffst du das hier, da bin ich mir sicher. Der hier wird dein Patient. Du wirst ihn pflegen, bis er gesund ist.«

Meinen panischen Blick ignorierte sie einfach. Einen Moment blieb sie stehen, überlegte. »Das Einzige, was du nicht allein kannst, ist ihn auf das Lager hinüber zu legen. Hier auf dem Tisch kann er nicht bleiben. Das müssen wir jetzt machen. Ingar, hilf uns!«

Ingar ekelte sich, und das offenkundig. Er, der Bote des Barons, hatte sicher noch nie so viel Blut gesehen.

»Pack an! Ich kann erst gehen, wenn der hier dort drüben im Bett liegt!«, schnauzte sie ihn an.

Nun spurte er. Sich mit Alraune anzulegen, war nicht klug. Das wussten alle im Dorf.

Ingar ging in weitem Bogen um den Tisch und griff nach den Füßen des Verletzten.

Alraune verdrehte die Augen. »Ingar, nimm das Tuch, auf dem er liegt!«

Wir griffen nach den Ecken des Leintuchs und hievten den Verletzten so zum Bett hinüber. Zum Henker, war der schwer!

Sobald Ingar losgelassen hatte, rieb er die Hände an der Hose ab und lief hinaus.

Alraune seufzte. »Es tut mir leid, ich will dich hier wirklich nicht allein lassen.« Sie deutete zur Tür. »Weiß nicht, wie lange ich weg sein werde. Sobald er zu Bewusstsein kommt, musst du ihm zu trinken geben, außerdem einmal täglich die Verbände wechseln und ihn regelmäßig waschen.«

War das ihr Ernst? Wie lange würde sie weg sein?

Im Hinausgehen griff sie nach ihrem Korb und klopfte mir auf die Schulter. »Jetzt hab dich nicht so. Du bist seine Heilerin!«

Die Heilerei erschien mir plötzlich viel größer und unglaublich still. Ich war allein mit dem blutigen Mann. Er lag auf dem Bett, bewegungslos. Ein Schauer lief mir über den Rücken. Lebte er noch?

Zaghaft beugte ich mich zu ihm hinunter, tastete nach dem Puls. Seine Haut war warm. Sein Herz klopfte unter meinen Fingern.

»Na gut, gehen wir es an!«, sagte ich zu ihm.

Wo waren wir unterbrochen worden? Das Schilf. Ich passte zwei kurze Rohre seiner Nase an. Schnitt sie schräg wie ein Schreibrohr zu, so dass sie nach oben hin einen verjüngten Teil hatten, der das Nasenbein innen halten sollte.

Jetzt wurde es ernst. Ich musste die eingedrückte Stelle wieder aufrichten. Nur, wie kam ich dorthin? Am Tisch wäre es einfacher gewesen.

»Es tut mir leid, mein Herr, ich muss Euch jetzt zu nahe treten.« Kurzerhand kniete ich mich neben ihn auf das Bett, lehnte mich über ihn.

Ich hielt die Luft an und fuhr mit dem Spatel in eines der Nasenlöcher. Vorsichtig hob ich das Nasenbein von innen an.

»Gut, dass Ihr bewusstlos seid ...«

Ulrik war das nicht gewesen und hatte geschrien wie am Spieß. Was, wenn der feine Herr nun entstellt war? Für den Rest seines Lebens. Das durfte nicht passieren!

Mit zittrigen Fingern griff ich zur Pinzette und führte langsam eines der Schilfrohre entlang des Spatels ein. Zugeschwollen, wie seine Nase war, ging das kaum.

Während ich das zweite Rohr in Position brachte, bemerkte ich das erste Flimmern. Die Drachenzahn-Essenz begann zu wirken! Sich nun zu konzentrieren, war einfacher gesagt als getan.

Mein Blick folgte den schimmernden Bahnen, die durch den Körper des Verletzten flossen. Auch meine Hände vor seinem Gesicht leuchteten. Ich kniff die Augen zusammen, versuchte, diese Wahrnehmung auszublenden. Das Leben in seinem Körper floss zu den Wunden, staute sich im Gesicht, leuchtete genau dort am hellsten, wo ich arbeiten musste.

»Wie das blendet ...«, murmelte ich, bemüht, die Augen offen zu halten. Mit der Pinzette drehte ich das zweite Rohr leicht, tastete mit den Fingern entlang des Nasenrückens. Es fühlte sich richtig an. Nun spürte ich seinen Atem durch die Schilfrohre.

Die schimmernden Bahnen beachtend, tastete ich den Schädel ab. Im Hinterkopf knapp oberhalb des Ansatzes der Wirbelsäule staute sich der Fluss, leuchtete gleißend hell.

Mutter des Lebens! Hatte er eine Kopfverletzung?

Ich untersuchte die Stelle genauer, fand aber keine Wunde zwischen den Haaren, keine Bruchstelle. Eigenartig.

Dann zog ich die Decke von ihm weg und lehnte mich an den Tisch, ließ die neue, von der Essenz gesteigerte Wahrnehmung auf mich wirken. Sein Körper gab nur ein mattes Licht von sich. Doch er war übersät mit hell leuchtenden Flecken. Es waren die vielen

Blutergüsse, in denen das Leben arbeitete. Es schien, als zöge sein Körper die Lebenskraft aus manchen Regionen ab, um sich an anderen Stellen selbst zu heilen. An seiner linken Seite schimmerte ein Bereich besonders hell. Ich trat näher heran. Die Bahnen stauten sich bis tief in den Körper hinein.

»Bei Escha!« Alraune hatte das übersehen! Ohne die Drachenzahn-Essenz wäre es mir auch nicht aufgefallen. Ich tastete seinen Brustkorb ab. Die Rippen waren gebrochen.

»Herr, Ihr müsst das durchstehen! Ich bin gleich wieder da«, flüsterte ich.

Bei Knochenbrüchen verwendete Alraune Beinwell-Brei. Frisch zubereitet war er am reichhaltigsten. Mit einer Schaufel in der Hand stürmte ich hinaus. Das Tageslicht gemeinsam mit dem Schimmern der Drachenzahn-Essenz erschlug mich beinahe. Die Augen mit der Hand abgeschirmt und zu Boden gerichtet, taumelte ich über die Brücke. Am Waldrand wuchs jede Menge Beinwell und ich wusste genau wo.

Doch jedes Blatt, jeder Stängel, die Äste, die Stämme … alle Pflanzen leuchteten.

»Mutter des Lebens!« Wie sollte ich so etwas finden?

Auf dem Boden hockend, tastete ich nach den länglichen Blättern.

Endlich!

Ich grub eine Wurzel aus, trennte den Trieb ab und lief zurück ins Haus. Zu Brei verrieben, trug ich die Wurzel auf seine Nase und Rippen auf. Die Nähte unterhalb der Augenbrauen betupfte ich mit einer dünnen Schicht von Alraunes Pechsalbe. Der Verband um den Kopf war schnell angelegt, der um den Brustkorb war ein Kraftakt. Dabei hätte ich ein weiteres Paar Hände wirklich gut gebrauchen können. Musste Karlottas Kind ausgerechnet jetzt zur Welt kommen?

Verbunden, gewaschen, angezogen und zugedeckt lag er nun friedlich im Bett. Richtig aufgeräumt sah er aus, so als ob er schliefe. Ich benetzte seine Lippen mit einigen Tropfen Wasser. Wartete. Hätte ihm gern mehr gegeben, aber ich stockte. Hatte Alraune mich nicht einmal davor gewarnt? Was hatte sie nur gesagt damals, als Gunar vom Baum gefallen war? Ach, Bewusstlose können nicht schlucken!

»Nein, mein Herr, das wollen wir nicht, dass Ihr mir erstickt.« Ein wenig Baldrian tropfte ich ihm aber unverdünnt unter die Zunge. Es war sicher besser, wenn er diese Nacht in Ruhe verbrachte und von den Schmerzen nichts spürte. Das Leuchten seiner Lebensbahnen erschien mir immer noch als schwach. Aber vielleicht lag das auch daran, dass die Wirkung der Drachenzahn-Essenz langsam nachließ.

»Wegsterben kommt nicht in Frage, habt ihr gehört, Herr – jetzt, nachdem ich mich so bemüht habe!«

Die Sonne war dabei unterzugehen.

Was für ein langer, langer Tag! Müdigkeit kroch in meine Knochen.

Eine Kleinigkeit gab es noch zu tun. Escha.

Ich nahm die Waschschüssel, ging hinaus und stellte mich auf die kleine Brücke. »Escha, ich bitte dich, schicke deine Kraft, um diesen jungen Mann zu heilen! Hier, nimm sein Blut, lass es fließen in deinem ewigen Fluss!« Ich goss das rote Wasser in die Fluten, schaute dem Bach nach, sah ihn glitzern im Licht des Sonnenuntergangs. Er war umrahmt vom letzten Schimmern der Drachenzahn-Essenz in den Bäumen. Das Wasser rauschte, ebenso wie der Wind in den Kronen. Auch wenn ich den Verletzten nicht kannte, wünschte ich ihm von Herzen, dass er durchkam. Dass all das wieder gut verheilte. Niemand hatte es verdient, so übel zugerichtet zu werden.

JAST ZAHM

Den ganzen Tag war ich nicht dazu gekommen, etwas zu essen. Mein Magen knurrte wie der eines Bären nach dem Winterschlaf. Der Jagdhund des Barons war harmlos dagegen.

Etwas zupfte an meinem Rockzipfel, kratzte am Oberschenkel, hing an meiner Hüfte. Ehe ich mich versah, saß mir der kleine Marder auf der Schulter, rieb seinen Kopf an meinem Kinn.

»Malve!« Ich strich über den langen, schmalen Körper. Unwillkürlich warf ich Blicke in alle Richtungen.

Na großartig! Hatte Alraune mich angesteckt mit ihrer Angst? Malve schmiegte sich an mich, wand sich um meinen Nacken, zwickte mich sanft ins Ohrläppchen.

»Au! Hast du auch Hunger?« Ich packte ihn und nahm ihn in den Arm. »Was frisst du denn so alles? Schnecken? Mäuse?« Er wand sich aus der Umarmung, streckte sich mir entgegen, schnupperte an meiner Nase.

»Na, die kriegst du nicht!« Mit dem Ärmel wischte ich den feuchten Abdruck weg. »Aber ich habe ein Willkommensgeschenk für dich.«

Die Nacht war inzwischen hereingebrochen, selbst die letzte Glut auf dem Herd erloschen. Im Dunkeln tastete ich zur Speisekammer und holte ein Ei. »Das schmeckt dir sicher!«

Noch bevor ich es vor dem Haus in einer Schüssel aufschlagen konnte, kletterte Malve meinen Arm entlang hinunter zur Hand. Er brummte vor Verlangen, genauso wie letzte Nacht im Traum.

»Warte! Du bist vielleicht ein Ungeduldiger.«

Sobald die Schüssel den Boden berührte, sprang er von meinem Arm und sah mir zu, wie ich das Ei aufschlug. Gierig tauchte er die Schnauze in den Dotter. Im Nu war die Schüssel leer. Malve gab einen Laut von sich, den ich als Bekundung seines Wohlbehagens verstand, und lief zum Gemüsebeet.

»Gern geschehen. Genau, hol dir eine Schnecken-Nachspeise! Damit machst du Alraune eine große Freude«, lachte ich und trug die Schüssel wieder ins Haus.

Nun zu dem Loch in meinem Bauch. Ich machte ein neues Feuer am Herd, stellte Wasser auf und zündete einige Kerzen an. Die Scheibe Brot, nach der ich als Erstes griff, verschlang ich mehr, als dass ich sie kaute. Malve musste mich auf den Geschmack gebracht haben, denn mich überfiel unbändige Lust auf ein Spiegelei. Selten hatte ich die Pfanne mit solcher Gier aufgesetzt. Der Duft der warmen Butter und des brutzelnden Eies schlich mir in die Nase. Ich konnte es kaum erwarten und tunkte das Brot direkt in den flüssigen Dotter. Einen Tropfen davon ließ ich in den Mund fallen, bevor ich genussvoll abbiss.

»M-mmrrmmh! Herrlich!«

Moment … hatte ich gerade genauso gebrummt wie Malve?

Nach dem Essen lehnte ich einige Zeit am Küchentresen und trank Tee, genoss die Ruhe. Müdigkeit machte meine Glieder schwer. Doch ich wollte den Verletzten heute nicht allein lassen. Was, wenn er mitten in der Nacht aufwachte und mich brauchte? Mit Bettzeug und Kerze in Händen wankte ich in die Heilerei und sah mich nach einem geeigneten Schlafplatz um.

Das Bett war besetzt.

Der Tisch war für die Verletzten.

Die schmale Bank? Aber sicher nur mit dem langen Sitzpolster von der Ofenbank. Eine harte Nacht würde es trotzdem werden. Egal, nur noch schlafen.

Ich legte das Bettzeug ab und näherte mich noch einmal dem Mann. Er lag genauso da, wie ich ihn verlassen hatte. Ein Toter würde nicht anders liegen.

Schnell legte ich die Hand auf seinen Brustkorb, spürte, wie dieser sich hob und senkte. Erleichtert setzte ich mich zu ihm auf die Bettkante. Im kargen Kerzenlicht war nur der weiße Verband über seinen Augen gut zu sehen. Wer lag da unter unseren Decken? Tatsächlich ein Adeliger? Und wer hatte ihn so zugerichtet?

Natürlich gab es Straßenräuber. Sie sprangen mit ihren Opfern nicht gerade zimperlich um. Aber mit solchen Verletzungen hatte man uns noch nie jemanden gebracht. Es stimmte wohl, dass die Zeiten härter wurden, man sich mehr in Acht nehmen musste.

»Escha sei mit Euch!«, murmelte ich, blies die Kerze aus und kletterte in mein Lager auf der Bank.

Im Morgengrauen schreckte ich hoch, und Malve mit mir. Ich hörte ein Stöhnen, sah hinüber zum Krankenbett. Der Mann wälzte sich hin und her.

Erwachte er?

Ich sprang auf und lief zu ihm.

»Guten Morgen«, stammelte ich.

Keine Antwort.

Er schien mich nicht zu hören, drehte sich von einer Seite zur anderen. Seine Zähne bissen fest aufeinander. Hatte er Schmerzen?

Es sah ganz danach aus.

Ich griff nach seiner Hand, hielt sie fest. Das schien ihn zu beruhigen. Er legte den Kopf seitlich ins Kissen und atmete ruhiger.

»Wenn ihr etwas braucht, bin ich für euch da«, sagte ich mit zitternder Stimme.

Alraune kam herein. »Ist er aufgewacht?«

Meine Güte, war ich erleichtert, dass sie wieder da war!

»Nein, vermutlich hat er schlecht geträumt.«

»Immerhin, ein Lebenszeichen! Du bleibst heute bei ihm. Er kann jederzeit zu sich kommen.«

Nickend wandte ich mich ihr zu. »Wie war die Geburt?«

»Es ist ein Bub. Sehr klein. Was muss der auch viel zu früh kommen ...« Sie begutachtete den Verletzten. Ihre Stirn krauste sich. »Ist das Rikards Hemd?«

»Ä-hm ja, ich wusste nicht, was ich ihm sonst hätte anziehen sollen.«

Sie schnaubte, fasste sich aber gleich wieder. »Na ja, für so einen Fall habe ich die Sachen aufgehoben.«

Sie zog den Verband einen Spalt hoch und begutachtete sein Gesicht. »Die Nase sieht annehmbar aus!«

Annehmbar? Das war alles, was sie dazu zu sagen hatte? Diese Nase war richtig schön! Sofern man das bei der Schwellung erkennen konnte. Außerdem hatte Alraune gestern etwas übersehen. Etwas, das nur ich gefunden hatte!

»Mit der Drachenz...«

»Psst!«, fuhr sie mich an, legte den Finger auf die Lippen und deutete auf den Verletzten.

»Aber der schläft doch.«

»Da kannst du dir nie sicher sein!« Ihr Blick glitt vom Bett zum Fenster und heftete sich an die Tür.

Jetzt ging das schon wieder los.

»Es ist niemand hier ... Hörst du mir zu, bitte?«

Sie richtete sich auf, sah mich mit hochgezogener Augenbraue an.

»In seinem Hinterkopf ... du weißt schon. Ich habe aber außen nichts gefunden.«

»Tatsächlich?« Sie tastete die Stelle ab, runzelte die Stirn. »Eigenartig.«

»Und gebrochene Rippen hat er auch.« Ich hob sein Hemd an und zeigte den Verband um den Brustkorb.

»Das habe ich nicht gespürt. Gut, dass du das gemacht hast ... du weißt schon was. Der Verband sieht schön aus.« Sie legte eine

Hand auf meine Schulter und lächelte mich an. »Ich wusste, dass du das schaffst. Der Baron hat mir Apfelkuchen mitgegeben, frisches Brot und noch ein paar andere Köstlichkeiten. Du findest alles in der Küche. Ach, und übrigens, die Herrschaften sorgen sich wegen des Überfalls. Wir sollen melden, sobald er zu sich kommt. Ich muss los.«

»Schon wieder ...?«

»Dem Baron geht es nicht gut. Die Aufregung ist ihm auf den Magen geschlagen.« Aus der Kredenz nahm sie eine kleine Flasche und stellte sie in ihren Korb. »Nach dem Kind möchte ich auch noch einmal sehen. Und dann gehe ich Wicke und Rosa besuchen«, überlegte sie laut und steckte mehr Tiegel und Kräutersäckchen ein.

Wicke und Rosa ... musste das sein? Wenn sie mit diesen beiden Klatschtanten zusammensaß, würde ich sie heute nicht mehr zu Gesicht bekommen.

Ich bemühte mich, so niedergeschlagen wie möglich auszusehen.

Aber sie winkte mir zum Abschied und ging einfach.

Wie oft wünschte ich mir, allein zu sein – ohne Alraune, die mich ständig zum Arbeiten einteilte. Doch heute war mir das Haus zu leer. Was, wenn ich nicht wusste, wie ich dem Verletzten am besten helfen sollte, wenn er aufwachte? Und was, wenn er nicht aufwachte? Noch schlief er und atmete regelmäßig. So weit, so gut.

In der Küche wartete der Apfelkuchen!

Nein.

Ich sah an mir hinunter.

Als Erstes machte ich mich heute frisch! Was würde er denken, wenn seine Heilerin im Nachthemd vor ihm stand?

Er würde es nicht sehen. Irgendwie beruhigend.

Gleichwohl, das gehörte sich nicht. Vielleicht kam ja auch Finn vorbei. Oder jemand anderer aus dem Dorf, der Hilfe brauchte.

Ich räumte das Bettzeug nach oben. Malve ließ sich eingewickelt in der Decke tragen und schlief in meiner Kammer weiter.

Mit Kuchen und einer Tasse Tee setzte ich mich im Schneidersitz auf den Tisch in der Heilerei und beobachtete den Patienten. Er lag wieder regungslos da.

»Wenn Ihr jetzt aufwacht, teile ich das Frühstück mit Euch.«

Nichts.

»Spätestens nachdem ich meinen Tee getrunken habe, bekommt Ihr auch einen.«

Wieder nichts.

Aber ich machte das Versprechen wahr und benetzte nach und nach seine Lippen. Seine Stirn war kühl, kein Fieber also. Warum wachte er nicht endlich auf? Nicht nur die Herrschaften wollten wissen, was ihm widerfahren war. Ich auch!

Die Haut seiner Hände war fein. Er war kein Ritter oder Knappe. Deren Handflächen hatten Schwielen vom Schwertkampf oder anderem Waffenhandwerk. Aber was tat so ein feiner Herr allein in unserem Wald?

Ich seufzte, gestand mir ein, dass ich eine Beschäftigung brauchte, bis er zu sich kam. Mein Blick schweifte durch die Heilerei. Mit den Flaschen der Kräuteransätze konnte ich nicht herumklimpern, es musste etwas Leises sein.

Jedes Jahr erwartete Alraune, dass ich eines ihrer Bücher für mich abschrieb. Es fehlte nur noch eines: das Heilkräuterbuch, mit den vielen feinen Zeichnungen. Dafür hatte ich selten Zeit. Na ja, dafür nahm ich mir selten Zeit. Es war eine langweilige Arbeit, eine für einsame Winterabende. Außerdem waren die Pflanzen in Alraunes Buch getreu und kunstvoll abgebildet. Sie wollte, dass ich mit diesem Buch bis zum Erntedankfest fertig war. Das fühlte sich an, als bliebe mir noch jede Menge Zeit. Doch wenn ich die Seiten durchblätterte und mir ihre Kunstwerke ansah, mahnte meine innere Stimme, mich besser dringend dahinterzuklemmen.

Ich holte Tinte und Feder und begann, das Geschriebene aus Alraunes Buch in mein eigenes zu übertragen.

Die Kamille

* Krampflösend

* Wirkt gegen Entzündungen ...

An Alraunes bildliche Darstellung kam meine Kritzelei beim besten Willen nicht heran. Vor allem an die der vielen gefiederten Blätter nicht. Zerknirscht starrte ich zur Decke. Ich tunkte den Kiel in die Tinte und setzte ein weiteres Mal an.

Es klopfte an der Tür. Endlich eine Ablenkung! Freudig sprang ich auf und öffnete.

Strahlend blaue Augen, umrahmt von einem Lockenkopf, lächelten mir entgegen.

»Fria! Ich bin so froh, dass du vorbeikommst!«

Wir fielen uns in die Arme.

»Die Wirtin schickt mich wegen der Salbe. Also, ich meine, ich habe ihr angeboten, sie für sie abzuholen. Finn hat mir alles erzählt!«, quietschte sie. Dabei lugte sie über meine Schulter. »Wo ist er, der Adelige?«

»Alles erzählt?« Meine Hände wurden feucht. Hatte er auch erwähnt, dass ich gestern beinahe ohnmächtig geworden war? Wusste das inzwischen das ganze Dorf?

»Ja, alles. Wie sie ihn gefunden haben und tragen mussten und wie arg er zugerichtet war. Zeig ihn mir! Lebt er noch ...? Finn war sich da nicht so sicher.«

Ich bat sie still zu sein – was bei Fria hoffnungslos war – und trat zur Seite. »Er schläft«, flüsterte ich.

»Oh.« Bemüht leise schlich sie auf Zehenspitzen durch die Heilerei bis zum Bett, dann rief sie: »Er hat einen Verband um den Kopf! Da sieht man ja gar nicht, wie er aussieht.«

»Psst!« Ich zog Fria hinaus in die Stube und sagte so ruhig wie möglich: »Glaub mir, das willst du momentan auch nicht. Kein schöner Anblick. Die Nase ist gebrochen.«

Half es, meinen Ruf zu verbessern, wenn ich ihr mehr erzählte? Er schien mir genauso geknickt, wie die Nase des Verletzten es gestern noch gewesen war. »Ganz allein habe ich ihn versorgt, weil Alraune geholt worden ist, um Karlottas Kind zur Welt zu bringen. Einen Mond zu früh. Ein Sohn.«

»Ich weiß.«

»Kann man dir nichts Neues erzählen?« Warum war ich nicht Schankmaid bei den *Drei Linden* geworden? Fria wusste alles, von jedem. Beneidenswert! Und ich saß hier mitten im Wald in der Einöde. Außerdem war sie Finns Nachbarin und sah ihn viel häufiger als ich.

»Was ist mit seinen Augen? Ist er ...?«

Hoffentlich nicht. »Wir wissen es noch nicht.«

Ich drängte den Gedanken beiseite. Es gab etwas anderes ... die Sache mit dem Marder. War es besser, Fria jetzt von ihm zu erzählen, wo er noch klein war? In einigen Wochen würde sie mir nicht mehr glauben, dass ich ihn großgezogen hatte, ohne ihr etwas davon gesagt zu haben.

»Komm, ich muss dir etwas zeigen.«

Oben in meiner Kammer hob ich sachte die Decke. Zum Vorschein kam der schlafende Malve. »Vor Kurzem habe ich ein Marderkind gefunden. Jetzt ziehe ich es auf und es ist schon fast zahm.«

»Oh, wie lieb! Verbena, was du immer für Sachen machst. Letztes Jahr die kleinen Vögel und jetzt der hier.« Sie kniete sich nieder und streichelte seinen Kopf.

Plötzlich war Malve hellwach. Er fauchte sie an.

Auf einmal fühlte ich das wilde Tier in mir, das sich keinesfalls von einem Menschen anfassen ließ. Ich roch Frias Geruch, roch ihn so markant wie noch nie, aufgesplittert in mehrere Noten –

Wirtshaus, Seife mit Rosenduft ... Es übermannte mich, stellte meine Nackenhaare auf. Ich war wieder in ihm. Der Ärger zog sich den Rücken entlang zur Schwanzspitze, bis alle Haare aufgeplustert waren, Malve sich groß und furchteinflößend fühlte.

Ich sah Fria durch seine Augen, wie sie schnell ihre Hand wegzog, einen Schritt nach hinten machte. Dahinter stand mein eigener Körper, schwankend, mit offenem Mund. Er taumelte, erwischte gerade noch den Bettpfosten zum Festhalten.

Mutter des Lebens!

Malve sprang in hohem Bogen auf den Schrank und verschwand durch eine Ritze in den Deckenbalken.

»Zahm sagst du?« Frias Stimme holte mich zurück in meinen Körper.

Meine Güte! Ich richtete mich auf, räusperte mich. Hatte sie es gemerkt? Ich schüttelte mich, strich mir eine Strähne aus dem Gesicht.

Sie sah mich an. Besorgt. »Ist alles in Ordnung mit dir?«

Ich schluckte.

Alraune hatte recht, der Marder musste geheim bleiben, selbst vor meiner besten Freundin. War es dafür jetzt zu spät? Was, wenn Fria das herumerzählte?! So wie sie alles andere verbreitete ...

Wie konnte ich mich aus der Affäre ziehen?

»Das hat mich nur gerade erschreckt«, murmelte ich. Viel mehr, als ich ihr sagen konnte ...

»Mich auch!«

»Er kennt dich halt noch nicht.« Mir fiel nichts Besseres ein. Ich hoffte, dass es genug war, und wechselte schleunigst das Thema: »Wie wäre es mit einer Tasse Tee? Erzähl mir das Neueste aus dem Dorf!«

Verschwörerisch grinste sie mich an. »Du willst doch nur alles über Finn wissen!«

Schmerzhaftes Erwachen

Nachdem sich Fria verabschiedet hatte, ging ich zum Fenster in der Heilerei. Es war das einzige Glasfenster des Hauses und war gleich bei der Errichtung des Anbaus eingesetzt worden – im selben Jahr, als ich geboren wurde, hatte Alraune einmal erzählt. Wie sie sich diesen Luxus hatte leisten können, war mir ein Rätsel. Glasfenster hatten sonst nur der Baron und der Gasthof zu den Drei Linden. Aber Alraune legte großen Wert darauf, dass es in der Heilerei hell war und das zu jeder Jahreszeit.

Auf der kleinen Brücke sah ich Frias blonde Mähne zwischen den Bäumen verschwinden. Meine Nackenhaare stellten sich erneut auf. War mein Geheimnis sicher?

So gern ich Fria hatte, man konnte sich darauf verlassen, dass sie alles weitertratschte. Bislang hatte mich das nicht gestört. Eigentlich war ich froh, durch sie enger mit den Leuten im Dorf verknüpft zu sein. Aber jetzt ... was hatte ich mir bloß dabei gedacht?

Sie würde auf jeden Fall verbreiten, dass ich einen wilden Marder im Bett hatte. Das Gelächter der Jungen konnte ich mir lebhaft vorstellen. Meine Güte, wie dumm war ich gewesen! Ich hätte auf Alraune hören sollen. Das schürte nur wieder einmal die Gerüchte, dass sie und ich ein bisschen eigenartig waren. Und das brauchten wir zurzeit beim besten Willen nicht. Aber was, wenn Fria auch nur beiläufig erwähnte, dass sie die Verbindung zwischen mir und diesem Tier gesehen hatte?

Mich fröstelte.

Konnte mir so etwas jetzt jederzeit passieren? Dass ich bewusstlos in mich zusammensackte, wenn mein Geist mal wieder in Malves Körper gezogen wurde? Ich hatte keine Kontrolle darüber. Was, wenn ich am Markttag zwischen allen Leuten ... oder schlimmer noch vor den Hütern ... nicht auszudenken! Da war es wieder, das Bild vom Scheiterhaufen.

Hinter mir hörte ich eine Bewegung. Ich fuhr herum. Mein Patient drehte sich, grunzte und schlief weiter. Es war Zeit, ihm wieder die Lippen zu benetzen und seine Verbände zu wechseln. Vielleicht half das, meine düsteren Gedanken beiseite zu schieben.

Auf dem Tisch legte ich frische Bandagen zurecht, kochte Wasser ab und rieb einen weiteren Teil der Beinwellwurzel.

Ich setzte mich zu dem Mann auf die Bettkante. Was für eine Überwindung es war, den Verband zu öffnen. Sein Gesicht sah sicher nicht viel besser aus als gestern. Ich schob meine Hand unter seinen Nacken, wollte die Bandage abziehen.

Er stöhnte. War das wieder ein Traum oder erwachte er diesmal?

Sein Kopf bewegte sich nach links und rechts. Er raunte. Unversehens griff er zu seinem Gesicht, ertastete den Verband. Als er die Schilfrohre in der Nase erreichte, zuckte er zusammen. Er versuchte sich aufzusetzen, ächzte vor Schmerz, sank wieder in die Kissen zurück. Seine Hand fuhr zu den angeknacksten Rippen. Er stöhnte.

Ruckartig stand ich auf. »Ähm ... Seid gegrüßt! Ihr seid wach. Endlich!«

»Ich ... ich sehe nichts ...« Er wandte den Kopf in alle Richtungen, legte die Finger auf den Verband. Sein Atem wurde schneller. Er riss an den Bandagen.

»Haltet ein!« Ich bemühte mich, ruhig zu klingen, selbst wenn mein Herzschlag vermutlich im ganzen Dorf zu hören war. »Ihr ... Ihr seid schwer verletzt.«

Sollte ich ihn berühren?

Gab ihm das Halt?

Was für eine grauenhafte Vorstellung, aufzuwachen und nicht sehen zu können! In einem fremden Bett. Und nur eine unbekannte Stimme, die auf ihn einredete.

Meine Knie waren so wackelig, dass ich wieder auf die Bettkante sank. Ich fasste mir ein Herz und griff nach seiner Hand, zog sie weg von dem Verband.

Er schreckte zurück. Doch dann nahm er meine Finger und hielt sie fest. Trotzdem wurde sein Atem nicht langsamer. Ich legte die zweite Hand auf seine Schulter. »Ruhig ...«, sagte ich sanft, »Ich bin für Euch da.«

Er hielt mich fester, holte tief Luft.

»Wer seid Ihr?«

»Mein Name ist Verbena. Man hat Euch verletzt im Wald gefunden und zu uns Heilerinnen gebracht. Wir nehmen an, Ihr wurdet überfallen. Alraune und ich ... wir haben Euch verbunden und gepflegt. Habt ihr Erinnerung an das, was Euch passiert ist?«

Er dachte nach, versuchte, den Kopf zu schütteln. »Au, Mutter des Lebens ...«, stöhnte er und fuhr sich mit der Hand an die Stirn. »Wo bin ich?«

»In der Baronie Seggensee. Ein wenig abseits von Spelzendorf.«

»Seggensee!?« Er erstarrte.

Ich spürte die Anspannung durch den Griff seiner Hand. Es war Zeit herauszufinden, wer dieser Fremde war.

»Und wer seid Ihr?« Ich biss mir auf die Unterlippe, konnte seine Antwort kaum erwarten.

Er lag still. Musste er überlegen? Hatte er durch den Schlag auf den Kopf vergessen, wer er war?

»Val...« Er stockte. »Ich heiße Valerian.«

Der Name war ebenso klingend, wie seine Kleidung ehemals schillernd gewesen war. War er tatsächlich adelig?

»Valerian Gundermann«, fügte er hinzu. Es hörte sich so an, als müsse er sich selbst davon überzeugen. Aber wo war das »von«, oder meinetwegen auch das »zu«? Schade, doch kein Adel. Aus feinem Hause nichtsdestotrotz.

»Es wird einige Zeit dauern, bis Ihr wieder auf den Beinen seid. Gibt es jemanden, den wir verständigen sollten?«

»Wie lange?«

»Eure Nase ist gebrochen und auch einige Rippen. Eure Augen sind so zugeschwollen, dass wir noch nichts Genaues sagen können.«

Er atmete wieder schneller. »Bin ich jetzt ...«

Blind, dachte ich seinen Satz zu Ende. Ich schluckte. »Ich ... ich weiß es nicht. Das können wir erst feststellen, wenn die Schwellung abgeklungen ist. Bis die Brüche verheilt sind, wird es gut anderthalb Monde dauern.«

Valerian sank tiefer in seine Kissen. »Das geht nicht. Ich muss weiter.«

»Wo wollt Ihr denn hin, in Eurem Zustand? Habt Ihr Schmerzen?«

Er fuhr sich mit der Hand an den Hinterkopf. »Mein Schädel brummt, vor allem da hinten. Und hier unten ...« Er zeigte auf seine Rippen. »... spüre ich es bei jedem Atemzug.«

»Moment, ich hole ein Schmerzmittel. Bin gleich wieder da.«

Kurz hielt er meine Hand fester, dann ließ er los.

Aus der Kredenz nahm ich eine Flasche und setzte mich wieder zu ihm.

»Mund auf!«

Bereitwillig ließ er sich den Trank einflößen. Dann verzog er den Mund. Kein Wunder, er wäre der Erste gewesen, dem dieses Gebräu geschmeckt hätte.

»Ich würde jetzt den Verband abnehmen, um die Wunden zu reinigen. Darf ich das machen?«

»Ja.«

Vorsichtig schob ich meine Hand unter seinen Kopf und begann die Bandage abzuwickeln. Mit zitternden Fingern löste ich die innerste Schicht langsam mit einem feuchten Tuch ab. Falls ihn das schmerzte, ließ er sich nichts anmerken.

»Noch nicht so oft gemacht?«, fragte er.

Ich hielt inne. »Ihr wart noch nicht wach dabei«, gestand ich.

Er versuchte, seine Lider zu öffnen, aber sie waren zu geschwollen. »Ich sehe auch so nichts«, stellte er mit rauer Stimme fest.

Wird das wieder?, fragte ich mich. Das hoffte ich für ihn!

Er seufzte.

Hatte er sich gerade das Gleiche gefragt?

»Die Jäger haben Euch gestern Morgen nahe der Landstraße gefunden. Die Wunden sehen so aus, als wäret Ihr mit einem Stock verprügelt worden.«

Er tastete Nase und Augen ab. Seine Finger fanden die zugeschwollenen Lider und die Nähte entlang der Augenbrauen. »Mutter des Lebens!«

Die Blutergüsse hatten inzwischen begonnen, in seinem Gesicht zu wandern, und schimmerten in allen Farben des Regenbogens.

»Ich weiß ja nicht, wie Ihr vorher ausgesehen habt ... aber ich glaube, ich habe Eure Nase wieder hinbekommen. Von den Nähten bei den Augenbrauen bleiben nur unscheinbare Narben. Sobald die Schwellung abklingt, solltet ihr aussehen wie vorher.«

Plötzlich ließ er ab.

»Mein Rucksack ...?«

»Es tut mir leid, es war wohl ein Raubüberfall. Nicht einmal Schuhe waren an Euren Füßen.«

Er biss die Zähne zusammen, ballte die Fäuste.

Ich griff wieder nach seiner Hand, drückte sie sanft. »Habt ihr wichtige Dinge verloren?«

Valerian ließ sich Zeit zu antworten. »Nicht viel. Einen Dolch. Ein ... ein Familienerbstück.«

»Beschreibt ihn mir. Vielleicht finde ich ihn im Wald.«

Valerian zuckte mit den Schultern. Viel Hoffnung hatte er wohl nicht, doch dann sprach er: »Der Knauf ist rund und zeigt eine Gruppe von Bäumen.«

»Sobald Alraune zurück ist, werde ich mich umsehen«, versprach ich und tupfte vorsichtig seine Wunden ab.

Lügen, die das Leben schreibt

Die zweite Nacht auf der schmalen Bank hatte ich erstaunlich gut geschlafen. Malve lag abermals neben mir. Ich strich ihm über den Kopf, dann stutzte ich. War da nicht wieder ein Traum gewesen?

Bilder von unserem Dachgiebel und der Jagd nach einer Fledermaus schoben sich in meine Gedanken.

Konnte man das nicht abstellen?

Valerian schnarchte leise. Gestern hatte er etwas Eintopf zu sich genommen und war danach wieder eingeschlafen.

Ich schlich in die Stube.

Alraune war zurück. Sie saß bei Tisch und schenkte mir eine Tasse Tee ein. »Guten Morgen! Wie geht es ihm?«

»Gestern Nachmittag war er kurz wach. Valerian heißt er.« Ich ließ mir den Namen auf der Zunge zergehen.

Alraune nickte. »Der Baron hat mir eine Taube mitgegeben. Die werde ich dann wohl fliegen lassen.« Sie stand auf und ging nach draußen.

Ich folgte ihr. »Er hat keine Erinnerung, was ihm passiert ist. Und ... er sieht auch ohne den Verband nichts.«

Sie presste die Lippen aufeinander. »Das kann noch kommen, hoffen wir's ... Wenn er gestern wach war, braucht er heute Bewegung. Sonst liegt er sich wund, und bis zum Abort muss er selber kommen.«

»Schafft er das?« Ich war mir da nicht so sicher.

Alraune zuckte mit den Achseln. »Gebrochene Beine hat er keine.«

Ich warf ihr einen vorwurfsvollen Blick zu. War das nicht zu hart? Aber sie öffnete gerade den Käfig der Taube und ließ den Vogel fliegen.

Ein bisschen Gnadenfrist schindete ich für Valerian heraus, denn ich brauchte ein Bad. Im Haus holte ich mir Seife und ein Tuch und ging am Gemüsebeet vorbei zum Weiher hinunter. Wie angenehm die Frühlingssonne schien! Auf der anderen Seite des kleinen Sees gluckerte unser Wasserfall. Die jungen Blätter der Bäume rundum erstrahlten in hellem Grün.

Auch wenn ich mir oft wünschte, im Dorf zu wohnen, Alraune und Rikard hatten sich schon einen besonderen Platz ausgesucht! Ich atmete tief durch, ließ die frische Luft in mich hineinströmen.

Am Ufer streckte ich eine Zehe ins Wasser und zog sie gleich wieder heraus. Bei Mavanja, war das jedes Mal eine Überwindung! Aber die Taube war schon auf dem Weg – viel Zeit hatte ich nicht, bevor die Herrschaften kamen. Ein kurzer Blick zur Brücke überzeugte mich, dass auch sonst niemand nahte.

Schleunigst ließ ich die Hüllen fallen und hockte mich ans Ufer, das Tuch immer griffbereit. Jeder Schwall des kalten Wassers jagte mir Schauer über den Körper, doch ich bespritzte mich so lange, bis ich nass genug war, die Seife zu lösen. Jetzt kam das Schlimmste. Schon der Gedanke daran ließ mich frösteln. Ich ballte die Fäuste, machte mich innerlich bereit. Zwei rasche Schritte ins tiefere Wasser, und untertauchen – der Moment des Schocks, als ob die Zeit stillstünde. Ich kam wieder nach oben, holte Luft. So schnell wie möglich tastete ich nach den Grasbüscheln am Ufer, fand Halt und stieg hinaus an Land.

Bibbernd stand ich auf der Wiese, wickelte mich ins Tuch, wischte mir mit klammen Fingern die Tropfen aus dem Gesicht. Ein wenig windig war es schon, und die Frühlingssonne hatte noch nicht die Kraft, mich aufzuwärmen. Ich packte meine Sachen, lief zurück ins Haus. In der Stube lehnte ich mich an den Kachelofen, umarmte ihn förmlich und ließ seine Wärme meine tauben Glieder wieder zum Leben erwecken.

»Erfrischt?«, fragte Alraune zwinkernd. »Geh ihn aufwecken! Die Herrschaften kommen bald.«

Als ob ich das nicht wüsste.

Oben in meiner Kammer schlüpfte ich in ein frisches Kleid und lief in die Heilerei. Wie stickig es hier war! Ich öffnete das Fenster.

Morgenluft strömte herein.

Valerian gähnte. Er streckte sich und zuckte gleich wieder zusammen. »Au, zum Henker!«

»Wie geht es Euch heute?«

»Bin mir nicht sicher, ob ich das wissen will.« Vorsichtig tastete er zu seinen Augen. »Ist es hell?«

»Die Sonne scheint. Wolkenloser Himmel.«

»Nicht für mich.« Mürrisch drehte er sich zur Wand. »Wann kommt dieser Verband endlich herunter? Ich will sehen können.«

Ich setzte mich zu ihm, legte meine Hand auf seine Schulter. »Der Beinwellwurzelbrei und die Salbe helfen, die Schwellung abklingen zu lassen. Ein paar Tage noch.«

»Tage ...?«

»Hier, nehmt noch vom Schmerzmittel.«

Dankbar ließ er es sich einflößen und verzog nicht einmal das Gesicht.

»Kommt, es ist Zeit aufzustehen!«

Valerian blieb stocksteif liegen. »Was? Aber ...«, protestierte er mit rauer Stimme.

»Aufstehen wäre der erste Schritt Richtung Essen.« Ich zwinkerte ihm zu – was leider umsonst war. Also zog ich sanft an seiner Schulter. »Hört Ihr, wie Alraune in der Stube den Tisch deckt?«

»Mir ist schon im Liegen schwindelig und ... wie soll ich mich zurechtfinden?«

»Ich helfe Euch! Seitlich aufsetzen. Das tut weniger weh.«

»Kann ich nicht hier essen, so wie gestern?«

Ich stand auf, stemmte die Hände in die Hüften. »Lieber selber zum Abort oder nochmal die Bettpfanne?« Inständig wünschte ich, dass er sich für Ersteres entschied.

Er stockte. »Na gut, ich versuche es.«

Mit schmerzverzerrtem Gesicht rollte er sich in meine Richtung. Eine Hand an seine Seite gepresst, stemmte er sich hoch, stöhnte.

Auf der Bettkante sitzend beugte er sich vor, um den Kopf in die Hände sinken zu lassen. Abrupt hielt er inne, sog Luft ein. Seine Hand schnellte wieder zu den gebrochenen Rippen. Mit geradem Rücken atmete er mehrmals vorsichtig durch.

»Mutter des Lebens, mein Kopf zerspringt.«

»Wir haben Zeit. In einer Weile geht es sicher besser.« Ich setzte mich neben ihn, stützte seinen Rücken.

Er stemmte die Hände auf die Bettkante, bemüht, aufrecht zu sitzen. »Wie sieht dieser Raum aus?«

Die Heilerei war mein Lieblingszimmer im ganzen Haus. Fürs Erste war es ungewöhnlich hell. Schien die Sonne durch die Flaschen mit den bunten Kräuteransätzen, die auf den Regalen beim Fenster standen, zauberte das Licht wundersame Farbspiele. Und es roch hier so gut, wegen der unzähligen Kräuterbüschel, die zum Trocknen von der Decke hingen.

Nunmehr stellte ich fest, wie unglaublich ungeeignet die Heilerei für jemanden war, der nicht sehen konnte. Die Kredenz war vollgeräumt mit Tontöpfen und Flaschen. Wie leicht konnte er etwas umstoßen. Das gäbe teuren Bruch, erst recht bei den kostspieligen Gefäßen aus Glas. Hier konnte er nicht bleiben, zumindest nicht auf Dauer. Die leere Kammer im Obergeschoß wäre besser geeignet. Sollte ich Alraune fragen, ob er dort schlafen durfte?

Ich räusperte mich. »Wir sind in einem Anbau unseres Hauses. Links an der Wand steht eine Kredenz, und vor uns, zwei Schritte entfernt, ein großer Tisch. Dazwischen werden wir durchgehen. Hinter der Kredenz links ist die Tür, die in die Stube führt.«

Er nickte, presste die Lippen aufeinander, machte sich bereit.

Ich legte mir seinen Arm um die Schulter und half ihm aufzustehen.

Schwankend hielt er sich an mir fest. »Bin nicht einmal sicher, wo oben und unten ist«, flüsterte er.

Ich sah zu ihm auf. »Ich halte Euch.«

Er war einen knappen Kopf größer als ich. Und gut gebaut. Im Vergleich zu ihm sah Finn beinahe schmächtig aus. Diesen Gedanken verbannte ich gleich wieder.

Inzwischen schien er sich gefangen zu haben.

»Könnt Ihr alleine stehen?« Vorsichtig ließ ich los.

Er ruderte mit einem Arm und streifte die Kredenz. Tontöpfe schepperten. Er zuckte zusammen »Mir ist schwindelig. Ich brauche dich!«

Dich!? Hatte er mich gerade geduzt? Mich, die weise Frau? Unverschämter Kerl! Hieß das, dass ich ihn auch einfach duzen konnte? Ich gab mir einen Ruck und stützte ihn wieder.

Er schnaufte kurz durch, stand aufrecht. Dann zog sich einer seiner Mundwinkel schelmisch nach oben. »Übertriebene Höflichkeit erübrigt sich wohl in meiner Lage ... Nur für den Fall, dass du das gerade überlegt hast.«

Woher wusste er das? Hatte er meine Stille nach seinem Bruch der Etikette so gedeutet?

Er tastete meinen Arm hinauf zur Schulter. Ein Kribbeln rieselte meine Haut entlang. Seine Finger entdeckten meine langen verfilzten Strähnen.

»Heilerhaare?«

Einen Kloß im Hals, nickte ich. Da fiel mir ein, dass er das nicht sehen konnte. »Ja«, sagte ich.

Er ließ seine Hand auf meiner Schulter ruhen, folgte mir langsam Schritt für Schritt.

»Knarzig, dieses Haus«, stellte er fest, als er mit den Zehen über die Türschwelle tastete.

Ich führte ihn nach draußen zum Abort.

Als wir die Stube wieder betraten, kam Alraune aus der Küche und stellte eine Pfanne mit Grießmus auf den Tisch.

»Guten Morgen! Ihr seid aufgewacht.«

Valerian hob den Kopf. »Guten Morgen. Ihr seid?«

»Alraune Ackerl. Willkommen in meinem Haus.«

Er neigte sich nach vorn, griff jedoch gleich wieder zu seinen Rippen. »Verzeiht, dass ich mich nicht verbeuge«, stöhnte er, »Valerian Gundermann. Danke, dass Ihr mich versorgt habt.«

Ich führte ihn zur Ofenbank und half ihm, sich hinzusetzen. Mit zusammengebissenen Zähnen lehnte er sich langsam zurück, die Hand fest an seine Seite gepresst. Vorsichtig ließ er den Hinterkopf gegen den Ofen sinken. »Mutter des Lebens.«

»Es wird bald besser. Habt Ihr Hunger?«

Er wartete, bis ich ihm eine Schüssel in die Hand gab. Seine Finger fuhren die Tischkante entlang, fanden das Besteck. »Holzlöffel?«

»Du bist Besseres gewöhnt?«

Alraune sah mich verwundert an.

Ich zuckte mit den Schultern. »Er hat das ›du‹ angeboten.«

»Ich bin nicht adelig«, sagte er.

»Wo kommst du her?«, fragte Alraune.

»Aus Kronenburg.«

»Willst du deiner Familie Bescheid geben?« Diese Frage hatte er mir gestern nicht beantwortet.

Er hielt inne. »Nicht nötig.«

Alraune zog eine Augenbraue hoch. »Und wohin warst du des Weges?«

»In die Berge«, sagte er und machte eine beiläufige Handbewegung.

»In die Baronie Hellenfels?«

Der Ton, den er von sich gab, klang nach einem trüben »Ja«, ohne eindeutig zu sein.

»Und wartet dort jemand auf dich?«

»Nein, ich wollte … ich wollte zu einem bestimmten Schmied.«

»Ist deine Kutsche überfallen worden?«

Er dachte nach. »Ich … ich weiß nicht, was passiert ist … es ist, als ob ich in ein schwarzes Loch gefallen wäre. Dann bin ich hier aufgewacht. Aber nein, keine Kutsche, ich war zu Fuß unterwegs.«

Zu Fuß? In dieser Kleidung? Kein Wunder, dass er ausgeraubt worden war.

Auch Alraune kniff die Augen zusammen, jedoch sie fragte nicht weiter. Stattdessen schenkte sie ihm eine Tasse Tee ein.

Das Essen hatte ihn erschöpft. Er fuhr sich mit der Hand an die Stirn, stützte seinen Kopf. »Ich glaube, ich muss mich hinlegen.«

»Natürlich. Moment bitte, bin gleich wieder da«, sagte ich und half Alraune beim Abräumen.

In der Küche suchte ich ihren Blick. Wie sollte ich sie am besten fragen? Seit Rikards Tod hatte Alraune nicht mehr in der Kammer oben geschlafen. Sie stand leer, seit Jahren.

Sie sah mich fragend an.

Ich stockte, brachte es nicht über die Lippen.

»Sag schon!« Alraune nahm einen Schluck von ihrem Tee.

»Die Heilerei ...«, flüsterte ich. »All die Gläser und Flaschen ... was, wenn er sie umwirft, versehentlich?«

Sie nickte. Trank die Tasse leer.

»Wäre es nicht besser, wenn er das Bett oben bekäme?«

Alraune verschluckte sich. Sie hustete, rang nach Luft.

Ich war zu weit gegangen. Rikards Kleidung war eine Sache, aber ihre alte Kammer ...

»Ich meine nur«, stammelte ich.

Alraune wischte sich über die Augenwinkel, räusperte sich. »Verstehe.«

Sie sinnierte, nickte nach einer Weile. »Du hast recht. Es ist sicher besser, wenn er oben schläft.« Doch mit jedem Wort sanken ihre Schultern tiefer.

Ich half Valerian hoch, um ihn nach oben zu bringen, als Lärm durch die offene Tür drang. Ich fuhr herum.

Er legte den Kopf schief. »Pferde?«

»Ja.«

Das konnte nur eins bedeuten. Die hohen Herren waren im Anmarsch.

»Schönen guten Morgen, Euer Hochgeboren! Ihr kommt wegen des Verletzten?«

Was für ein Glück, dass Alraune draußen war.

»Ganz genau! Man mache ihn mir vorstellig!«, schnarrte eine mir wohlbekannte Stimme.

»Wer ist das?«, flüsterte Valerian.

»Korvinus von Seggensee, der Sohn unseres Barons.«

Er versteinerte.

»Verbena, bring Valerian heraus!«, rief Alraune.

Ich nahm seinen Arm und zog ihn zur Tür.

»K... kann nicht«, stammelte er und schwankte, als würde er gleich zusammenbrechen.

Ich packte ihn, hielt ihn aufrecht. »Du musst! Der wird richtig ungemütlich, wenn er nicht sofort bekommt, was er will«, zischte ich ihn an.

Nun ließ er sich führen, seine andere Hand auf die Rippen gepresst.

»Vorsicht, großer Schritt über die Türschwelle.«

Valerian klammerte sich an mir fest, stolperte trotzdem.

Korvinus hatte sich nicht die Mühe gemacht, von seinem Pferd abzusteigen. Neben ihm waren zwei Wachen hoch zu Ross.

»Euer Hochgeboren«, grüßte ich ihn. Einen Moment sah ich in seine stechenden Augen, dann senkte ich mein Haupt und knickste.

Dieser Blick war aber ausreichend, um die übliche Woge an Missbilligung zu spüren, die er mir immer wieder entgegenbrachte.

Warum war er mir gegenüber so ablehnend? Oder war er zu allen so? Er hatte nie näher mit mir zu tun gehabt. Trotzdem überfiel mich jedes Mal wieder das Gefühl, dass er mich abgrundtief hasste.

Aus dem Augenwinkel sah ich, wie er sich durch sein langes Haar fuhr.

Wie konnte man nur so eingebildet sein? Dabei sah er beim besten Willen nicht gut aus, nicht mit dieser Nase! Sie war lang und spitz und ähnlich stechend wie sein Blick.

»Er sage mir seinen Namen!«, wandte er sich Valerian zu.

»Valerian Gundermann. Vom Kaufmannshaus ...«

»Sieh an, sieh an, die schönsten Stoffe in ganz Kronenburg, wie?« Korvinus grinste verächtlich auf uns herunter.

Valerian blieb regungslos stehen, hielt meinen Arm fest.

»Bürgerbrief?«

»Mir ... mir wurde alles gestohlen. Alles.«

»Stimmt das?«, fuhr er mich an.

Ich schreckte zusammen, als hätte mich ein Pfeil getroffen.
»Kein Hab und Gut. Nichts. Nicht einmal Schuhe«, stotterte ich.

»Wohin war er des Wegs?«

»Nach Fernau, zu meinem Onkel.«

Moment ... Hatte ich richtig gehört? Vorhin hatte er uns noch etwas anderes erzählt. Ich lugte Valerian von der Seite an. Er verzog keine Miene, und wenn, war sie gut hinter dem Verband versteckt.

Alraune hatte es auch bemerkt und sah mich fragend an.

»Und was ist ihm passiert?«

»Ich vermute, Wegelagerer entlang der Landstraße.«

»Was er nicht sagt. Das vermuten wir alle! Beschreibe er mir den Überfall.«

»Euer Hochgeboren ...« Valerian stockte, holte Luft. »... ich weiß nicht, was passiert ist. Meine letzte Erinnerung ist die Landstraße ... im Dämmerlicht.«

Korvinus sah ihn misstrauisch an.

»Euer Hochgeboren, mit Verlaub? Manche Leute verlieren nach einem Schlag auf den Kopf ihre Erinnerung«, sagte Alraune.

»Habe ich sie gefragt? Sie spreche nur, wenn aufgefordert!«, fuhr er sie an. Eines von Korvinus' Spucketröpfchen segelte in hohem Bogen auf sie zu. »Dann zeige er mir den Schlag auf seinen Kopf!«

Jetzt bohrten sich Valerians Finger in meinen Arm. Sie waren heiß und feucht. Er atmete schneller. Auch wenn man es ihm nicht ansah, spürte ich, dass er zitterte. Hatte er Angst? Wovor? Er kam nicht von hier, kannte unseren Adel nicht. Oder doch? Dann gab er mich frei, wohlwissend, dass er keine Wahl hatte. Ich öffnete den Verband. Nach wie vor waren seine Augen komplett zugeschwollen, das Gesicht grün und blau und verkrustet.

Korvinus pfiff anerkennend.

Die beiden Wachen wandten ihre Blicke ab.

»Die Jäger sagten, er wäre fein gekleidet gewesen. Man zeige mir das Wams!«

Mutter des Lebens! Das hatte ich zerschnitten. Da gab es nichts mehr herzuzeigen ... Ich trat von einem Bein auf das andere. »Euer Hochgeboren, das war komplett zerschunden. Wir haben es weggeworfen.«

Seine eisblauen Augen fixierten mich. Er lächelte süffisant: »Dann gehe sie und wühle im Abfall!«

Ich knickste und lief hinter das Haus zum Komposthaufen. Lieber grub ich den Müll um, als weiterhin vor ihm zu stehen. Alraune hatte Teesud auf die Reste des Wamses gekippt. Ich griff nach dem Stück Stoff mit dem größten braunen Fleck. Ach, weiter unten waren andere Teile auf Schalen roter Rüben gelegen. Deren rot-violette Farbe hatte sich in das Gewebe gesogen. Perfekt! Gemeinsam mit Valerians Blutflecken war vom ursprünglichen zarten Grün nichts mehr zu erkennen. Am liebsten hätte ich für Korvinus noch einen Kübel voll verrottendem Zeug mitgenommen. Zurück vor dem Haus stellte ich mich wieder neben Valerian, senkte meinen Blick und hielt die Fetzen Korvinus entgegen.

Dieser lachte schallend auf. »Er ist in knall-rosarot durch den Wald gelaufen ...? Der neueste Schrei aus dem Hause Gundermann, wie?« Er schlug sich mit der Hand auf den Oberschenkel, so dass das Pferd unter ihm scheute.

Valerians Hand suchte wieder nach meiner. Ich gewährte ihm den Halt, auch wenn ich mich selbst am liebsten vor Korvinus' Blicken unter der Ofenbank verkrochen hätte.

»Männer, dem ist nichts hinzuzufügen ... Wer wie ein Hofnarr durch den Wald läuft, ist wirklich ein Narr!«, spie er auf uns herunter. Dann drehte er ab und galoppierte davon, dass die kleine Brücke unter ihm beinahe barst.

Valerian hielt sich so lange aufrecht, bis der Hufschlag nicht mehr zu hören war. Dann sank er in sich zusammen. »Mutter des Lebens!«, stöhnte er gekrümmt auf der Wiese liegend. Er langte hinauf zu seinen Augen, doch als er bemerkte, dass er keinen Verband trug, ließ er wieder ab. Einige Male atmete er durch. Dann schien er sich zu beruhigen.

»Rosarot...?«, flüsterte er.

»Wir hatten letztlich Rote-Rüben-Suppe. Dein Glück!«

Er lachte auf.

Inzwischen hatte sich Alraune neben mir aufgebaut. »Und wohin willst du wirklich?«

Valerians Lachen verstummte. »Hellenfels. Das ist die Wahrheit. Aber das braucht der hier nicht zu wissen.« Er zeigte in die Richtung, in der die Pferde verschwunden waren. »Aber er hat schon recht, ich bin ein Narr. Es tut mir leid! Darf ich euch bitten, das für euch zu behalten?«

»Junge, wenn du bei uns unterkommen willst, erwarte ich von dir Ehrlichkeit!« Ohne auf Antwort zu warten, schritt Alraune ins Haus.

»Komm, du wirst jetzt woanders schlafen.« Ich griff nach seiner Hand und zog ihn hoch.

Als er neben mir stand, flüsterte er mir ins Ohr: »Danke, dass du das für mich gemacht hast.«

Oben im frischen Bett säuberte ich seine Wunden.

»Du kennst Korvinus?«

Er schindete Zeit, meine Frage zu beantworten. Doch dann sagte er: »Aus Kronenburg. Korvinus ist dort der neue Stern am Adelshimmel. Die Herrschaften lassen sich gern bei Gundermanns einkleiden. Ich bin so froh, dass er mich nicht erkannt hat.«

⟨DER VERBOTENE GEIST

Ob es Hoffnung gab, den verlorenen Dolch zu finden? Eher nicht. Versuchen wollte ich es trotzdem und Finn wusste, wo die Unfallstelle war. Was für eine einmalige Ausrede, sich mit ihm zu treffen.

Beschwingt lief ich durch die Stube und zur Tür hinaus.

Alraune saß auf der Bank vor dem Haus. Die Arme vor der Brust verschränkt starrte sie auf den Weiher.

»Er ist wieder eingeschlafen«, sagte ich und wollte gleich weiter ins Dorf.

Sie funkelte mich an. »Gestern noch auf der Landstraße, heute schon bei uns eingezogen ... Verbena, so wahr ich Alraune Ackerl heiße, ich sage dir, der verbirgt etwas. Das können wir in Zeiten wie diesen beim besten Willen nicht brauchen! Außerdem, muss das sein, das mit der Kammer oben? Wir haben die Heilerei, damit wir die Patienten aus unserem Leben raushalten können.«

Meine Güte, musste sie immer alles so eng sehen? »Ich weiß, aber wie soll er sich zwischen all den Kräuterbüscheln und Gläsern zurechtfinden? Er ist blind! Zumindest momentan. Was, wenn er das Regal mit den Ansätzen umstößt? Dann wären Monate unserer Arbeit umsonst. Außerdem hast du mir gesagt, dass ich für ihn verantwortlich bin.« Ich stemmte die Hände in die Hüften.

Alraune seufzte.

Ich konnte nicht erkennen, ob sie zustimmte oder weiterhin unzufrieden war. Vermutlich beides.

»Wir kennen ihn nicht. Ich sage dir, dem können wir nicht trauen!«

»Willst du ihn wieder auf die Straße setzen? In diesem Zustand?«

»Nein, natürlich nicht. Eine gute Heilerin hilft, wo sie kann. Trotzdem habe ich ein schlechtes Gefühl.«

»Das mit der Kammer tut mir leid, ich wollte dir nicht zu nahe treten.«

Eine Weile schwieg sie. Dann löste sie die verschränkten Arme und sah mich an. »Du hast schon recht, das Leben geht weiter und hin und wieder wird man unsanft daran erinnert.« Sie stand auf und deutete durch die Tür in die Stube hinein. »Aber jetzt kann ich hier – in unserem eigenen Heim – nicht einmal mit dir reden. Siehst du, was ich meine?«

Sprach sie nicht schon die ganze Zeit mit mir? Während ich eigentlich Finn suchen wollte ...

»Gibt es noch etwas zu besprechen?«

Sie knetete ihre Handgelenke. »Na ja, du weißt schon.«

Meine Güte, das auch noch. Ich machte mich darauf gefasst, dass ich nicht so bald aufbrechen konnte. »Dann gehen wir zum Bach. Dort hört uns niemand.«

Murrend folgte Alraune mir.

Am Ufer suchten wir nach einer Stelle, wo das Plätschern unser Reden übertönte. Dort setzten wir uns auf Steine.

Ich wartete darauf, dass Alraune zu sprechen begann. Sie sah den gluckernden Wellen zu, wie sie sich ihren Weg zwischen den Steinen bahnten.

»Wie geht es dir mit dem Marder?«, fragte sie.

»Ä-hm.« Was sollte ich darauf sagen? »Manchmal sehe ich durch seine Augen.«

»Im Traum?«

»Nicht nur ... es überkommt mich, auch tagsüber.«

Alraune sah mich besorgt an. »Und dann?«

Ich schluckte, erinnerte mich ungern daran, wie ich mich selbst durch Malves Augen gesehen hatte und dabei beinahe in Ohnmacht gefallen war. Meine Nackenhaare stellten sich auf, genau wie damals. »Dann ... dann bin ich nicht mehr in meinem Körper.«

»Mutter des Lebens! Du musst das unter Kontrolle bringen!« Ihre Stimme war scharf.

Nichts lieber als das, nur ...»Wie?«

»Das weiß ich auch nicht. Aber ich bin mir sicher, dass der Ziegenbock der alten Seggenseerin auf sie gehört hat.«

»Warte ... du sprichst von Korvinus' Großmutter, stimmt das?«

Sie nickte. »Wicke und ich ... wir sind ihr immer wieder nachgeschlichen. Wir wollten wissen, was sie konnte. Sie war weit und breit die Einzige, die für so eine Gabe bekannt war und vor allem selbst keinen Hehl daraus gemacht hat. Sie hat den Bock oft auf ihre Schwiegertochter angesetzt, um ihr nachzuschnüffeln. Böses, altes Weib!«

Das hatte sie wohl an ihren Enkel weitergegeben, dachte ich.

»Das arme Mädchen hat sich ziemlich verfolgt gefühlt. Ich glaube, die zwei haben sich gehasst! Inzwischen sind beide tot. Mavanja habe sie selig! Einmal hat der Bock auch uns erwischt, als wir der ehrwürdigen Baronin folgten.« Sie grinste schelmisch. »Meine Güte, war das ein Donnerwetter! Sie hat genau gewusst, wo wir versteckt waren. Der Ziegenbock hat es ihr verraten! So, und jetzt kommen wir zum eigentlich Wichtigen ... Bevor sie auf uns aufmerksam wurde, stand sie bei einer Eberesche und band eines ihrer Haare an einen der Äste. Weißt du, warum sie das getan hat?«

Woher sollte ich das wissen? Ich hob die Schultern und sah sie fragend an.

»Es ist das Ritual für Alvar, den Geist der Magie!«

»Der Verbotene?«

Sie nickte. »Wenn du dich bereit fühlst, deine Gabe anzunehmen, kannst du dich bei Alvar bedanken, dich an ihn binden. Dem alten Glauben nach wird er dir helfen, dein Talent auszureifen, zu verfeinern. Außerdem ...«, sie zwinkerte mir zu, »... ist er sicher ganz ausgehungert nach den vielen Jahren des Vergessenseins und freut sich über ein bisschen Aufmerksamkeit.«

Nachdem ich Alraune gesagt hatte, dass ich mehr über Valerian herausfinden wollte, indem ich mir seine Unfallstelle ansah, hatte sie mir die nächsten Stunden frei gegeben.

Nun schlenderte ich ins Dorf, vorbei an einer Eberesche nach der anderen. Sie standen entlang des Moosbacher Feldes. Noch nie hatte ich diese zarten Bäume so deutlich wahrgenommen. Wie Schnee rieselten ihre weißen Blütenblätter zu Boden. Die Ebereschen riefen nach mir, jede einzelne von ihnen erheischte, dass ich stehen blieb, ein Haar an einen ihrer Äste band.

Sollte ich es wagen?

Wollte ich es wagen?

War es die einzige Möglichkeit, nicht hilflos in Malve hineingesaugt zu werden? Oder machte es alles nur noch schlimmer? Vor dieser Vorstellung graute mir. Trotzdem verlangsamte sich mein Schritt. Ich sah mich um.

Weiter vorne am Weg waren zwei Menschen – Wicke und die Moosbacherin. Sie kamen auch noch auf mich zu. Nein, diesen Bäumen hier durfte ich mich nicht nähern. Auf keinen Fall.

Ich winkte den Frauen zu und versuchte gesenkten Blicks vorbeizugehen.

»Verbena! Wir wollten euch gerade besuchen. Ist der Verletzte schon wach?«, rief Wicke mir entgegen. Wie neugierige Kühe liefen die alten Frauen herbei.

»Ist es wirklich ein Adeliger?«, flüsterte die Moosbacherin andächtig.

Meine Güte, am liebsten hätte ich die Augen verdreht. So wenig ich von Valerian bislang wusste, es war klar, dass er all diese Aufmerksamkeit nicht wollte. Alraune vermutete schon richtig, dass er etwas verbarg.

»Mavanja sei mit euch! Er war kurz wach«, stammelte ich.

Sie sahen mich so erwartungsvoll an, dass ich lächeln musste.

»Er ist nicht adelig, aber von einem Kaufmannshaus.«

Kurz war ihnen die Enttäuschung ins Gesicht geschrieben, doch dann leuchtete Wickes Blick auf. »Ein feiner Herr ...«

»Ja, ein feiner Herr!«, hauchte Gunda und sie kicherten beide.

Das war er wohl, ein feiner Herr. Einer mit Geheimnissen.

Finn saß auf dem Rand des Brunnens am Dorfplatz. Sein roter Haarschopf war schon von weitem zu erkennen. Er war umringt von – ich kniff die Augen zusammen – Ludek, Gunar, Rolan und einigen anderen. Hatte sich das ganze Dorf um ihn versammelt? Sie alle lauschten ihm und lachten, als er wild gestikulierend wie ein Raubtier knurrte.

Wie er das nur machte, dass ihm immer alle an den Lippen hingen? An den Lippen ... ein Kichern blubberte in mir hoch. Ich strich über die meinen. Mir wurde heiß.

Mutter des Lebens, bestimmt war ich nun so rot wie eine Himbeere! Dabei hatte ich noch nicht einmal ein Wort mit ihm gewechselt, und er stand dort, umringt von allen seinen Freunden. Sich einfach dazuzustellen, kam nicht in Frage, noch dazu als einziges Mädchen.

Wie ein Hase schlug ich einen Haken, lief davon vor dem Jäger, geradewegs auf die Drei Linden zu. Fria war sicher in der Schank. Vielleicht konnte auch sie mir sagen, wo Valerians Unfallstelle war. Sie ließ sich doch immer alles genau erzählen.

»Verbena!«

Wie angewurzelt blieb ich stehen, drehte mich langsam um.

Der Jäger stellte den Hasen.

Der Rest der Gruppe starrte uns an.

»Sei gegrüßt!«, sagte er.

»Ä-hm ... Morgen!«

Von wegen »Morgen«. Die Sonne stand hoch über den Linden am Dorfplatz. Es war sicher schon Mittag! Wäre ich doch nur ein Regenwurm, dann könnte ich mich hier im Boden verkriechen ... Warum fiel es mir so schwer, mit ihm zu reden? Dass alle anderen mich beobachteten, machte es nicht leichter. Ich warf einen Blick über seine Schulter. Meine Güte, Ludek war sogar aufgestanden, um uns besser zu sehen. Konnte nicht wieder alles normal sein – so wie es letztes Jahr noch gewesen war?

»Wollte zu Fria«, stammelte ich und deutete auf die Tür der Drei Linden.

Jetzt hab dich doch nicht so!, sagte ich zu mir selbst und gab mir einen Ruck. »Aber ... aber dich wollte ich auch etwas fragen.«

»Nur zu!« Er fuhr sich durch die Haare. Schwoll seine Brust gerade an?

Ich räusperte mich. »Die Stelle, wo ihr den Verletzten gefunden habt ... wo war das genau? Ich würde mir das gern ansehen.«

»Hinter Seggensee ein Stück der Landstraße entlang, nahe der Brücke über die Nebelschlucht.«

Nahe der Nebelschlucht? Ich verzog das Gesicht.

Er nickte zustimmend. »Allein solltest du da nicht hingehen, nach dem, was dort passiert ist. Aber ... ich könnte es dir zeigen.« Er lächelte mich an.

Ich versank in seinen strahlend blauen Augen. Sie zauberten mir ein Lächeln ins Gesicht. Perfekt! Endlich eine Möglichkeit, Zeit mit ihm zu verbringen, allein, nur wir beide!

»Jetzt gleich?« Er deutete über die Schulter in die Gehrichtung. Mein Blick folgte seiner Hand und landete wieder bei den anderen Jungen. Wir zogen noch immer die gesamte Aufmerksamkeit auf uns. Von »allein« war keine Rede ... Bestimmt würden sie klatschen und sich den ganzen Nachmittag den Mund darüber zerreißen, wenn Finn und ich gemeinsam das Dorf verließen.

»Ich wollte doch kurz mit Fria reden«, sagte ich schnell, »Können wir uns beim Aschweidenhof treffen?«

»Gut, Gnädigste, ich werde auf dich warten.« Damit verbeugte er sich vor mir, als ob er in Kronenburg am Hofe wäre. Der Jubel der Burschen hallte über den ganzen Dorfplatz.

Schleunigst verschwand ich in den Drei Linden und drückte die Tür hinter mir zu.

Durch den Gasthof eilte ich wie ein aufgescheuchtes Huhn. Fria fand ich in der Küche. Nur kurz im Vorüberlaufen bat ich sie, mich vor dem Sautrogrennen in der Heilerei abzuholen – was sie sicher auch so gemacht hätte. Mit ihrem fragenden Blick im Rücken verließ ich die Drei Linden gleich wieder, ab durch die Hintertür, und lief zum Treffpunkt.

Finn lehnte am Zaun des Aschweidenhofs, Köcher und Bogen über die Schulter gehängt. Meine Knie fühlten sich plötzlich an wie Grießmus. Als ich auf ihn zuging, streckte er mir seine Hand entgegen und grinste mich an. »Gnädigste!«

Meine Güte, war sein Lächeln ansteckend!

Zaghaft legte ich meine Hand in seine.

Er zog mich weg von den Häusern. Wir liefen die Landstraße entlang, bis an den Seiten nur noch Bäume waren. Dann blieb er stehen und drehte sich zu mir, beugte sein Gesicht vor meines. Er strich über meine Wange. Die Berührung seiner Lippen war ...

Da hörte ich etwas. Ein Rumpeln. Ich stockte, ließ ab von ihm.

Finn räusperte sich. »Das ist nur eine Kutsche«, sagte er und lächelte verlegen, als hätte man uns gerade erwischt. War er schüchterner, als ich es von ihm annahm? Ich biss mir auf die Unterlippe, um zu verstecken, wie sehr mich dieser Gedanke erfüllte.

Sobald die Kutsche vorbeigefahren war, suchte seine Hand wieder nach meiner und wir gingen wortlos grinsend nebeneinander her.

»Was willst du bei der Unfallstelle?«, fragte er nach einer Weile.

»Sehen, ob ich Valerians Hab und Gut finden kann.«

»Valerian?« Finn sah mich mit hochgezogenen Augenbrauen an. Sein Griff um meine Hand verstärkte sich. »Hätte nicht gedacht, dass er durchkommt«, murmelte er mehr zu sich selbst.

»Er spricht von einem Rucksack, den er nicht mehr hat. Den will ich suchen.«

Finn zuckte die Achseln. »Der wurde geklaut. Wir haben uns die Stelle angesehen. Dort war nichts. Und inzwischen haben Korvinus und seine Wachen sicher alles niedergetrampelt, was noch zu finden gewesen wäre.«

»Korvinus war dort?«

»Natürlich. Gut, dass er sich darum kümmert! Die von Seggensees sollten zusehen, dass unsere Straßen sicher sind. Der alte Baron hat sich viel zu wenig gesorgt. Höchste Zeit für frischen Wind!«

Mir schauderte. Alraune hatte so eine Hochachtung vor dem Baron. War sie damit inzwischen die Einzige? Gewiss brauchten wir sichere Straßen, aber ausgerechnet Korvinus? Der war keine frische Brise ... eher ein Pesthauch, der nach Verliesen und Folterkammern roch.

Finn verlangsamte seinen Schritt. Er hatte wohl meine Anspannung bemerkt. Mit dem Kopf deutete er hinauf zur Burg Seggensee, an der wir gerade vorbeikamen.

»Mach dir keine Sorgen, bei Korvinus ist das in guter Hand. Er wird die Räuber schon ausräuchern.«

Ich nickte. Er hatte recht. Es war gut, dass für unsere Sicherheit gesorgt wurde – solange ich mit Korvinus nichts zu tun haben musste.

»Hat der Adelige erzählt, was vorgefallen ist?«

Schon wieder diese Frage und schon wieder erklärte ich, dass Valerian nicht adelig war und sich an nichts erinnerte.

Finn presste die Lippen aufeinander. »Schade, das hätte uns weitergeholfen.«

Uns? Den Jägern? Oder arbeiteten sie gar mit Korvinus zusammen?

Dünne Nebelschwaden waberten den Waldrand entlang. Es war seltsam warm und dazu kam der beißende Geruch nach faulen Eiern. Ich bedeckte Mund und Nase mit meinem Ärmel, unterdrückte ein Würgen. Wie ich diese Gegend hasste! Niemand kam gern hierher und keiner traute sich tief in die Schlucht hinein. Es hieß, der Dampf dort drinnen sei so heiß, dass er einen verbrühe.

Finn blieb stehen. Er deutete auf den Straßenrand. »Hier haben wir ihn gefunden.«

Ich hockte mich hin und betrachtete die Stelle.

Mutter des Lebens! An manchen Steinen klebten braune Flecken. Es hatte in den letzten zwei Tagen nicht geregnet. Das musste Valerians Blut sein.

»Komm, ich zeige dir, was wir gefunden haben.« Finn kletterte die Böschung hinauf und hielt die Äste eines Busches beiseite, so dass ich durchschlüpfen konnte. Dann führte er mich zwanzig Schritt weit in den Wald hinein. Der Nebel ließ die Bäume gespenstisch aussehen.

Finn zog einen Pfeil aus seinem Köcher und zeigte mit ihm auf den Waldboden. »Siehst du die Mulde zwischen den Wurzeln? Dort war das Laub zerdrückt. Da hat wer geschlafen. Vermutlich ...«

»Valerian?«

»Ja, der.« Finn deutete daneben auf den Boden. »Hier war das Laub weggetreten, so als ob er sich schnell aufgerappelt hätte und ...« Er ging drei Schritte weiter. »... an diesem Busch sind auf einer Seite die Äste geknickt. Da ist jemand hineingefallen oder gestoßen worden. Wir nehmen an, er hat versucht, zur Straße zu flüchten. Auf dem Weg dorthin muss er mehrmals gestürzt sein.«

Finn wies auf weitere geknickte Äste und einen Stamm mit einem Schnitt in der Rinde. »Der Angreifer ist wohl mit einem Messer auf ihn losgegangen.«

Ich kniete mich vor den Baum, fuhr den Schnitt mit dem Finger nach. Nein, das passte nicht zu den Verletzungen. Und Korvinus hatte in seiner glorreichen Nachforschung nicht einmal daran gedacht, uns Heilerinnen nach unseren Befunden zu fragen.

»Er hatte keine Schnittwunden. Es sah eher so aus, als sei er mit einem Stock verprügelt worden. Vielleicht hat er sich mit einem Messer gewehrt?«

Nicht mit einem Messer ... mit seinem Dolch! Offenbar hatte er ihn zu diesem Zeitpunkt noch.

»Möglich. Messer haben wir keines gefunden.«

Dann war der Dolch wohl weg, gestohlen. Schade.

Finn ging einige Schritte zur Straße zurück. »Am Schluss muss er die Böschung hinuntergerollt und dort unten liegen geblieben sein. Das Eigenartige ist, dass es keine eindeutigen Spuren von anderen Personen gibt. Es müssen wenige oder überhaupt nur einer gewesen sein und derjenige kennt den Wald gut, weiß, wie man sich hier bewegt, ohne aufzufallen.«

Finn war in seinem Element. Mir war nicht bewusst gewesen, dass er ein so guter Spurenleser war, ein Tüftler, der dieses Rätsel lösen wollte. In seinem Eifer bemerkte er gar nicht, wie erschüttert ich war. Wie ich meine Hände knetete, um ihr Zittern zu verbergen. Dass ich kaum in der Lage war, die Tränen zurückzuhalten. Armer Valerian! Warum hatte man ihm das angetan? War er nur zur falschen Zeit an diesem unheimlichen Ort gewesen? Hätte es nicht gereicht, ihm seinen Rucksack zu entreißen und davonzulaufen? Ich drehte und wendete mich, versuchte, durch die Nebelschwaden hindurchzusehen, erwartete hinter jedem Baum den Angreifer. Wenn dieser einmal hier aufgetaucht war, was sprach dagegen, dass er sich immer noch in der Nähe aufhielt?

»Können wir gehen?« Meine Stimme klang viel gepresster, als mir recht war.

Finn sah mich erschrocken an. »Natürlich. Ich bringe dich nach Hause.«

Erst nahe der Heilerei wurde mir leichter. Ich schmiegte mich an Finn, der seinen Arm um mich gelegt hatte. Vor der kleinen Brücke zum Haus hinüber blieb mir nichts anderes übrig, als mich aus seiner Umarmung zu befreien. »Alraune ...«, flüsterte ich und hob entschuldigend die Schultern.

Er nickte. Unter seinem Wams zog er eine Feder hervor. Blau und schwarz gestreift. Wunderschön.

»Von einem Eichelhäher«, sagte er und steckte sie mir ins Haar. Dann spürte ich für einen Augenblick einen Hauch von einem Kuss auf meiner Wange. Wohlig durchströmte es mich.

Im Gehen zwinkerte er mir zu. »Vergiss das Sautrogrennen nicht!«

»Wie könnte ich ...«, rief ich und sah ihm nach, bis er zwischen den Bäumen verschwunden war.

Ich strich durch mein Haar, fühlte nach der Feder. Mein Kopf schwirrte. Wie lange war es noch hin bis zum Sautrogrennen? Zwei Tage. Übermorgen. Viel zu lange!

Noch wollte ich nicht ins Haus zurückkehren und setzte mich wieder ans Bachufer. Es war so viel geschehen. Finn, Korvinus, Valerian, Malve, Alvar ... Mutter des Lebens!

Sich um Valerian zu kümmern, war schon genug, und dass wegen seines Unfalls Korvinus bei uns auftauchen musste ... In mir sträubte sich alles, wenn ich nur an den Widerling dachte. Konnte ich nicht ein einfaches Leben haben? Eines ohne eine Gabe, bei der ich auf Schritt und Tritt darauf achten musste, dass sie unentdeckt blieb. Ein Schicksal wie das der Kreuzdorner Hexe wollte ich sicher nicht!

Doch dann dachte ich an Malve, spürte ihn, wie er in meinem Bett schlief. Ich schickte ihm die Wärme, die ich für ihn empfand. Es wäre so viel leichter, könnte er ein normales Haustier sein.

Das Gefühl, das ich von ihm empfing, veränderte sich. Es war nicht mehr ruhig, eher bewegt, aufgeregt. Hatte ich ihn geweckt? Mist, schlafend war er mir am liebsten!

Wenigstens dann konnte ich sicher sein, dass mein Geist nicht in seinen Körper gezogen wurde.

Ich starrte zum Haus hinüber. Da war er! Auf der Türschwelle.

Er streckte die Nase in den Sonnenschein. Es war für ihn so hell, dass es mich blendete. Ich zwinkerte, schüttelte den Kopf, wollte nicht schon wieder durch seine Augen sehen.

Er war erbost, das spürte ich. Was hatte ich mir da bloß erlaubt, ihn mitten am Tag aufzuwecken? Trotzdem mied er mich nicht. Er huschte am Haus entlang in meine Richtung und überquerte die Brücke. Er war noch einige Meter entfernt, als ich ihn schon grummeln hörte.

»Es tut mir leid! Ich wollte dich nicht aufwecken.«

Er sprang mir in die Arme. Bevor er seinen Kopf unter meine Achsel steckte, warf er mir noch einen empörten Blick zu.

Reuig strich ich ihm über den Rücken. »Was mache ich nur mit dir?«

Da hatte ich gedacht, dass ich wenigstens tagsüber vor ihm sicher war, und jetzt das! Durfte ich nicht einmal an ihn denken, ohne seinen gesegneten Schlaf zu stören? Was, wenn ich unter Leuten war, und Malve dort auftauchte? Mavanja sei Dank, dass das nicht schon passiert war, während ich mit Finn im Wald gewesen war. Alraune hatte recht, ich musste dem Herr werden!

Malve kam zu mir, wenn ich ihn rief – das wusste ich schon. Aber würde er auch dorthin laufen, wo ich ihn hinschickte? Um es zu prüfen, musste ich mich beeilen. Er war schläfrig, aber gerade noch wach.

Einmal noch strich ich über seinen Körper, dann stellte ich ihn neben mir auf den Boden. »Geh wieder schlafen!«, sagte ich und zeigte Richtung Haus.

Er warf mir einen Was-willst-du-eigentlich-von-mir-Blick zu, hatte mich offensichtlich nicht verstanden. Aber vielleicht ging es ja anders ... mit geschlossenen Augen zeichnete ich im Geiste eine Fährte zurück zum Haus. Das warme Band schlängelte sich über die Brücke, vorbei am Gemüsebeet, durch die Tür und die Treppe hinauf.

Malve sah tatsächlich kurz hinüber zum Haus. Doch dann grummelte er, kletterte wieder auf meinen Schoss und rollte sich zusammen.

Es war zum aus der Haut fahren ... er folgte mir kein bisschen!

Aber so leicht gab ich mich nicht geschlagen. Ein weiteres Mal setzte ich ihn neben mir ab und stand vorsichtshalber auf. Ich dachte wieder an die Fährte, nur diesmal ließ ich sie in einem flauschigen Federbett enden.

Malve hob seinen Kopf und sah mich müde an.

»Ja, das muss sein!«

Er setzte sich in Bewegung.

Erleichterung durchströmte mich. Ich war zu ihm durchgedrungen!

Das musste ich jetzt sehen, ob er richtig lief ...

Noch bevor ich die Treppe erreicht hatte, hörte ich Valerian schreien.

Oh nein!

Die Tür zu seiner Kammer war näher als meine. Als ich den Treppenabsatz oben erreichte, lief Malve gerade mit aufgestellten Nackenhaaren und buschigem Schwanz über den Gang in mein Zimmer hinüber.

Mist, Mist, Mist! Jetzt hatte ich beide verschreckt.

Ob Malve jemals wieder auf mich hören würde?

Ich lief in Valerians Kammer. Er saß aufrecht im Bett, keuchte, seine Hand auf die Rippen gepresst. »Verbena? Da ist etwas hereingekommen ...«

Ich legte meine Hand auf seine Schulter. »Es tut mir leid! Das war Malve.«

»Eure Katze?«

»Ä-hm ... nein. Malve ist ein Marder.«

»Ein Marder?«

Was sollte ich sagen? »Ich habe einen Marder ... als Haustier ... und er ist leider etwas unerzogen.«

Ich setzte mich zu ihm auf die Bettkante und half ihm, sich wieder hinzulegen.

»Dein Rucksack ist tatsächlich gestohlen und ... der Dolch auch.«

Er presste die Lippen aufeinander, nickte.

»Kannst du dich inzwischen an etwas erinnern?«

Sein Nein war so leise, dass ich mich zu ihm beugen musste, um es zu hören. Bei dem Gedanken an das, was ihm zugestoßen war, legte ich meine Hand auf die seine, wollte nichts mehr, als für ihn da sein.

»Warum hast du nicht in einer Herberge geschlafen?«

Valerian wandte den Kopf zu mir, als wollte er mich ansehen. »Das ... ging nicht.«

»Der Gasthof zu den Drei Linden bei uns im Dorf wäre nicht fern gewesen.«

Schon wieder ließ er sich Zeit zu antworten.

»Ich dachte, ich schaffe es weiter, aber dann hat mich die Dämmerung eingeholt. Man sollte ja nicht glauben, dass es so gefährlich ist, im Wald zu übernachten.«

»Du hast dich jedenfalls gewehrt. In einem der Baumstämme dort ist ein Schnitt, vermutlich von deinem Dolch.«

Er strich über seinen Verband, ballte die Faust. »Keine Ahnung. Ich sagte doch, ich weiß es nicht. Seit ich mich dort im Nebel hingelegt habe, ist bei mir alles dunkel. Alles!«

DAS SAUTROGRENNEN

Alraune hatte beschlossen, dass wir neue Seife brauchten. Also stand ich hinter dem Haus beim Lagerfeuer, rührte im großen Kessel und bemühte mich möglichst wenig von dem stinkenden Zeug einzuatmen.

Natürlich war ich auch für meinen Patienten da, sobald er aufwachte. Das kam aber selten vor. Er hatte die letzten Tage fast ausschließlich geschlafen.

Wenn er einmal wach war, wartete er nur darauf, dass wir ihn endlich von seinem Verband befreiten. Er wollte weiter, so schnell wie möglich. Doch Alraune mahnte zur Geduld, bis die Schwellung um die Augen vollends verschwunden war. Das würde wohl noch dauern. Sehr zu seinem Leidwesen strich ich nur jeden Tag neue Salbe auf die Wunden und wickelte ihn wieder mit Bandagen ein. Auch wenn sein Gesicht von Tag zu Tag besser und vor allem weniger bunt aussah, konnte er immer noch nicht sehen.

Er bat mich oft, ihm seine Umgebung genau zu beschreiben. Dafür, dass er nichts sah, fand er sich dann erstaunlich gut zurecht.

Inzwischen hatte auch Alraune eingesehen, dass es gut gewesen war, ihm das Bett oben zu überlassen. In der Heilerei hätte er keine Ruhe bekommen. Es kamen ständig Leute mit ihren Leiden. Sie kauften Salben, Tränke und Tees oder tauschten sie gegen Essen und andere nützliche Dinge.

Finns Mutter brachte mir sogar ein neues Kleid. Ein Hellblaues, das genau zu seiner Feder passte! Die Salbe, die ich ihr vor ein paar Tagen auf ihre verbrühte Hand gestrichen hatte, musste gut geholfen haben. Auch Hederich hatte vorbeigeschaut, um sich nach dem Befinden des Verletzten zu erkundigen. Finn wäre mir lieber gewesen, aber der musste zu Hause seiner Mutter helfen, wenn er nicht gerade auf der Jagd war.

Aber heute Nachmittag war es soweit – das Sautrogrennen beim Waldsee fand statt. Das ewige Warten hatte ein Ende!

Um die Mittagszeit stand Fria in der Tür und begutachtete mich von oben bis unten. »A-ha, da hat sich jemand herausgeputzt!«

Ich drehte mich vor ihr und führte mein neues Kleid vor, griff auch nach der Feder, um zu prüfen, ob sie gut in meinen Strähnen steckte.

Fria grinste. »Dich hat es ja voll erwischt. Bist du soweit? Die Jungen haben sich schon auf den Weg gemacht! Es heißt, sogar Ulrik von Seggensee fährt diesmal mit!« Wie üblich war sie bestens informiert.

Das ließ Alraune aufhorchen. »Korvinus wird das nicht zu schätzen wissen, dass sich sein junger Bruder schon wieder unters Volk mischt.«

Für Volksnähe waren die von Seggensees nicht gerade bekannt.

»Das hat Ulrik noch nie gestört … Wir alle erinnern uns an das letzte Mavanjafest.« Fria grinste.

Alraune rollte die Augen. »Vor allem an seine blutige Nase erinnere ich mich lebhaft! Viel Spaß, ihr beiden!« Sie lächelte mir zu und winkte uns zur Tür hinaus.

Ich griff nach meinem Picknickkorb und lief los.

Sobald wir über die Brücke gegangen waren, platzte es aus Fria heraus. »Du warst mit Finn im Wald?! Wie war es??«

Natürlich wusste sie es. Sicher wusste es das ganze Dorf.

Meine Wangen fühlten sich auf einmal heiß an. Unschuldig hob ich die Schultern. Aber ich schaffte es nicht, das Grinsen zu verbergen, das sich auf mein Gesicht geschlichen hatte.

Fria fiel mir um den Hals. »Oh, wie lieb – ihr zwei Turteltäubchen!«

Am Weg zum Waldsee erzählte sie mir die genaue Aufstellung

des diesjährigen Rennens. Finn und Ludek teilten sich wieder einen Trog. Finn zum Paddeln und Ludek zum Schöpfen, genau wie letztes Jahr. So hatten sie gewonnen und galten nun als Favoriten.

Heute waren sie schon in aller Früh am Zaun des Moosbacher Bauern gestanden und hatten darauf gewartet, bis die Schweine mit ihrer Mahlzeit fertig waren. Dann hatten sie den Trog ins Dorf geschleppt und waren den ganzen Vormittag damit beschäftigt gewesen, ihn sorgfältigst abzudichten. Das Dorf hatte danach unglaublich nach Pech gestunken.

»Eigentlich kann nichts mehr schiefgehen!«, kicherte Fria. Wir beide drückten ihnen jetzt schon die Daumen.

»Ulrik bringt anscheinend einen Pagen aus dem Schloss mit, der für ihn schöpft«, fuhr sie fort.

»Ob die gewinnen könnten?«

Fria zuckte mit den Schultern. »Seit Ulrik zum Ritter ausgebildet wird, ist er sicher gut trainiert.« Sie lächelte in sich hinein.

Ich sah die Vorfreude in ihren Augen blitzen und lachte laut los.

Sie warf mir einen schiefen Blick zu und redete einfach weiter. »In den anderen beiden Trögen sitzen Gunar und Henrik und Rolan und Levin, aber wen interessiert das schon«, schloss sie ihren Bericht mit einer abfälligen Handbewegung.

Auf der Lichtung beim Waldsee war schon einiges los. Die Tröge standen am Ufer, bereit, ins Wasser geschoben zu werden. Mein Blick flog über die Menge, hielt Ausschau nach Finns roten Haaren.

Da!

Er stand neben Ludek. Die beiden musterten die Tröge.

Ob ich einfach zu ihm gehen konnte?

Mein Magen schnürte sich zusammen. Am liebsten wäre ich auf ihn zugelaufen und ihm um den Hals gefallen. Aber er sah so … beschäftigt aus.

Fria stand plötzlich nicht mehr neben mir. Sie tratschte schon mit den Mädchen aus unserem Dorf. Warum war ich nicht mit ihr mitgegangen? Ich hatte nicht einmal gemerkt, dass sie schon weiter war.

Wie peinlich.

Doch da hob Finn den Kopf, suchte die Wiese ab. Sein Blick fand meinen und seine Miene erhellte sich. Er klopfte Ludek auf die Schulter und kam auf mich zu.

Wie von selbst gingen meine Beine in seine Richtung. Mein Geist blieb einfach hinter mir stehen. Wäre er mitgekommen, hätte er meinem Körper all die Dinge ausreden können, die jetzt passierten. Die Wangen wurden heiß, die Hände feucht, dafür mein Mund trocken. Ich schluckte.

Dann stand Finn vor mir. Er bemerkte die Feder in meinem Haar und lächelte. »Sei gegrüßt, Glücksbringerin!«, raunte er mir ins Ohr.

Ich lächelte zurück.

Alles Gute! Viel Glück! Du schaffst das!, dachte ich, doch es kam kein Ton heraus.

In diesem Moment rief Hederich die Teilnehmer zu sich. Gerade noch hob ich die Hände, um Finn meine gedrückten Daumen zu zeigen.

Er zwinkerte mir zu. Dann drehte er sich um und lief zum Ufer.

Mutter des Lebens! Hatte ich es nicht einmal geschafft, den Mund aufzumachen? Noch peinlicher ging es wohl kaum! Was fand er nur an mir? Er konnte alle Mädchen im Dorf haben. Wahrscheinlich sogar die aus der Burg. Warum wollte er ausgerechnet mich?

»Hört, Leute, hört, willkommen beim heurigen Sautrogrennen!«, verkündete Hederich mit donnernder Stimme. Er stand auf einem Baumstumpf, sah dadurch – hochgewachsen und breit, wie er war – noch gewaltiger aus. »Dieses Jahr haben wir einen besonderen Gast. Seine Hochgeboren Ulrik von Seggensee wird sich der Herausforderung stellen!«

Hinter mir lautstarker Beifall.

Ich drehte mich um.

Ulrik hatte offenbar sein eigenes Publikum mitgebracht. Etwas abseits der Gruppe aus Spelzendorf standen einige Leute aus Seggensee, die sich wohl für etwas Besseres hielten.

Ich gesellte mich zu Fria und klatschte gebührend mit.

»Jetzt kommt es gleich!«, quietschte sie und rammte ihren Ellbogen in meine Seite.

Ich rollte die Augen. Jeder einzelne der Jungen kam mindestens einmal jeden Winter hustend und schnupfend in der Heilerei vorbei. Allen, wirklich allen, hatte ich schon den Rücken abgeklopft, sogar dem Baronssohn. So besonders war das nun auch wieder nicht.

Doch Fria stellte sich auf die Zehenspitzen.

Auch andere Mädchen wirkten neugierig, als Finn zum Saum seines Hemdes griff und es sich über den Kopf zog. Dabei hatten sie, nicht anders als ich, nur eben beim Baden oder bei gemeinschaftlicher Feldarbeit, bestimmt schon hundertmal die entblößten Oberkörper gesehen.

Der Reihe nach fielen die Hemden der anderen Wettstreiter zu Boden. Schlussendlich fehlte nur noch einer. Ulrik.

»Was ist?«

»Mach schon!«, tuschelte das Publikum. Laut traute sich das jedoch niemand zu sagen – nicht bei einem Herrn von Stand.

Fria flüsterte mir ins Ohr: »Ist er sich plötzlich zu fein, der Baronssohn?«

Ulrik grinste in die Menge. Die Hände am Saum seines Hemdes, ließ er sich noch ein bisschen länger Zeit. Erst als Hederich ihm mitten in der Erklärung der Regeln einen schiefen Blick zuwarf, zog er das Hemd über den Kopf.

Fria seufzte.

Ich konnte mir ein Grinsen nicht verkneifen. Und bekam schon wieder ihren Ellbogen in die Seite.

»Lass mich träumen!«, zischte sie und lachte selbst.

»Seid ihr bereit?«, rief Hederich, »Auf die Plätze, fertig ... los!«

Die Jungen schoben ihre Tröge ins Wasser. Zuerst sprangen die Ruderer hinein, knieten im vorderen Teil und ließen sich von den Schöpfern anschieben. Gekonnt machte Ludek einen Satz zu Finn ins Boot, kniete sich hinter ihn. Durch sein Gewicht hob sich der Bug leicht aus dem Wasser und ließ den Trog über den See gleiten. Sofort streckten beide die Hände in die Fluten und begannen zu paddeln.

»Los geht's, Finn, auf zum Gewinn!«, schrien Fria und ich aus voller Kehle.

Ulrik und seinem Begleiter war der Start ebenso gut gelungen. Sie waren gleichauf mit den Favoriten.

Nicht so glücklich waren Gunar und Henrik. Die Menge johlte »Schwapp, schwapp, schwapp, der Trog, der säuft gleich ab!«, als sie schon bis zum Bauch im kalten Wasser saßen und schließlich umkippten. Das war kaum anders zu erwarten gewesen. Rolan und Levin aber hielten sich dieses Jahr gut im Rennen.

»Rudern, rudern, nur nicht schludern!«, riefen wir den gut schwimmenden drei Trögen hinterher. Sie hielten auf die kleine Insel zu, die umrundet werden musste. Gewinner war, wer als erstes das Seil ergriff, das Hederich nun nahe dem Ufer spannte.

Klatschnass und mit blauen Lippen hievten Gunar und Henrik ihren Trog an Land. Mindestens einer der beiden würde spätestens morgen in die Heilerei kommen, da war ich mir sicher. So war das jedes Jahr mit den harten Burschen, die unbedingt im Frühling im eiskalten See baden gehen wollten.

Zwei Tröge kamen inzwischen hinter der Insel hervor. Finns

und Ulriks. Hinter ihnen, bereits abgeschlagen, verschwanden Rolan und Levin. Die beiden schnellen Tröge glitten dicht nebeneinander her, hielten Kurs auf die gespannte Zielschnur.

»Schneller, schneller, durch das Wasser, sonst sind eure Hosen nasser!«, sang unser Chor.

Auf einmal spritzte der Page den Inhalt seiner Kelle zu Finn hinüber.

»Hast du das gesehen?!« Fria fuchtelte wild mit den Armen.

Ungläubig sah ich genauer hin. Hatte er das wirklich gemacht, Finn mitten ins Gesicht getroffen?

Frechheit, das war Betrug!

Die Leute aus der Burg lachten.

Finn spuckte aus, verlor eine Paddelbewegung, um sich das Gesicht abzuwischen.

Wir hielten den Atem an.

Ulrik hängte ihn ab. Schon eine halbe Troglänge!

Die aus Seggensee klatschten.

Ludek überlegte mit voller Kelle in der Hand. Konnte er einen Adeligen anspritzen? Hätte das Konsequenzen?

Der Vorsprung weitete sich aus. Finns Boot lag inzwischen tief im Wasser. »Ludek, mach schon!«, schrie Fria. Sie sprang neben mir auf und ab.

Auch Finn rief ihm etwas zu. Er mühte sich redlich ab, Ulrik wieder einzuholen.

Und so flog die Ladung Wasser ... und traf Ulrik im Nacken!

Wir hielten den Atem an, warteten auf seine Antwort.

Doch er lachte nur und ruderte weiter.

Der Page hatte noch nicht genug. Jede Kelle voll, die er aus dem Trog schöpfte, wurde auf Finn abgefeuert. Ludek tat es ihm gleich. Die beiden überschütteten sich gegenseitig, versuchten, den gegnerischen Trog zum Sinken zu bringen. Finn und Ulrik kniffen die Augen zusammen und paddelten, was das Zeug hielt.

Das hatte es noch nie gegeben! Finn holte auf. Es blieben nur noch wenige Meter bis zum Ziel. Ludek ließ die Kelle fallen, tauchte seine Arme in den See. Gemeinsam trieben sie ihren Trog voran, triefend von dem Wasser, das der Page unermüdlich auf sie herabregnen ließ.

Auch ich wippte auf den Zehenspitzen, drückte die Daumen fest. Ulrik war schon knapp vor dem Ziel. Konnten sie ihn noch überholen?

Finns Trog lag tief, füllte sich stetig mit Wasser. Doch die beiden gaben nicht auf. Ludek hatte sich Finns Takt angepasst und gemeinsam schoben sie den Trog mit kräftigen Bewegungen nach vorn.

Ulrik streckte seinen Arm aus, bereit, das Seil zu greifen … doch im letzten Moment sprang Finn in den eiskalten See und schnappte danach. Der Wahnsinnige!

Siegreich tauchte er auf und reckte seine Trophäe nach oben.

Er hatte es geschafft!

Wir jubelten.

Die Seggenseer klatschten anstandshalber.

Kurz ließ Finn sich feiern, dann drehte er sich um und schlug mit Ludek ein.

Ich spürte wieder Frias Ellbogen in meiner Seite, diesmal sanft. Finn grinste mich an und watete aus dem Wasser. Am Ufer wischte er sich über das Gesicht und strich die Haare zurück. »Glücksbringerin!«, rief er und ging auf mich zu, zog das Seil hinter sich her.

Ich schnappte nach Luft.

Wirklich? Hier? Vor allen Leuten?

Schon legte er eine Schlaufe des Seils um mich und zog mich an sich heran. Seine Nasenspitze berührte meine. Ich spürte seine tiefen Atemzüge. Seine Haut war kalt und trotzdem war mir heiß. Die Blicke aller waren auf uns gerichtet. Er grinste, siegessicher. Dann schlang er seine Arme um mich und wirbelte mich herum.

Entfernt hörte ich eine weitere Runde Beifall. Doch das spielte jetzt keine Rolle. Ich war genau dort, wo ich sein wollte.

»He, Schürzenjäger, lass dir gratulieren!«, rief Ulrik.

Als Finn sich von mir löste, taumelte ich. Mein Kleid war völlig durchnässt.

Ulrik war inzwischen auch an Land gekommen. Die beiden gingen aufeinander zu und schlugen lachend ein. Dann hob Ulrik Finns Arm in die Höhe und senkte vor dem Sieger sein Haupt.

Fria legte ihren Arm um meine Schulter. »Ein wahrer Ritter!«, seufzte sie.

Auf der Brücke vor dem Haus ließ ich mir die schönen Momente dieses Tages noch einmal durch den Kopf gehen. Das ausgelassene Picknick nach dem Rennen. Der Heimweg, bei dem Finn absichtlich getrödelt hatte, nur um mit mir allein zu sein. Lächelnd atmete ich tief durch.

Ich spürte Malve wach werden. Der ganze Tag war ohne eine Verbindung zu ihm vergangen. Auch war er nicht beim See aufgetaucht und ich hatte keinen Aussetzer vor allen Leuten gehabt. So normal hatte ich mich schon lange nicht mehr gefühlt. Richtig schön!

Am Weg ins Haus fiel mir etwas ein. Ich wollte Valerian einen Stock geben. Am Ufer suchte ich nach passenden Ästen und schnitt einen langen dünnen ab.

Alraune war in der Küche und kochte. Sie bat mich, Valerian zum Abendessen zu holen.

Er saß angelehnt am oberen Ende des Bettes, hob den Kopf, als ich die Kammer betrat.

»Du bist wach!«

»Es riecht nach Essen.«

Ich schmunzelte.

»Du warst lange weg«, sagte er und rutschte zur Bettkante.

Hatte er nicht geschlafen? Gut! Das bedeutete, dass es ihm besser ging.

»Ich war am See.« Die Bilder des Nachmittags beschäftigten immer noch meine Gedanken. Ich lächelte. So viel Spaß hatte ich schon lange nicht mehr gehabt!

Schmallippig stand Valerian auf. »Kannst du mir bitte frische Kleidung geben?«

»Sicher, aber zuerst ... Ich habe dir etwas mitgebracht.«

Ich nahm seine Hand und legte den Stock hinein.

Er erkundete die Rinde, fuhr mit den Fingern so weit entlang, bis er mit gestreckten Armen beide Enden gefunden hatte.

»Einen Stecken?«

»Der alte Gerwin verwendet einen ähnlichen, um sich voran zu tasten.«

»Also ein ... Blindenstock?« Sofort änderte sich sein Griff. Er hielt den Stab nun wie eine schimmelige Gurke und streckte ihn mir wieder entgegen. »Danke, aber den brauche ich nicht.«

»Was wenn ich mal nicht da bin, und du dich zurechtfinden musst?«

Valerian schnaubte. »Mein Bett ist oben nach der Treppe rechts, durch die Tür und nochmal rechts. Der Esstisch ist unten zwei Schritte schräg links von der untersten Stufe entfernt. Und der Abort ist links vom Esstisch durch die Tür nach draußen, dann rechts vier Schritte dem Haus entlang und zwei Schritte geradeaus. In meiner kleinen Welt komme ich zurecht. Und irgendwann, Escha stehe mir bei, wird das wohl hoffentlich verheilt sein.«

»Ich meine ja nur. Damit haust du dir nicht jedes Mal die Zehen an der Türschwelle an, wenn du nach draußen gehst. Behalte ihn.«

Selbst durch seinen Verband hindurch meinte ich zu spüren, dass er mich anfunkelte. Er setzte sich wieder hin und schob den Stock unter sein Lager, schnaubte. Ruckartig hob er den Kopf, drehte sich zu mir. »Ich will nicht blind sein. Behandle mich nicht so, als ob ich es schon wäre!«

Ach, Mutter des Lebens! Ich nagte an der Unterlippe. Unschlüssig machte ich einen Schritt auf ihn zu, setzte mich neben ihn.

»So war das nicht gemeint. Ich wollte dir nur dein Leben leichter machen, bis wieder alles in Ordnung ist. Wenn du den Stock nicht mehr brauchst, kannst du ihn feierlich verbrennen!«

Er nahm meine Worte an. Überzeugt sah er nicht aus.

Ein Sturm zieht auf

Valerian kratzte sich den Bart.

»Soll ich dich rasieren?«

»Das würdest du tun?« Erleichterung schwang in seiner Stimme mit.

»Gewiss. Komm mit!« Ich packte die Sachen dafür zusammen und führte ihn zum Bach.

»Setz dich hier auf die Brücke!«

Ich ließ mich neben ihm nieder. Mein Blick fiel kurz auf die dunklen Wolken im Westen. »Heute zieht noch ein Wetter auf«, murmelte ich, während ich Seife in seinem Gesicht verteilte. Mein Werk betrachtend, konnte ich mir ein Lachen nicht verbeißen. »Jetzt siehst du aus wie ein Schneemann!«

»Hm?«

»Weißer Verband, weißer Schaum, weißes Hemd ...«

»Bring mir eine Karotte und vor allem die Steine ... die könnte ich wirklich gut brauchen«, nuschelte er durch die Seife hindurch. Wie wahr ...

Ich wetzte das Messer und setzte an. »Halt still jetzt.«

»Schneidest du mich sicher nicht?«

»Ich bemühe mich. Und, nein ... ich mache das nicht zum ersten Mal.«

Der Strich des Messers befreite einen seiner Mundwinkel vom Schaum. Er war nach oben gezogen. Mein Blick glitt hinauf zum Verband. Ich stellte mir vor, wie die Augen dahinter blitzten, von kleinen Lachfältchen umrahmt. Schade, dass sie verborgen waren. *Nicht mehr lange!*, dachte ich und schabte den Rest der Seife von seinem Gesicht. Er fuhr über die glatten Wangen und lächelte.

»Danke!« Dann griff er nach dem Saum des Leinenhemdes, das er trug. »Wessen Kleidung habe ich an?«

»Das sind Sachen von Alraunes verstorbenem Mann. Sie hat sie aufgehoben für den Fall, dass wir sie irgendwann einmal brauchen.«

Nach einer längeren Pause fragte er: »Soll ich lieber wieder unten schlafen? Oben ist es Alraune nicht recht, oder?«

»Nein, bleib. Sie hat ihren Segen gegeben. Bei ihr dauern Umstellungen nur immer etwas länger.«

»Was ist mit diesem Zimmer?«

»Es ist Alraunes und Rikards alte Kammer. Seit seinem Tod schläft sie in der Stube neben dem Ofen.«

»War das erst kürzlich?«

Ich seufzte. »Es ist vier Winter her. Sie ist nie wieder hinaufgezogen. Der Raum steht leer.«

»Sie ist nicht deine Mutter, oder?«

Ich warf ihm einen verwunderten Blick zu. »Nein, ich war ein Findelkind. Rikard und sie hatten keine eigenen Kinder. Sie haben mich aufgenommen.«

»Kannst du dich an vorher erinnern?«

Ich schüttelte den Kopf. »Ich muss sehr klein gewesen sein.«
Warum fragte er mich das? Wie gern würde ich mich erinnern
können, wissen, wer meine Eltern waren ...

»Dann war es Alraune, die dir diesen Namen verpasst hat?«

»Wie kommst du denn darauf?«

»Verbena ... das ist doch ein Kraut, oder? Passend für eine Heilerin.«

»Ja, das ist wohl auf ihrem Mist gewachsen.« Ein klingender
Name war das ja leider nicht. Viel zu bodenständig, wenn es nach
mir ging.

Er grinste mich an. »Stell dir vor, es wäre so etwas wie Pfeffer-
minzia geworden ... Dich hätte es schlimmer erwischen können.«

Ich prustete los.

Valerian räusperte sich. »Ich würde gern wissen, wie du aussiehst. Darf ich?« Er streckte mir seine Hand entgegen.

Mein Herzschlag wurde schneller. So eine Berührung war näher, als ihn zu führen, seine Wunden zu versorgen. Andererseits
... warum sollte er nicht wissen, wie ich aussah? Wie sonst konnte
er es herausfinden? Ich nahm seine Hand und legte sie an meine
Wange, hielt still, während er langsam der Kontur meiner Nase
folgte.

Plötzlich sah ich eine Bewegung aus dem Augenwinkel. »Finn!«
Wie lange hatte er schon am Weg gestanden? Einen Moment trafen
sich unsere Blicke. Dann wandte er sich um und lief davon.

Meine Hand fand Valerians, drückte sie kurz. »Entschuldige,
ich muss ...«, dann rappelte ich mich auf und lief Finn hinterher.

Was war denn in den gefahren? So ein Depp! Gestern hatten
wir so eine schöne Zeit gehabt und jetzt rannte er vor mir davon?
Und schnell auch noch! Keuchend bog ich auf den Feldweg, der
zum Dorf führte, ein und sah ihn hinter den Häusern verschwinden.

Was dachte er sich bloß dabei? Das bedurfte einer Erklärung, und zwar am besten gleich! Entschlossen stapfte ich den Weg entlang. Im Dorf würde ich ihn schon finden.

Weit kam ich nicht. Den Dorfplatz füllte eine Menschenmenge. Angespannte Gesichter, gedämpftes Tuscheln. Viele schwiegen. Was fand hier statt? Die Stimmung war düster wie die Gewitterwolken, die inzwischen die Sonne verdeckten. Ein Schwarm Krähen kreiste über den Dächern.

Auf Zehenspitzen versuchte ich, über die Köpfe hinweg zu sehen, irgendwo Finns roten Schopf zu erkennen. Ich drängte mich durch. Vorn auf den Stufen des Tempels entdeckte ich den Hut eines Boten. Wurden Nachrichten verlesen? Heute war doch gar nicht Markttag. Etwas Wichtiges musste diesen Auflauf von Alt und Jung verursacht haben.

Ein neues Gesetz vielleicht, ein Erlass von höchster Stelle. Vergeblich suchte ich das königliche Wappen. Der Bote trug ein anderes Emblem auf seinem Rock, schwarz und weiß. Was war das für ein Zeichen? Ich musste näher ran.

Das Auge und das brennende Schwert. Ein Hüter.

Mutter des Lebens!

Korvinus stand neben dem Boten. Am liebsten hätte ich ausgespuckt. Was tat der hier? Warum war der Baron nicht selbst anwesend, hatte nur seinen Sohn geschickt? Ging es Roderik schon so schlecht?

Korvinus nahm dem Boten die Schriftrolle aus der Hand. Er schwang sich auf den Rand des Brunnens, um die Menge besser überblicken zu können, und erhob die Stimme:

»Hört, hört, Spelzendorfer! Seine Exzellenz Helleborus von Resede, Großmeister der Hüter und ergebener Diener der Mutter des Lebens, hat erkannt, dass das schmutzige Pack der Begabten sich sogar in die höchsten Ränge unseres schönen Rohnlandes geschlichen hat.«

Die Leute hielten den Atem an. Wessen Kopf würde jetzt rollen? Korvinus genoss sichtlich die Aufmerksamkeit. Mit finsterer Miene fuhr er fort:

»Ja, ihr habt richtig gehört, die Begabten sind überall unter uns. Wie dumm war es, an ihrer Existenz zu zweifeln. Es gibt sie wirklich! Die alten Geschichten sind wahr! Stellt euch vor, bis ganz hinauf haben sie ihre Intrigen gesponnen. Man möchte es nicht für möglich halten – selbst unser König, Amaryl von Liebhartsthal, hat sich der Magie schuldig gemacht!«

Ein Raunen ging durch die Menge.

»Beruhigt Euch! Seine Exzellenz Helleborus von Resede hat getan, was notwendig war. Der Abschaum, der sein Volk hintergangen hat, ist sicher verwahrt und erwartet seine Hinrichtung. Seine Exzellenz Helleborus von Resede wird mit all seiner Weisheit die Geschäfte des Rohnlands einstweilen in die Hand nehmen und uns in eine bessere Zukunft führen. Eine Zukunft, in der wir alle gleich sind!«

Die Menge klatschte zaghaft Beifall.

Der König ein Begabter? Das war ein Schlag. Er war beliebt gewesen, stammte aus einer ehrwürdigen Familie.

Ich verschränkte die Arme, bemühte mich, weiter zuzuhören und das Pochen meines Herzens zu übergehen.

»Wir dürfen nicht zulassen, dass die Begabten sich ihrer Talente bedienen, um uns hinters Licht zu führen, die Macht an sich reißen und unser Schicksal in ihren schmutzigen Händen halten! Wir alle müssen zusammen helfen, um uns ein für alle Mal von diesem dreckigen Gesindel zu befreien. Wollt ihr, dass eure Gedanken gelesen werden? Dass diese Leute euch lenken wie Marionetten?«

»Nieder mit dem Pack!«

»Hängt sie!«

»Auf den Scheiterhaufen mit ihnen!«, ertönten Stimmen neben mir.

Mein Magen zog sich zusammen. Hätte ich vor einigen Tagen,

als ich noch nicht wusste, dass ich auch eine war, genauso gerufen? Wie grausam!, dachte ich – jetzt, da es mich selbst betraf.

Korvinus streckte die Arme aus und ließ sie langsam sinken. Es wurde wieder leise. »Gemeinsam werden wir sie finden! Auch die, die sich in unserer Mitte verstecken.«

Er ließ seinen Blick über die Anwesenden gleiten.

Ich duckte mich hinter den Rücken meines Vordermanns.

»Unsereiner hat schon einiges gesehen im Kampf gegen die Ungerechtigkeit – und ich sage Euch, gefährlich sind sie alle! Jeder einzelne der Begabten.« Korvinus nickte wissend, dann fuhr er fort: »Helft, das räudige Gesindel auszuräuchern! Seid wachsam! Seht euch um! Begabung zeigt sich auf vielerlei Art. Verhält sich euer Nachbar eigenartig? Weiß jemand Dinge von euch, die ihr nie offenbart habt? Treten Geschehnisse ein, die jemand vorausgesagt hat? Fühlt ihr euch manchmal auf dunkle Weise eingeschüchtert, gar bedroht? Träumt ihr unnatürlich häufig von einer bestimmten Person? Versucht sie euch so zu lenken? Besitzt jemand die Gabe, Tiere zu beeinflussen ...«

Wie der Blitz fuhr sein Gesagtes in mich ein. Sie wussten von meiner Gabe, suchten genau nach Leuten wie mir?!

Mein Kopf schwirrte. Weg von hier, sofort!

Ich drehte mich um, wäre beinahe gerannt. Doch ich besann mich. Nur nicht auffallen!

Bedächtig wühlte ich mich durch die Menge, lächelte gezwungen das eine oder andere bekannte Gesicht an. Aus dem Augenwinkel sah ich rote Haare.

Ach, Mist! Die Sache mit Finn musste warten. Das hier war eindeutig wichtiger.

Was, wenn Korvinus seinen Männern befahl, unser Haus zu durchsuchen? Die Drachenzahn-Essenz! Ich musste Alraune warnen. Musste sicherstellen, dass alles gut versteckt war. Alles, was nur im Entferntesten an Magie erinnerte. Und Malve ...

Als ich nach der erstbesten Ecke außer Sicht war, begann ich zu laufen. Meine Gedanken rasten. Würde die Lüge, dass Malve einfach zahm war, ausreichen? Nein, das würde sie nicht! Ich spürte, dass er eingerollt in einem Baum vor unserem Haus lag, gerade von den ersten Regentropfen aufgeweckt worden war. Die Verbindung zu ihm war stark. Dabei kannte ich ihn noch nicht einmal einen Viertelmond. Eine kurze Zeit, die alles verändert hatte. Jetzt war ich eine von den Begabten. War gezwungen, mein Talent geheim zu halten, durfte nicht mehr ich selbst sein ...

Ich rannte den Feldweg entlang, wurde pitschnass vom Regen. Keuchend erreichte ich das Haus, stolperte über die Türschwelle.

»Du bist zurück!« Alraune betrachtete mich missbilligend. »Verbena, du kannst Valerian nicht einfach draußen sitzen lassen und verschwinden!«

»Der König! Sie haben ihn abgesetzt ... der Magie beschuldigt!«, platzte es aus mir heraus.

»Was?« Sie starrte mich ungläubig an.

Valerian setzte sich auf. »Jetzt schon? Zum Henker, und ich kann nicht ...« Seine Faust donnerte auf den Tisch.

Alraune sah ihn entgeistert an. »Jetzt schon? Wie meinst du das? Hast du davon gewusst?«

Er zögerte, dann sagte er: »Es gab Gerüchte, bevor ich Kronenburg verlassen habe. Hätte mir nicht gedacht, dass die wahr werden. Und so schnell! Wer hat die Macht übernommen?«

»Helleborus von ... kenne ich nicht.«

»Resede? Mutter des Lebens! Ein hohes Tier bei den Hütern. Der Extremste. Er hat die Kreuzdorner Hexe gestellt. Höchstpersönlich ist er vor ihrem Scheiterhaufen auf und ab geschritten und hat eine Rede gehalten, bevor er sie eigenhändig angezündet hat. Ich höre sie jetzt noch schreien ...« Er griff mit der Hand zu seinen Augen. »Wann kommt endlich dieser blöde Verband ab.

Ich muss wieder sehen können!« Er vergrub das Gesicht in seinen Händen.

»Korvinus hat das gerade am Dorfplatz verkündet. Er hat dem Boten die Schriftrolle aus der Hand gerissen, um selbst die Rede zu halten«, fuhr ich atemlos fort.

»Korvinus?« Valerian tauchte aus seiner Verzweiflung wieder auf.

»Woher kennst du den eigentlich?« Alraune musterte ihn misstrauisch.

»Der war dabei in Kronenburg, als sie die Kreuzdorner Hexe verbrannten. Hat dem Ober-Hüter die Füße geküsst, die Fackel für ihn gehalten.«

»Bei Mavanja! Der Baron hat letztlich erwähnt, dass Korvinus auf Reisen war. In Kronenburg war er ... Was hat er gesagt?« Alraune stützte sich auf eine Stuhllehne.

»Jagd machen will er auf alle Begabten, auch hier!«

Alraune sank auf den Stuhl nieder, lehnte sich an den Tisch. »Korvinus, ein Hüter ...« Sie knetete ihre Finger, so dass die Gelenke weiß wurden. Dann hob sie den Kopf und sah mich an. »Jetzt kommen harte Zeiten ... für uns Heilerinnen!«, fügte sie rasch hinzu und warf einen Blick zu Valerian.

»Alraune, wir müssen ...« Ich zeigte zuerst auf die Lade, in der sich die Drachenzahn-Essenz befand, und dann auf die Tür.

Sie nickte, wies ihrerseits auf Valerian und legte den Zeigefinger über ihre Lippen.

Natürlich mussten wir jetzt so unauffällig wie möglich vorgehen. Glaubte sie, das sei mir nicht bewusst? Doch dann sagte sie: »Genau, Verbena, du hast recht! Das ist das beste Wetter zum ... zum Pilze suchen. Bring mir einen Korb, damit ich die Sachen dafür zusammenpacken kann!«

Schon war die Lade unter der Stiege offen und Alraune griff nach der Essenz.

Ich blieb stocksteif stehen. Hatte sie wirklich so etwas Plumpes gesagt? War nicht sie immer die, die mahnte, wir müssten vorsichtig sein? Um mich nicht noch auffälliger zu verhalten, lief ich in die Heilerei.

Mit dem Korb zurück in der Stube, fiel mein Blick auf Valerian. Es schien, als versuchte er jedes einzelne Geräusch zu deuten. Natürlich. Auch wenn er uns nicht sah, reimte er sich bestimmt zusammen, was hier vor sich ging. Ein Schauer lief mir über den Rücken. Jetzt war wohl der Zeitpunkt gekommen, festzustellen, ob wir ihm trauen konnten ... Vielleicht waren wir nun auch quitt.

Bitte verrate uns nicht!, dachte ich in seine Richtung und gab Alraune den Korb.

Sie packte nicht nur ein Tongefäß ein. Es waren einige ... Gab es da mehr magische Essenzen, von denen sie mir noch nichts erzählt hatte? Schnell warf ich einen Blick über ihre Schulter, bevor sie einen Schal über die Tiegel und Flaschen legte. Belladonna, Amanita, Fledermausblut, ... nein, es waren die Gifte und die – sagen wir einmal – etwas ungewöhnlicheren Ingredienzien. Alraune wollte offenbar auf der sicheren Seite sein.

»Freu dich auf einen Eintopf mit Ritterlingen am Abend!«, sagte sie zu Valerian und ging zur Tür.

IM WESPENNEST

Völlig durchnässt und schlammig kehrten wir zurück. Alraune hatte darauf bestanden, uns abzusichern. So waren wir nicht nur kurz im Wald gewesen, um unsere Schätze zu vergraben, sondern hatten Stunden damit verbracht, genügend Pilze für das angekündigte Abendessen zu suchen. Im Herbst wäre das sicher schnell gegangen, aber jetzt im Frühling ...

Mich fröstelte und das Einzige, wonach mich verlangte, war die warme Ofenbank.

Dort saß Valerian immer noch genauso, wie wir ihn zurückgelassen hatten. Allerdings lehnte der Stock neben ihm. Soso, das war ja ganz etwas Neues.

»Ihr hattet Besuch«, begrüßte er uns. »Fria hieß das Mädchen, glaube ich.«

»Du hast Fria kennengelernt?«

»Und wie! Ich dachte schon, sie hört nie wieder auf zu reden.«

Ich lachte. »Ja, das ist Fria.«

»Wissen dann morgen alle, was ich ihr erzählt habe?«

»Eher heute Abend noch ...«

»Sie hat euch im Wirtshaus gesucht, wo anscheinend nach der Kundgebung das ganze Dorf sitzt. Als ihr nicht einmal zu Hause anzutreffen wart, hat sie mich genau ausgefragt, wo ihr bei so einem Wetter seid ...«

Alraune und ich verharrten in unseren Bewegungen.

»Und was hast du ihr erzählt?« Alraunes Stimme schnitt durch die Stille im Raum.

Er grinste, genoss sichtlich, uns auf die Folter zu spannen.

»Dass ihr Pilze suchen seid. Was sonst?«, sagte er schließlich.

Alraune atmete tief durch, und ich mit ihr.

»Richtig, das beste Wetter für Ritterlinge! Ich koche jetzt gleich den Eintopf.« Sie hängte ihren triefenden Mantel an einen Haken neben der Tür und verschwand in der Küche.

Nachdem auch ich mich aus den nassen Sachen geschält hatte, setzte ich mich neben Valerian, lehnte mich an den warmen Ofen. Was für ein Tag.

»Gib mir deine Hände«, sagte er und streckte mir seine entgegen.

Verwundert sah ich ihn an. »Soll ich dich führen?«

»Nein.« Er schmunzelte und bewegte die Finger auffordernd.

Ich legte meine klammen Hände in seine. Er drücke sie sanft, wärmte sie. Meine Güte, tat das gut! Ich schloss die Augen und spürte, wie Lebenskraft von ihm zu mir floss, mich nicht nur wärmte, sondern mir Hoffnung gab, nach allem, was heute passiert war.

»Entschuldige, dass ich dich vorhin auf der Brücke allein gelassen habe.«

»Schon gut, Alraune hat mich gerettet.«

Eine Weile saßen wir still, dann sagte er: »Fria wollte mit dir reden.«

Ich nickte. Finn! Er hatte ihr sicher alles erzählt. Schnell entzog ich Valerian meine Hände. »Danke. Muss nochmal ins Dorf«, stotterte ich und sprang auf. Mit Grauen schlüpfte ich wieder in den nassen Mantel und zog mir die Kapuze über den Kopf.

Es hatte aufgehört zu regnen. Aber es war schon so dämmerig, dass ich nach der Laterne griff. Beim Hinausgehen hörte ich meinen Marder die Treppe hinunterkommen. Er lief auf mich zu und kletterte auf meine Schulter.

»Malve!« Ich strich über seinen Rücken, fühlte das seidige Fell, genoss seine Nähe. Gleichzeitig wurde mir flau. Ich konnte ihn nicht ins Dorf mitnehmen, um keinen Preis! Nicht nach Korvinus' Ansprache ... Sicher saßen auch die Hüter in der Gaststube der Drei Linden.

Valerian setzte sich auf. Selbst durch den Verband hatte ich das Gefühl, dass er mich ansah, etwas sagen wollte.

»Gehab dich wohl«, murmelte ich und zog die Tür ins Schloss. Draußen entfernte ich mich einige Schritte vom Haus, damit Valerian nicht Zeuge wurde, wie ich mit Malve in Verbindung ging. Unser Patient hatte heute schon zu viel mitbekommen und ich flehte alle guten Geister an, dass er uns nicht verriet.

Nur, wie konnte ich Malve klarmachen, dass er hierzubleiben hatte? Ich schloss die Augen und wob eine Fährte zum Gemüsebeet. Er machte keine Anstalten dorthin zu laufen. Stattdessen kroch er unter meine Kapuze und kuschelte sich um meinen Nacken.

Schlawiner!

Trotzdem musste ich jetzt ins Dorf. Ohne ihn. Bedauernd hob ich ihn über den Kopf und stellte ihn auf den Boden.

»Bleib hier! Bin bald wieder da.« Ich zeigte zum Gemüsebeet und schickte ihm noch einmal die Fährte.

Er sah mich mit seinen schwarzen Knopfaugen an, legte eine Pfote auf meine große Zehe.

Wärme flammte in mir auf. »Wenn es nach mir ginge, würde ich dich überall hin mitnehmen, aber das geht leider nicht.« In meinen Gedanken hängte ich Bilder von Schnecken und Regenwürmern im Gemüsebeet an das Ende der Fährte, bemühte mich, sie mir wohlschmeckend vorzustellen.

Er grunzte, witterte in den Abend und lief leichtfüßig davon.

Erleichtert machte ich mich auf den Weg. Doch wie konnte ich sicher sein, dass er mir nicht gleich wieder folgte? Ich wagte nicht zu spüren, wo er gerade war. Am besten keine Verbindung aufnehmen! Das hatte ich inzwischen gelernt.

Von Zeit zu Zeit drehte ich mich um, suchte in der Dunkelheit nach glänzenden Augen. Im Dorf zwang ich mich, damit aufzuhören. Wenn mich jemand so sah, wenn mir Korvinus und seine Hüter begegneten ... Nicht auszudenken! Ich konzentrierte meine Willenskraft, versuchte, das Gefühl abzuschütteln, dass Malve gleich wieder an meiner Kleidung hochklettern würde.

Verlassen standen nun die drei Linden, nach denen der Gasthof benannt war, am Dorfplatz. Korvinus' Rede hier vor einigen Stunden erschien mir bei dieser Ruhe beinahe unwirklich. Für einen Moment war ich versucht, so zu tun, als ob all das gar nicht passiert war.

Ich ging unter der größten der Linden durch und erblickte den Gasthof in voller Ausdehnung. Das Licht aus der Stube schien durch die Glasfenster heraus auf den Dorfplatz. Richtig einladend sah das aus.

Krallen am Bein ließen mich versteinern. Da waren sie, die kleinen Tatzen, die meine Seite hinaufliefen. Eine erdige Schnauze schnüffelte an meinem Ohr, rieb sich unter den Haaren den Nacken entlang, bis Malve wieder in der Kapuze verschwunden war. Schnell wandte ich mich nach allen Seiten um, spähte in die Dunkelheit, lauschte, ob ich Schritte wahrnahm. Doch der Dorfplatz war ruhig. Für den Moment jedenfalls. Nur aus der Gaststube hörte ich selbst durch die geschlossene Tür reges Treiben. Mein Blick blieb an einem der Fenster hängen. War das nicht …?

Mutter des Lebens!

Da saß Korvinus. Er hob einen Humpen und prostete jemandem mit einem schwarzen Ärmel zu. Wenn er jetzt seinen Kopf drehte …

Ich stolperte einige Schritte zur Seite. Nur weg von diesem Fenster, raus aus dem Lichtschein! Malves langer, buschiger Schwanz kringelte sich wie eine Kette vorn um meinen Hals, schnürte mir die Luft ab.

Wieder regte sich der Drang fortzulaufen mächtig in mir – nach Hause, weg aus dem Dorf. Doch das durfte ich nicht. Nur nicht auffallen! Mit weichen Knien eilte ich zurück zum nächsten Baum, verschwand in seinem Schatten, blies schnell die Laterne aus.

Erst einmal warten, dass das Zittern nachließ. An den Stamm gelehnt schloss ich die Augen.

Die Tür des Gasthofs öffnete sich. Ich hielt so still ich konnte, hoffte inständig, dass mein brauner Mantel mit dem Baumstamm verschmolz.

Schritte kamen näher. Zwei, vielleicht drei Personen. Sie schlenderten die Häuserzeile entlang, tuschelten miteinander. Konnte ich einen Blick wagen? Ich wartete, bis sie sich etwas entfernt hatten. Dann drehte ich vorsichtig den Kopf nach ihnen. Es waren nicht Korvinus und auch nicht Finn.

Erneut öffnete sich die Tür. Der Lichtschein traf mich im Augenwinkel. Ich erstarrte, wagte es nicht, meinen Kopf zu bewegen. Heraus kam der Mann mit dem schwarz-weißen Wams. Der Hüter. Wenn der mich jetzt sah ... mein Puls raste. Langsam zog ich meinen Kopf hinter den Stamm.

»He!«, rief er den anderen nach. »Morgen zu Sonnenaufgang!«

Sie wandten sich um. Nickten bestätigend. Meine Fingernägel gruben sich in die Rinde der Linde.

Geh wieder hinein!, dachte ich, nachdem die anderen davon wankten. Doch er machte keine Anstalten. Er zog durch die Nase auf und spuckte aus.

Ein Schritt. Endlich.

Noch einer. Oh nein ... kam er näher?

Hatte er mich gesehen?

Ich drückte mich an den Baum, hielt die Luft an.

Ich hörte, wie er seine Gürtelschnalle öffnete und es gegen den Stamm zu plätschern begann.

Mitten auf unserem Dorfplatz. Was nahm der sich heraus? Der Abort der Drei Linden war hinten im Hof, das wusste doch jeder.

Ich verharrte.

Meine Güte, wie viel Bier hatte der getrunken? Eine Wolke aus

Schweiß- und Uringeruch drang zu mir herüber. Mit Not unterdrückte ich ein Würgen.

Malve regte sich auf meiner Schulter.

Bei Mavanja, nein!

Das hatte der Hüter sicher gehört. *Halte still!*

Zu spät. Der Mann lauschte.

Da war es ... das Ende meines völlig belanglosen Lebens. Am liebsten wäre ich schluchzend zusammengebrochen. Selbsterhaltung presste mich eisern an den Stamm. Mit einem Satz sprang Malve auf den nächsten Ast hinauf. In der Baumkrone raschelte es. Er fauchte.

Der Hüter wich zurück, raunte etwas Unverständliches und verschwand im Gasthof.

Ich wagte noch nicht zu atmen. Mutter des Lebens, Malve hatte mich gerettet!

Er kletterte den Stamm herab und trat sanft auf meine Schulter.

»Danke!«, flüsterte ich und strich ihm über den Rücken, lehnte mich an sein Fell.

Was jetzt? Das einzig Richtige war, Malve und mich in Sicherheit zu bringen. Unschlüssig drehte ich mich und sah wieder zum Gasthof hinüber. Dort drinnen saß Finn.

Zärtlich strich ich noch einmal über Malves Schwanz. Mein Retter. Nur, wenn dieser Marder und ich überleben wollten, musste er mir gehorchen. Eigentlich hätte er schon zu Hause auf mich hören sollen. So hatte er uns beide in Gefahr gebracht. Die alte Seggenseerin war sicher in der Lage gewesen, ohne ihren Ziegenbock ins Wirtshaus zu gehen.

»Malve, ich kann dich nicht mitnehmen! Bitte lauf zurück nach Hause!«, flüsterte ich. Doch es war klar, dass er mich so nicht verstand. Ich strich meine Kapuze nach hinten und griff nach ihm. Behutsam setzte ich ihn auf einen Ast. Es war zu dunkel, um seine

Konturen zu sehen. Aber ich spürte, dass er bei mir sein wollte, er sofort wieder ansetzte, auf meine Schulter zu springen.

Ich trat einen Schritt zurück, hoffte, dass mich niemand sehen würde, und zog in meinem Geist eine Trennlinie zwischen uns. Rastlos rannte er auf dem Ast hin und her, sprang und landete gekonnt auf mir.

»Malve, das geht so nicht!« Ich zog ihn wieder unter meinen Haaren hervor, setzte ihn ein weiteres Mal ab. Wie erklärte ich ihm, dass es zu gefährlich war, mit mir zu kommen? Was mochten Marder nicht? Wasser vielleicht?

Ich ging einige Schritte weg von ihm und dachte an einen Bach, der mich von ihm trennte. Auch das nutzte nichts. Schon wieder saß er auf meiner Schulter und schon wieder zerrte ich ihn unter der Kapuze hervor. »Ach, Malve.«

Musste ich notgedrungen aufgeben und einen späteren Zeitpunkt finden, um mit Finn zu reden?

Da kam mir noch eine Idee. Sollte ich wirklich? Was blieb mir anderes übrig, damit er mich endlich verstand. Ich stellte mir eine Wand aus Feuer vor. Sie loderte vom Boden bis zu den Ästen der Linde hinauf.

Malve quietschte. Seine Bestürzung traf mich wie ein Hieb in die Magengrube. Er war verletzt, verstand nicht, warum ich ihn wegschickte. Er wollte bei mir sein, mich beschützen – und ich machte ihm Angst. Mit einem Satz sprang er auf den Boden und rannte davon.

Ach, Mutter des Lebens! Ich war zu weit gegangen. Verzagt ließ ich mich gegen den Stamm der Linde fallen. Malve lief über das feuchte Kopfsteinpflaster, verschwand in der Dunkelheit. Der Faden unserer Verbindung wurde dünner und dünner, bis ich ihn nicht mehr spürte.

Ich rang nach Luft, verspürte Schmerz in meiner Brust. Das hatte ich nicht gewollt! Lange Zeit starrte ich dorthin, wo ich ihn zuletzt gesehen hatte. Mir war nicht mehr danach hierzubleiben. Ich wollte in mein Bett, mir die Decke über den Kopf ziehen und hoffen, dass Malve sich neben mich legte.

Aber Finn war so nahe und ich hatte schon so viel gewagt, nur um mit ihm zu reden. Konnte ich mich wenigstens von einer der Bürden, die sich heute angehäuft hatten, entlasten?

Vor der Tür zur Gaststube wappnete ich mich, Korvinus gegenüber zu stehen. Die Klinke in der Hand, begutachtete ich die Schnitzereien im Holz. Drei Linden. Ich nahm all meinen Mut zusammen und trat ein. Da saßen sie, die Hüter, gleich in der Ecke neben der Tür.

Korvinus musterte mich und verzog den Mund. Ich unterdrückte die Regung, gleich wieder hinauszulaufen. Außerdem hatte ich schon einen hohen, einen viel zu hohen Preis bezahlt, überhaupt hierher zu kommen. Ach, Malve.

Ich beeilte mich, mir einen Weg durch die grölende Menschenmenge zu bahnen. Die Leute hier hatten schon am Nachmittag begonnen, sich zu betrinken. Es fühlte sich an, als müsste ich durch den zähen Geruch von abgestandenem Bratenfett, Bier und ungewaschenen Körpern schwimmen. Das war einer der wenigen Momente, in denen ich verstand, dass Alraune lieber außerhalb des Dorfes wohnte.

Korvinus' Blick verharrte in meinem Nacken, verfolgte mich durch den ganzen Raum, das spürte ich genau. Was hatte er bloß gegen mich? Dachte er von vornherein, dass Heilerinnen begabt waren? Ganz unrecht hatte er damit ja nicht, auch wenn mir das selbst erst seit ein paar Tagen bewusst war.

Hinten sah ich zuerst durch die Durchreiche in die Küche. Keine Fria. Dann stieg ich die ersten Stufen der Treppe hinauf in die obere Gaststube. Da kam sie mir mit einem Stapel von schmutzigem Geschirr entgegengelaufen.

»Verbena! Ich habe dich gesucht. Heute geht es hier zu wie in einem Bienenstock.«

Ich fühlte mich eher wie in einem Wespennest. Vor allem wegen Korvinus' stechenden Blicks. Schnell stieg ich zwei weitere Stufen hinauf, um hinter der Blende, die die Stiege von der Gaststube abgrenzte, zu verschwinden.

Fria stellte schnell die Teller in der Durchreiche zur Küche ab und kam zu mir zurück. Sie wischte sich mit dem Arm die Stirnfransen aus dem Gesicht.

Bevor sie anfangen konnte zu plappern, fragte ich: »Hast du Finn gesehen?« Ich wollte das hier so schnell wie möglich hinter mich bringen.

»Der sitzt oben beim Stammtisch. Hat heute schon am Nachmittag begonnen, sich zuzuschütten. Bin mir nicht sicher, ob der überhaupt noch ansprechbar ist.«

Ernsthaft?! Dass er immer so viel trinken musste! Dann war es sinnlos, mit ihm zu reden. Hinaufzugehen und ihn von den Jägern wegzuholen, kam nicht in Frage. Erst recht nicht, wenn er in so einem Zustand war. Alles umsonst. »Was ist los mit ihm? Hast du mit ihm geredet?«

Sie zwinkerte mir zu. »Ist dir das nicht klar?«

Nein, war es mir nicht.

»Eifersüchtig ist er.«

»Eifersüchtig?« Mir blieb der Mund offen. »Warum?«

Versteckt unter den langen Ärmeln des Mantels ballte ich die Hände. Hatte ich irgendetwas getan, was Finns Verhalten rechtfertigen würde? Seit dem Sautrogrennen hatte ich mich so nach ihm gesehnt. Anstatt mich einfach zu besuchen, machte er solche Zicken? Waren die Probleme mit Malve und die Hetze der Hüter nicht genug? Der Scheiterhaufen loderte schon vor meinen Augen. Sollte Finn sich doch ausspinnen! Ich hatte wirklich keinen Kopf für dergleichen.

»Valerian ist nett und lustig, und er kommt aus gutem Haus«, hörte ich Fria mit halbem Ohr sagen. Ihre Backen färbten sich ein bisschen rosiger.

Hatte ich richtig gehört?

»Er gefällt dir?«

Das wurde ja immer besser.

Sie zwirbelte eine Haarsträhne zwischen den Fingern. »Ich sage dir, so einer kommt nicht alle Tage vorbei!«

»Fria, ich glaube nicht, dass er momentan an solche Dinge denkt. Für den Fall, dass dir das nicht aufgefallen ist, er ist schwer verletzt.«

»Aber irgendwann wird es ihm sicher wieder besser gehen ...« Ihre Zehenspitze bohrte sich in den Boden.

Das war mir alles zu viel. »Ich muss ...«, murmelte ich.

»Warte!« Fria hielt mich am Ärmel zurück. »Hast du die Kundgebung heute Nachmittag gehört?«

Ich nickte.

Sie zog mich näher an sich heran. »Seither sitzen alle hier und denken laut darüber nach, wer bei uns im Dorf begabt sein könnte. Verbena ...« Sie legte die Hände auf meine Schultern. »... sie reden hauptsächlich von Alraune und dir! Ich bin sofort zu euch gelaufen ...«

Mutter des Lebens! Ich schluckte, wusste nicht, was ich sagen sollte. Gänsehaut zog über meinen Rücken, in meinen Ohren rauschte das Blut. Raus hier! Aber diesmal durch die Küche. Nur nicht noch einmal vorbei an den Hütern.

Sie musterte mich, flüsterte mir ins Ohr: »Verwendet ihr Magie, um zu heilen? Mir kannst du es ja sagen!«

Was??? Diese Frage stellte sie mir? Hier?! Zwischen all den Leuten?

Energisch schüttelte ich den Kopf, strich ihre Arme von meinen Schultern. »Natürlich nicht! Was soll schon magisch sein an ein paar Kräuteressenzen? Hast du jemals Glitzerstaub im Hustensaft gefunden?«, zischte ich sie an.

Dann riss ich mich los und lief durch die Küche, entfloh durch die Hintertür. Diese fiel mit einem Krachen ins Schloss. Ich zuckte zusammen. Nun hatte ich doch den dramatischen Abgang hingelegt, den ich vermeiden wollte.

Die Nachtluft kühlte meine brennenden Lungen. Zum zweiten Mal heute lief ich so schnell ich konnte aus dem Dorf hinaus. Diesmal waren es keine Regentropfen, die meine Wangen hinunterrannen. Ich zitterte am ganzen Körper. Würden die Leute morgen mit Fackeln und Heugabeln vor unserer Tür stehen? Gleich zu Sonnenaufgang? Sollten wir schon anfangen, Tee und Honigkuchen vorzubereiten, um sie davon zu überzeugen, dass wir angenehme Nachbarn waren? Dass wir nichts anderes wollten, als in Frieden hier zu leben? War ihnen das nicht bewusst, nachdem sie uns seit vielen Jahren kannten? Woher kam plötzlich dieser Hass gegen uns Heiler? Ohne uns ging es ihnen doch viel schlechter. Egal, ob wir dafür Magie verwendeten oder nicht.

Außerdem hatte ich gerade Malve beleidigt und meiner besten Freundin ins Gesicht gelogen. Aus Angst! Angst davor, wegen nur einer falschen Bemerkung gefangen genommen zu werden. Danke Korvinus! Und danke Helleborus von ... wie-auch-immer!

⌐DUNKELHEIT

Wir warteten auf den gefürchteten Besuch. Doch er kam nicht. Nicht zu Sonnenaufgang und auch später nicht. Niemand kam. Auch kein einziger Patient.

Alraune lief in der Stube auf und ab, fand keine Ruhe. Wir sprachen kaum, erwarteten jederzeit Schritte oder, schlimmer noch, das Getrappel von Hufen.

Meine Teetasse umklammernd, dachte ich an Finn. Wie den ganzen Morgen schon. Er war der erste Gedanke gewesen, als ich heute Früh hochgeschreckt war. Seitdem ließ er mich nicht mehr los. Ob er inzwischen wieder nüchtern genug war, um mit ihm zu reden, ihm zu sagen, dass seine Sorgen grundlos waren? Der Knoten in meinem Magen wurde immer größer. Am liebsten wäre ich aufgesprungen und hätte mich ein weiteres Mal zu ihm auf den Weg gemacht. Doch das ging nicht. Wenn die Hüter kamen, sollte Alraune nicht allein sein.

Vielleicht hatte Fria es ihm ausgerichtet. Vielleicht kam er heute vorbei.

Valerian tastete sich die schmale Treppe hinunter. Er schlief tagsüber nicht mehr und Alraune hatte mir aufgetragen, ihn nicht aus den Augen zu lassen. Sie misstraute ihm nach wie vor. Sein Unfall war inzwischen einen Viertelmond her und es ging ihm so gut, dass es an der Zeit war, ihn von den Schilfrohren in seiner Nase zu befreien. Nach dem Frühstück bat Alraune ihn in die Heilerei.

»Setz dich auf den Tisch«, sagte ich zu ihm und füllte einen Löffel mit einer dunkelbraunen Flüssigkeit. »Mund auf!«

»Warum?«

»Das ist etwas gegen die Schmerzen, die jetzt kommen.«

»Du machst mir Hoffnung ...« Bereitwillig öffnete er seinen Mund.

»Das wird jetzt sehr unangenehm, aber danach fühlst du dich um einiges besser«, sagte Alraune.

»Habt ihr nicht einen Zaubertrank für mich? Einen, der alles wieder gut macht?«

Alraune lachte auf. Sie überspielte, dass man darüber dieser Tage keine Scherze machte. »Verbena, nimm den Verband ab!«

Die Blutergüsse in seinem Gesicht waren bis auf wenige gelbliche Wolken verschwunden. Selbst die Schwellung um die Augen war beinahe abgeklungen. Valerians Lider bewegten sich, wenngleich sie verklebt waren.

»Das sieht alles schon viel besser aus. Die Nähte ziehen wir auch gleich.« Alraune gab mir ein dünnes Messer. »Du machst das!«

Ich langte nach einer Pinzette. Mit zittrigen Fingern durchtrennte ich das Rosshaar.

»Schneidest du mich sicher nicht?«

Ehrlich? Fragte er das schon wieder? »Ich bemühe mich. Halt still.«

»Was ist mit meinen Augen?«

»Halt still, habe ich gesagt!«

»Sehen wir uns gleich an. Aber zuerst macht Verbena die Nase«, sagte Alraune hinter mir.

»Was ... ich?«

»Dein Patient!«

Bei Escha! Ich wollte ihm wirklich nicht weh tun.

»Komm schon, bringen wir's hinter uns!« Seine Mundwinkel zogen leicht nach oben. Er war sicher erleichtert, von den blöden Dingern befreit zu werden. Doch mir graute bei dem Gedanken, was uns jetzt bevorstand. Als Alraune Ulrik die Schilfrohre gezogen hatte, war das alles andere als lustig gewesen.

»Nochmal Mund auf!« Diesmal steckte ich Valerian den Stiel eines Kochlöffels quer zwischen die Zähne.

Er atmete heftiger, schien zu begreifen. Ich entfernte die Krusten rund um die Nasenlöcher. Vorsichtig zog ich an einem der Rohre. Valerian biss auf das Holz, er ballte seine Hände zu Fäusten.

»Entschuldigung!«

»Du musst mit einem dünnen Spatel die Rohre von der Naseninnenwand lösen. Sehr vorsichtig, der Bruch ist noch empfindlich«, wies Alraune mich an.

»Ganz nach innen komme ich nicht.«

»Gut genug, zieh an! Aber gerade!«

Mit einer schnellen Bewegung zog ich auf einer Seite an.

Valerian jaulte auf.

»Ein Tuch für die Blutung!« Alraune hielt mir ein Stück Stoff hin. »Und jetzt das Gleiche auf der anderen Seite.«

Valerians Körper verkrampfte. Seine Zähne kerbten das Holz.

»Gleich ist's vorbei!« Ich zog am zweiten Rohr.

Er schnaubte und atmete mehrmals tief durch. Langsam entspannten sich seine Muskeln.

Ich griff nach dem Kochlöffel. »Den kannst du jetzt loslassen. Geschafft! Geht's wieder?«

Er winkte ab, stützte die Stirn in die Handfläche.

Ich spürte Alraunes Hand auf der Schulter. »Gut gemacht!«

Nach einiger Zeit hob Valerian den Kopf. »Geht wieder«, schniefte er.

»Dann sehen wir uns deine Augen an. Verbena, schau gut zu!« Alraune löste die verklebten Lider mit einem feuchten Tuch und zog sie vorsichtig auseinander.

Ich beugte mich gespannt nach vorn. Zum Vorschein kamen braune Augen. Auf den ersten Blick sahen sie normal aus.

Alraune schwenkte ihre Hand vor seinem Gesicht und her.

»Siehst du meinen Finger?«

Er presste die Lippen aufeinander, schüttelte den Kopf.

Ich biss mir auf die Unterlippe.

»Bewege deine Augen nach links«, sagte Alraune.

Ich drückte ihm die Daumen. Hoffentlich, hoffentlich ...

Die Augen bewegten sich nach links.

»Und jetzt nach rechts, und nach oben und unten ... gut, das funktioniert.«

Alraune entzündete eine Kerze. »Verbena, mach den Vorhang zu.« Sie nahm die Kerze und schwenkte sie vor Valerians Gesicht hin und her, auf und ab.

»Siehst du irgendein Licht?«

»Nein ... nichts.«

»Einen Versuch habe ich noch.« Sie zog die Lider weiter auseinander und betrachtet seine Augen genau. »Mach den Vorhang wieder auf«, befahl sie mir.

Licht strömte in den Raum.

Alraunes Brauen zogen sich zusammen. »Die Pupillen verengen sich.« Sie runzelte die Stirn. »Das verstehe ich nicht. Deine Augen sind nicht verletzt.« Dann seufzte sie. »Aber wenn du nicht siehst, kann es sein, dass es so bleibt.«

Er schluckte. »Für immer?«

»Ich weiß es nicht. Wahrscheinlich. Es tut mir so leid!«

Er saß ruhig da. Ich konnte nicht anders, griff nach seiner Hand, wollte ihn trösten, mit ihm weinen. Er schüttelte mich ab. »Lass mich! Ich brauch dein Mitleid nicht.«

Alraune zog mich mit sich, schloss die Tür leise hinter sich. In der Stube lehnte ich mich taub gegen den Tisch, legte die Hand über den Mund. Meine Lippen bebten. Dann brachen die Tränen aus mir heraus. »Ich hätte es ihm so gewünscht, dass er wieder sieht ...«

»Ich auch ...« Sie zog mich zu sich und schloss mich in ihre Arme.

Alraune und ich hockten zwischen den Kräuterbeeten im Garten, um zu jäten. Dazu hatte sie mich verdonnert, um mich zu beschäftigen. Meine Gedanken kreisten um Valerian. War er wirklich blind? Für den Rest seines Lebens? Wieder und wieder schweifte mein Blick zur Heilerei.

»Lass ihn«, sagte Alraune, »er muss das jetzt erst einmal verdauen. Alleine.«

Ich riss einige Pflanzen aus und warf sie auf den Haufen neben dem Beet. Aber ich hatte nicht die Ruhe für so eine Arbeit.

»Du kannst ihm jetzt nicht helfen. Er muss dieses Schicksal annehmen und dafür braucht er Zeit. Mach weiter. Zwischen den Sonnenblumen ist noch jede Menge Unkraut.«

Widerwillig rupfte ich wieder Gräser aus. Das war keine Ablenkung. Der Knoten in meinem Magen wuchs und wuchs. Achtlos griff ich nach den Pflanzen, während ich mir vorstellte, dass mit Valerians Augen alles in Ordnung war. Plötzlich hielt ich einen unserer Sonnenblumenkeimlinge in der Hand. Zornig warf ich ihn auf den Komposthaufen. »Zum Kuckuck, ich kann das jetzt nicht machen.«

Alraune kniff ihre Lippen zusammen, schüttelte missbilligend den Kopf.

Doch ich beachtete sie nicht. Stattdessen ging ich zum Bach und wusch mir die Hände, zog einen Eimer Wasser aus dem Brunnen und schleppte ihn in die Küche. Dort schnitt ich Stücke von Brot und Käse ab, legte sie auf ein Brett und füllte einen Becher mit Wasser.

Die Hände voll beladen fand ich mich vor der Tür zur Heilerei wieder.

Und stockte.

Sollte ich doch besser auf Alraune hören? Aber inzwischen waren Stunden vergangen. Vielleicht brauchte er etwas oder fand sich nicht zurecht. Es war sicher besser, nachzusehen.

Ich klopfte.

Keine Antwort.

Leise öffnete ich die Tür und lugte um die Ecke.

Valerian hatte den Weg vom Tisch zu seiner ehemaligen Liege in der Ecke gefunden. Dort saß er im Schneidersitz, den Rücken an die Wand gelehnt.

»Hast du Hunger ...?«

Er schüttelte den Kopf.

»Kann ich sonst etwas für dich tun?«

»Nein.«

Ich trat von einem Bein auf das andere. Alraune hatte recht gehabt, ich sollte wieder gehen. Mit leisen Schritten näherte ich mich dem Tisch und stellte das Brett ab. »Wenn du essen möchtest, stehen hier Käse und Brot und ein Becher mit Wasser. Zwei Schritte vor dir.« Ich wandte mich um.

»Ich wollte wichtige Dinge tun ... aber wie soll das jetzt gehen?« Er ballte die Fäuste, ließ sie aber wieder in seinen Schoss sinken.

War ihm doch danach, zu reden?

»Darf ich mich zu dir setzen?«

Er zuckte mit den Schultern.

Behutsam ließ ich mich neben ihm nieder, lehnte mich genauso an wie er. Ich wusste nicht, was ich sagen sollte. Vielleicht war es auch besser, nichts zu sagen, einfach nur da zu sein.

Valerian zog die Beine an und schlang die Arme um sie. Sein Kinn legte er auf eines der Knie. Die braunen Augen waren leer.

Ich wartete, aber er schwieg.

Zum ersten Mal betrachtete ich sein Gesicht. So sah er also aus, endlich ohne Verband. Seine Nase lief spitz zu und hatte einen leicht gebogenen Rücken. Die Augen waren mandelförmig, die Brauen gerade und dicht. Durch einen Wirbel links oberhalb der Stirn standen seine kurzen Haare in alle Richtungen. Er hatte bestimmt schon dem einen oder anderen Kronenburger Mädchen den Kopf verdreht.

»Kannst du bitte aufhören, mich anzustarren!«

Ich sah ihn entgeistert an. Woher wusste er das?

»Entschuldige!« Ich wandte meinen Blick ab, sah hinauf zu den Kräuterbüscheln an der Decke. »Dann lasse ich dich lieber wieder allein.«

»Nein, bleib!«

Ich saß neben ihm, bemühte mich, überall hinzusehen, nur nicht in seine Richtung. Doch mein Blick glitt immer wieder zu ihm hinüber. Ich musste Fria beipflichten. So einer kam nicht alle Tage vorbei.

Am liebsten hätte ich ihn umarmt, ihm den Trost gespendet, den er nicht haben wollte. Ich fühlte mich zappelig neben ihm, versteinert wie er gerade war. Konnte ich ihn irgendwie aufmuntern?

»Möchtest du mit mir nach draußen kommen? Es ist angenehm warm.« Einen Versuch war es wert.

Er schüttelte den Kopf.

»Ach komm, im Vergleich zu gestern hat sich für dich nicht viel geändert. Du hast dich doch schon ganz gut zurechtgefunden.«

»Wie kannst du so etwas sagen? Im Vergleich zu gestern ist alles anders.« Seine Stimme war rau.

Meine Wangen fühlten sich plötzlich heiß an. Es stimmte. Gestern hatten wir noch Hoffnung gehabt. Er für sich und ich für ihn. Heute war klar, dass er blind war – und es wohl für immer sein würde. Ich griff nach seiner Hand, hielt sie fest.

»Warum ich? Warum ausgerechnet meine Augen?«

Wie konnte ich ihm am besten helfen? Vorsichtig sagte ich: »Du kannst damit klarkommen.« Kraftvoller setzte ich nach: »Du willst mein Mitleid nicht? Dann reiß dich selbst am Riemen und lerne damit umzugehen! Nimm den Stock und komm mit nach draußen.«

»Ich hasse dieses Ding! Wenn ich den in der Hand habe, ist mir nur noch viel mehr bewusst, dass ich nichts sehe.«

»Wenn du diesen nicht willst, dann steh auf und such dir einen anderen. Einen, der zu dir passt!«

Mein Blick wanderte zum Fenster. Die Dämmerung brach herein. Es war schon zu spät für einen Ausflug. »Na gut, heute gebe ich dir eine Gnadenfrist, aber iss wenigstens etwas.«

Auf DEM MARKT

Wie einsam man sich fühlen kann, selbst zwischen vielen Leuten. Alraune stand in der Heilerei und bereitete Teemischungen zu. Ihre Stirn teilte eine tiefe Furche. Kaum jemand aus dem Dorf kam zu uns. Nur die mit dringenden Anliegen. Für die waren wir offenbar noch gut genug. Aber auch diese Leute waren schweigsam, redeten nur das Notwendigste mit uns. Sie sahen sich misstrauisch um, so als ob sie erwarteten, dass gleich Gegenstände von Geisterhand herumflogen oder Essenzen ohne Feuer brodelten. Außerdem bezahlten sie uns weit weniger für unsere Dienste als früher.

Einen einzigen Besuch hatten wir in all diesen Tagen bekommen. Wicke. Alraune und sie waren lange Zeit beim Bach gesessen. Meine verstohlenen Blicke aus dem Fenster hatten mir verraten, dass sie größtenteils schweigend dem Wasser beim Fließen zugesehen hatten. Doch selbst das war tröstlich und ich wünschte mir, auch Fria würde sich blicken lassen.

War ich zu unwirsch zu ihr gewesen? Und was war mit Finn? War ich dem plötzlich egal?

Wie oft ertappte ich mich dabei, dass ich in meine Kammer hinaufgegangen war und dann, seine Feder in den Fingern drehend, zum Fenster hinausstarrte. Warum kam er nicht über die Brücke? Wann besuchte er mich endlich? War es wirklich nur wegen Valerians Berührung? Vielleicht sollte ich mich doch bei ihm entschuldigen. Obwohl es gar nicht so war, wie er dachte. Aber Fria hatte ihn verstanden. Wahrscheinlich warf sie mir Mangel an Mitgefühl vor. Schauten die beiden deswegen nicht bei mir vorbei? Oder ließen sie mich jetzt fallen, weil der Rest des Dorfes uns als aussätzig betrachtete?

Alraune wollte erst einmal Gras über die Sache wachsen, sich vorerst nicht im Dorf blicken zu lassen. Die Leute würden schon merken, dass sie uns brauchten, meinte sie. Dieses Gewitter ziehe bald vorüber. Ich war mir da nicht so sicher.

Mehr als einmal war ich knapp davor, mich ins Dorf zu schleichen. Doch was, wenn die Hüter genau dann kamen, wenn ich weg war? Das konnte ich Alraune nicht antun und Valerian auch nicht.

Er war seit Tagen nicht dazu zu bringen, seine Kammer zu verlassen. Auf dem Lager liegend starrte er hinauf zur Decke, die er nicht sah. Er aß gerade einmal etwas, wenn ich es ihm brachte. Hin und wieder klagte er über Kopfschmerzen und hielt seine Seite, wenn er sich umlagerte, aber im Großen und Ganzen ging es ihm körperlich gut.

Doch wenn ich versuchte, ihn davon zu überzeugen, mit mir nach draußen zu kommen, schüttelte er nur den Kopf. Das Einzige, was ihn dazu bewog, mit mir zu sprechen, war, wenn ich ihn eingehend betrachtete. Woher auch immer er das jedes Mal wusste. Zwischen zusammengebissenen Zähnen presste er dann hervor, dass ich das gefälligst bleiben lassen solle. Lediglich duldete er, wenn ich neben ihm am Tisch saß und in mein Kräuterbuch zeichnete. Dann hatte ich das Gefühl, er sei froh, dass ich da war.

Gestern hatte ich versucht, ihn aus der Reserve zu locken. Ich hatte ihn angestarrt, bis er mich beinahe angesprungen war. Doch dann hatte er sich zur Wand gedreht und seitdem war alles nur noch schlimmer.

Alraune war nach wie vor der Meinung, dass ich ihn in Ruhe lassen sollte, dass er Zeit brauchte. Nur wie lange? Würde er es allein schaffen, sich aus seiner Dunkelheit zu befreien? Egal, wie schroff er war, der Weg führte mich immer wieder über die schmale Stiege nach oben in seine Kammer.

Am meisten von allem aber traf mich, dass Malve seit der Begebenheit bei den Drei Linden nicht aufzufinden war. Er hatte sich in den Wald zurückgezogen, hielt sich von mir fern. Nachlaufen würde er mir nun bestimmt nicht mehr und folglich uns beide auch nicht in Gefahr bringen. Ich hatte meinen Willen durchgesetzt, konnte ein normales Leben weiterführen. Trotzdem hätte es sich nicht falscher anfühlen können. Dort, wo ich vorher Wärme in meiner Brust gespürt hatte, war jetzt ein kaltes Loch.

In den letzten Tagen hatte ich immer wieder den nahen Wald nach Anzeichen von ihm durchsucht. Keine Spur. Ich hatte Eier und andere Leckereien für ihn ausgelegt, aber er ließ sich nicht locken.

Vor dem Haus auf der Bank sitzend, schloss ich die Augen. Wie schon so oft versuchte ich, zumindest die Richtung zu spüren, in der er sich aufhielt. Das warme Band zwischen uns hatte mir das früher immer gezeigt, selbst, wenn wir weit voneinander entfernt waren. Jetzt fühlte ich nichts und diese Leere machte mich wahnsinnig.

Unvermittelt spürte ich Alraunes Hand auf meiner. Ich hatte nicht gemerkt, dass sie sich neben mich gesetzt hatte. Ihre Augen waren müde. Hatte sie sich in der Nacht genauso wie ich nur herumgewälzt?

»Uns gehen die Vorräte aus ... und heute ist Markttag im Dorf«, sagte sie leise.

Ich sprang auf. »Darf ich gehen?« Endlich ergab sich eine Gelegenheit, mit Finn zu sprechen. Doch dann stockte ich. »Was, wenn die Hüter kommen?«

»Die sind sicher auch am Markt, halten vermutlich wieder eine Kundgebung ab. Eine, die wir hören sollten. Außerdem brauchen wir Brot, Käse und Eier… und am besten Mehl und Bohnen und ein großes Stück Speck. Sachen, die länger halten.« Sie sah zum Kräuterbeet hinüber. »Wenn das so weitergeht, werden wir mehr eigenes Gemüse anpflanzen. Vor allem, wenn wir noch ein weiteres Maul zu stopfen haben.« Sie seufzte. »Wenn er wieder halbwegs zurechtkommt, müssen wir eine Lösung für ihn finden. Er kann nicht ewig bleiben.«

Sobald ich die ersten Häuser am Rande des Dorfes erreichte, fühlte ich mich fehl am Platz. Ich war diesen Weg schon hunderte Male gegangen, doch heute war er still, so ungewohnt still. Die meisten Fensterläden entlang der Häuserzeile waren geschlossen. Trotzdem hatte ich das Gefühl, beobachtet zu werden. Bildete ich mir das nur ein? Die Leute waren sicher alle am Markt.

Sollte ich meine Heilerhaare verdecken? Ich zog mir die Kapuze über den Kopf. Bei diesem strahlenden Sonnenschein war ich wahrscheinlich die Einzige, die vermummt herumlief. Nur was war weniger auffällig? Der Haselnussstrauch auf meinem Kopf oder die Kapuze darüber?

Am Ende der Gasse sah ich sie dann. Das ganze Dorf tummelte sich auf dem Markt, Männer standen schwatzend in Gruppen beisammen, Frauen wanderten mit Körben von Stand zu Stand. Dazwischen Kinder und Hunde. Der Geruch von frischem Baumkuchen wehte zu mir herüber. Sonst hatte ich mich immer auf den Markttag gefreut, doch jetzt fiel es mir schwer, den Schutz der Gasse zu verlassen, den nächsten Schritt auf den Platz hinaus zu gehen. Das Bild der leeren Heilerei drängte sich in meine Gedanken. Diese Leute wollten uns nicht mehr. Trotzdem brauchten wir Essen. Daran führte kein Weg vorbei.

»Escha, steh mir bei!«

Ich hielt inne. Eigentlich sollte ich stolz darauf sein, eine Heilerin zu sein! Die Schreiner, Schmiede, Schneider und all die anderen Zünfte waren es doch auch. Ich straffte meine Schultern und zog die Kapuze wieder herunter, ließ mir die Sonne in den Nacken scheinen.

Forschen Schrittes ging ich auf die Stände zu. Mein Blick schweifte über die Menge. Konnte ich Finn entdecken? Oder Fria? Ich machte eine Runde um den Markt, hielt Ausschau nach roten Haaren. Aber ich sah sie nicht.

»Da ist Verbena, aber ohne die Ackerl«, hörte ich jemanden hinter mir flüstern. Ich drehte mich um. Es waren die Wirtin der Drei Linden und Ludeks Mutter. Beide wandten sich ruckartig zur Seite, begutachteten eingehendst die ersten Radieschen der Saison. Dort steckten sie wieder die Köpfe zusammen. Mir wurde angst und bange. Was sagten sie? Sie redeten bestimmt über mich.

Die Moosbacher Bäuerin bot neben den letztjährigen Kartoffeln und eingelegtem Gemüse auch Samen an. Es war zwar schon etwas spät, für diesen Sommer noch anzupflanzen, trotzdem wollte ich einiges für unser Gemüsebeet kaufen. Ich stellte mich an. Der Blick der Moosbacherin glitt an mir vorbei oder durch mich hindurch. Sie nahm alle anderen vor mir dran. Bei Alraune hätte sie sich das nicht getraut. »Rote Rüben-, Kohlrabi- und Gurken-Samen, bitte!«, unterbrach ich sie, als sie sich schon wieder jemand anderem zuwandte.

»Acht Kreuzer wären das.«

»Wie bitte? Das ist höchstens sechs wert!«

»Willst du die Samen oder nicht?«

Für einen Moment war ich sprachlos. Sonst war diese Frau immer freundlich zu uns gewesen, war wegen ihrer Gicht ein Stammgast in der Heilerei. Vor einer Woche noch hätte sie mir die Samen sicher geschenkt. Wut brodelte in mir hoch. »Sollen die Topfenumschläge dann auch das Doppelte kosten?«

»Die mache ich mir in Zukunft selber!«

»Und die Sauerkirschen-Holunder-Essenz?«

Sie räusperte sich. »Na gut, sechs Kreuzer ...« Ohne mich eines weiteren Blickes zu würdigen, streckte sie mir drei Säckchen entgegen.

Nach und nach landeten in meinen Körben Eier, ein riesiges Stück Speck, ein Rad Käse und größere Mengen an Mehl und Bohnen.

»Schau, Verbena kauft für den Winter ein«, flüsterte Rolan Levin zu. Die beiden warfen mir mitleidige Blicke zu. Doch als ich sie grüßte, drehten sie sich weg.

Was war bloß los mit diesen Leuten? Am liebsten hätte ich sie angeschrien, zur Rede gestellt. Doch inzwischen fehlte mir nur noch das Brot. Danach konnte ich nach Hause gehen, von hier verschwinden. Endlich!

»Guten Morgen, Verbena!«, grüßte mich Adelind vom Bäckerstand. Ich sah sie verwirrt an. Gab es doch noch jemanden, der freundlich zu mir war? Aber dann warf ihr ihr Vater einen unverkennbaren Blick zu. Das Lächeln verschwand aus ihrem Gesicht. Schweigend reichte sie mir einen Laib Brot und ich ihr die Münzen.

Wir blickten aneinander vorbei. Meine Kehle war zugeschnürt. Tränen wallten in meinen Augen. Ich wischte mir mit dem Arm übers Gesicht, kniff die Lider zusammen, wollte nicht, dass mich alle so sahen.

Auf dem schnellsten Weg wühlte ich mich durch die Leute. Nur noch nach Hause! Da bemerkte ich Finn. Er lehnte an einer der Linden. Ganz der Jäger. Ich hob meine Hand, samt Korb, versuchte zu winken. Er stieß sich vom Stamm ab, sah überall hin, nur mich nicht an. Seine Lippen waren schmal. Dann nickte er mir kurz zu und verschwand in der Menge.

»Finn, warte!« Ich lief ihm hinterher, wühlte mich durch die Leute, fand ihn aber nirgends.

Verflixt und zugenäht! Hatte er das Talent, sich unsichtbar zu machen? Ratlos blieb ich vor dem Tempel stehen. Sollte ich ihn zu Hause besuchen, um ihn zur Rede zu stellen? Oder musste ich der Wahrheit ins Gesicht blicken und einsehen, dass er nichts mehr mit mir zu tun haben wollte? So wie alle anderen auch.

Eine Hand legte sich auf meinem Rücken. Hatte Finn es sich doch noch anders überlegt? Wäre wohl zu schön gewesen ... es war Fria. Sie lächelte mich an.

»Komm!« Sie nahm mich am Arm und zog mich zum Hintereingang der Drei Linden. Drinnen stiegen wir über die steile Treppe hinauf zu ihrer Kammer im zweiten Stock. Sobald sich hinter uns die Tür geschlossen hatte, fiel sie mir um den Hals. »Ich hätte dich so gern besucht, aber die Wirtin hat mich absichtlich noch viel öfter eingeteilt als sonst, die blöde Ziege!«

Die schweren Körbe rutschten aus meinen Händen. Ich erwiderte ihre Umarmung, ließ mich fallen nach der Tortur, Haltung zu bewahren. Die Tränen, die schon längst herauswollten, kullerten über meine Wangen. Ich schloss die Augen und schluchzte.

»Und Finn ist ein Idiot!«, flüsterte sie mir nach einer Weile ins Ohr. »Ich habe ihm gesagt, dass er sich irrt, dass da nichts ist zwischen Valerian und dir. Aber er glaubt mir nicht. Er sagt, er wisse, was er gesehen habe ...«

Ich brauchte eine Weile, bevor ich in der Lage war zu antworten. »Was hat er denn gesehen? Ich habe Valerian rasiert, sonst nichts. Er ist blind. Wie soll er es selbst machen? Ich würde auch Finn rasieren, wenn er einen ernstzunehmenden Bartwuchs hätte. Das mache ich für jeden Mann, der in die Heilerei kommt und das verlangt! Valerian wollte wissen, wie ich aussehe. Weil er es nicht sehen kann, hat er es ertastet – zumindest bis er unterbrochen wurde. Was ist da schon dabei? Weißt du was?« Meine Stimme überschlug sich. »Wenn Finn nicht damit zurechtkommt, dass ich mich um meine Patienten kümmere, dann ... dann kann er mich mal!«

»Valerian ist blind? So richtig?« Frias Augen weiteten sich, wurden glasig. Ihre Hände fuhren zum Mund. Trotzdem war da wieder dieser Hauch von Rosa auf ihren Wangen. Er zog sich hinauf bis zu den Ohrenspitzen.

»Der Arme! Wie geht es ihm?«

»Schlecht.«

Nein, das war gar kein Ausdruck.

»Elend!«

Dann brach es aus mir heraus. Ich erzählte ihr, wie schwermütig Valerian war und welche Sorgen mir seine Düsterkeit bereitete. Mir war nicht bewusst gewesen, wie dringend ich mein Herz ausschütten musste, und ich war Fria unendlich dankbar, dass sie für mich da war.

Sie sog jedes meiner Worte auf, überlegte sofort, wie sie Valerian auf andere Gedanken bringen konnte.

»Dich hat es ganz schön erwischt!« Ich wischte meine Tränen weg und musste grinsen. Schlagartig errötete Fria. Dann begann sie zu schwärmen. »Stell dir vor, er nähme uns mit nach Kronenburg ... in dieses Geschäft mit den schönen Kleidern ... und auf einen Empfang ins Schloss! Er hat erzählt, dass die Gundermanns zum Tanz geladen werden.«

Hatte er das? Mit mir war er nie so gesprächig gewesen. »Ob es diese Einladungen noch gibt, jetzt, wo der König nicht mehr ist?«, überlegte Fria.

Mir schauderte. »Auf ein Hüterfest würde ich nie im Leben gehen wollen ... Ist Korvinus heute hier? Kommt wieder eine Ansprache?«

Fria zuckte die Achseln. »Glaube nicht. Er ist unterwegs in den anderen Dörfern. Soweit ich weiß, kommen die Hüter erst in ein paar Tagen zurück.«

Ich sank auf Frias Bett. Wir hatten umsonst gewartet. Aber erleichtert war ich trotzdem nicht. Ihr Besuch in der Heilerei war nicht aufgehoben, nur aufgeschoben.

Wie die Wölfe

Valerian bekam es als Erster mit. Er fuhr vom Lager hoch, verzog vor Schmerz das Gesicht. Seine Hand schnellte wieder an den Brustkorb. Er schwang die Beine aus dem Bett und stand plötzlich neben mir. »Hörst du das?«

Zuerst wusste ich nicht, was er meinte, doch dann machte ich zwei schnelle Schritte zum Fenster.

»Sie kommen ...«, flüsterte ich, stützte mich aufs Fensterbrett, bevor meine Knie nachgaben. Würden sie uns jetzt mitnehmen? Nach Kronenburg?

»Ich brauche einen Verband, bitte!«

Valerians Stimme klang fern, denn unten trabte das erste Pferd über die Brücke. Korvinus. Er hatte vier weitere Männer mitgebracht, alle schwarz gekleidet. In Weiß prangten das Auge und das brennende Schwert auf ihren Oberkörpern. Langsam drehte ich mich Valerian zu. Was hatte er gesagt?

»Ein Verband ... rasch!«

»Wozu? Der Schorf um deine Augen ist doch abgeheilt.«

»Tu's einfach. Schnell!« Er stand bewegungslos im Raum, hörte auf jedes Geräusch.

»Verbena!«, schrie Alraune von unten.

Bei Mavanja! Der Albtraum wurde wahr. Korvinus. Die Hüter. Lodernde Flammen am Scheiterhaufen!

Valerian schüttelte mich.

»Verbände sind unten ... in der Heilerei.« Zu spät. Die Haustür krachte gegen die Wand.

»Alraune, sie sei gegrüßt! Man hört schlimme Dinge über sie.« Korvinus' Stimme, schnarrend, wie immer.

Ich war starr.

»Zum Henker!«, zischte Valerian, »liegt hier irgendetwas? Schnell!«

Wie in Trance sah ich mich um.

»Das Leintuch!« Ich griff nach dem Messer am Gürtel, stürzte zum Bett, schnitt einen Streifen davon ab.

»Wo sind die Kleine und der Narr?« Korvinus klang betont freundlich. Direkt darauf wechselte er ins Brüllen. »Antworte sie mir!«

Unten polterte es. Alraune stieß einen Schrei aus.

Meine Güte!

Valerian sog scharf die Luft ein.

Schnell wickelte ich den Stoff um seinen Kopf.

Das Holz der Treppe knarrte unter schweren Schritten. Jemand kam.

Ich versuchte, einen Knoten zu binden. Wenn meine Finger doch nicht so zittern würden ... Mutter des Lebens, steh uns bei!

Die Dielen im Gang ächzten. Gleich.

Die Finger weg vom Verband! Gerade noch legte ich meine Hände auf Valerians Schultern, als ein beleibter Mann um die Ecke bog. Es war der Bote.

»Störe ich?« Seine breiten Lippen grinsten hämisch, eröffneten den Blick auf gelbe Zähne.

»Wir ... wir wollten gerade hinunter.«

»Bitte, nur zu!« Mit einer Verbeugung trat er einen Schritt zurück hinaus in den Gang, wies uns den Weg.

Ich nahm Valerians Arm, brauchte ihn dringend zum Festhalten. Bedächtig ging ich auf den Gang hinaus, wollte möglichst viel Abstand zu dem feisten Kerl wahren.

Der Hüter winkte mich galant vorbei.

Im nächsten Moment packte er mich an den Haaren, grub seine Finger tief in die Strähnen. Ein schriller Laut entfuhr meiner Kehle.

Er riss mich weg von Valerian, zog mich vor sein Gesicht. Bei Mavanja – wie sein Atem stank. Ich schluchzte auf, war unfähig mich zu wehren.

Er sah mir direkt in die Augen. »Bist du eine? Mir kannst du es ja sagen ...«

Eine was? Eine Begabte? Mutter des Lebens!

Ich biss mir auf die Zunge, wollte leugnend den Kopf schütteln, aber er hielt mich fest wie ein Schraubstock.

»Hat es dir die Sprache verschlagen?« Mit dem Zeigefinger der anderen Hand strich er sanft über meine Wange. »Euer Hochgeboren wird das aus dir herauskitzeln. Er freut sich schon auf dich.«

Roh wuchtete er mich an den Haaren den Gang entlang. Meine Kopfhaut brannte unter seinem Griff. Dann stieß er mich die Stiege hinab.

Ich stolperte, geriet ins Stürzen. In der Kurve prallte ich mit der Stirn gegen die Wand. Ich taumelte, bekam gerade noch das Geländer zu fassen. Benommen strich ich über das Gesicht, spürte Blut.

Korvinus Kopf tauchte am unteren Ende der Stiege auf. Solange ich mich erinnern konnte, war es das erste Mal, dass er mich anlächelte. »Da ist die Kleine. Ich habe sie schon vermisst.«

Nur seine Lippen lachten, die Augen waren die eines Raubtiers.

Ich bin nicht klein!, dachte ich und richtete mich auf. Von oben kam ein Rumpeln. Valerian schlitterte auf mich zu. Ich streckte mich, um seinen Fall zu bremsen.

Mit Wucht drückte er mich gegen die Wand.

»Entschuldige«, flüsterte er in mein Ohr.

»Ah, und der Narr! Dann können wir beginnen.« Auch Korvinus konnte es nicht lassen, sich triefend vor Hohn zu verbeugen.

Von oben hörte ich Schritte. Der Bote.

Ich packte Valerians Hand und zog ihn mit mir die Treppe hinunter, bevor der nächste Stoß von hinten kam.

Unten stellte Korvinus sich in den Weg. Er wartete grinsend, während sein Kumpan betont langsam die Stufen herunterstapfte. Wie Wölfe im Rudel arbeiteten sie einander zu, und wir steckten in der Falle. Meine Nackenhaare stellten sich auf, doch ich wagte nicht, mich nach dem Grobian umzudrehen, ruhte doch Korvinus' Blick auf mir.

Valerian presste sich an mich. Seine Hände umschlossen meine Oberarme fest, als der Mann direkt hinter ihm stehen blieb.

Korvinus trat einen Schritt zurück. »Bring sie hinaus, Aurelio!«

Aurelio? Dieser grobschlächtige Kerl hieß Aurelio?

Seine fleischigen Finger gruben sich wieder in mein Haar, rissen an den Strähnen. Schmerz! Er zog mich durch die Stube.

Ich biss die Zähne zusammen, taumelte. Die Genugtuung, mich wimmern zu hören, würde ich Korvinus nicht geben. Neben mir stolperte Valerian, rammte den Türrahmen. Er war wohl gestoßen worden.

Draußen kniete Alraune im Gras, ihre Augen glasig. Hinter ihr stand ein weiterer Hüter, eine Hand auf ihrer Schulter.

Aurelio schleifte mich zu ihr und drückte mich auf die Knie. Valerian landete unsanft neben mir.

Um uns standen fünf Männer in Schwarz. Korvinus, ganz der Anführer, schritt auf und ab, begutachtete seine Beute.

»Alraune ... wer hätte gedacht, dass es so weit kommt.«

»Ihr solltet mich besser kennen, Euer Hochgeboren«, zischte sie. Er sah kurz in die Ferne, strich sein Haar nach hinten. Dann schwenkte sein Blick auf mich. Mit verzogenen Mundwinkeln fuhr er fort: »Die Hüter wurden darauf hingewiesen, dass man sich hier magischer Praktiken bedient, wohl gar auch Begabungen vorliegen. Zeugen berichten von ›eigenartigen‹ Untersuchungen. Es sei, als ob die Heilerinnen in die Körper ihrer Patienten hineinsehen könnten.«

Mutter des Lebens! Beschrieb er da die Wirkung der Drachenzahn-Essenz?

»Unter dem Dekret von 743 ist Hexerei strengstens verboten und wird durch den Tod auf dem Scheiterhaufen geahndet. In meiner Rolle als Verantwortlicher zu Seggensee obliegt es mir, diesen Tatbestand zu untersuchen.«

Fassungslos sah ich ihn direkt an. Zum Kuckuck mit der Etikette!

In seinen Augen suchte ich nach Antworten. Wer hatte uns verraten? Und weswegen? Wer glaubte, dass wir uns Magie zunutze machten, sei es auch nur, um anderen zu helfen?

Alraune hatte die Drachenzahn-Essenz über die Jahre perfekt verborgen. Selbst vor mir! Davon wusste sonst niemand. Und die Sache mit Malve ... meine Gabe war mir ja auch erst seit einigen Tagen bekannt. Außer Alraune hatte ich es keiner Menschenseele erzählt. Oder reichten in diesen Zeiten schon Wirtshaus-Mutmaßungen aus, um anderer Leute Leben zu verkürzen? Woher nur kam die Bereitschaft zur Menschenjagd? Wurden wir zum Exempel, weil sonst niemand auffällig genug war? Weil Korvinus sich verpflichtet fühlte, auch in seiner Baronie eine Hexe auszutreiben? Wollte er nicht hinter anderen Fürstentümern zurückstehen?

Er erwiderte meinen Blick. In seinen Augen las ich Hass und Genugtuung. Es ging ihm um mich ... wie abscheulich! Ich konnte nicht anders, brach den Bann, der unsere Blicke verschweißte, sah zu Boden, zählte die Grashalme vor meinen Knien. Auch er wandte sich ab, richtete sein Wort an die Hüter. »Ihr kennt die Liste der klassifizierten Essenzen. An die Arbeit! Seht überall nach, auch in den Schlafkammern und rundum im Wald.«

Drei der Hüter verschwanden im Haus. Nur Korvinus und der, dessen Hand auf Alraunes Schulter ruhte, blieben. Wenig später hörten wir das erste Klirren aus der Heilerei. Und noch eines, und noch eines. Alraunes Kopf sank auf die Brust. Sie schloss die Augen, presste die Lippen aufeinander, zuckte bei jedem weiteren Geräusch. Die Hüter hatten nicht vor, ein einziges unserer Gefäße ganz zu lassen. Durch das offene Fenster meiner Kammer hörte ich Schritte. Mein Bettzeug flog heraus. Dem folgte der Inhalt des Schranks, der sich auf der Wiese verteilte. Ungläubig sah ich meine Untergewänder fallen. Ihnen segelte Finns Feder hinterher, landete vor der Haustüre. Wut schäumte in mir hoch, wie ein überkochender Kessel. Wie konnten sie nur!

Korvinus lächelte und trat wieder dichter an uns heran.

»Trägt der Narr noch immer eine Augenbinde?« Er beugte sich zu Valerian hinunter, bereit, ihm den Verband vom Kopf zu reißen. Dieser verkrampfte stumm.

»Euer Hochgeboren, er hat sein Augenlicht bei dem Unfall verloren.«

Korvinus wandte sich Alraune zu.

»Habe ich sie gefragt?«, herrschte er sie an. Er holte aus und schlug ihr ins Gesicht. Sie fiel neben mir ins Gras, schluchzte. »Sie halte gefälligst ihr Maul! Ich will es von ihm hören!«

Er hielt inne.

Zu den Geräuschen der Zerstörung im Haus gesellte sich ein weiteres. Ein tiefes, gutturales Knurren.

Malve!

Valerian griff nach meiner Hand, drückte sie fest, hinderte mich, den Namen auszusprechen. Ich straffte meine Miene, doch hinter der Fassade rasten die Gedanken. Mein Marder war im Haus! Er war gekommen, mich zu retten, so wie er es am Dorfplatz getan hatte. Oben zerbarst etwas ... meine Waschschüssel?

Malve erschien auf dem Fensterbrett, den Schwanz buschig, die Nackenhaare aufgestellt. Einmal noch fauchte er in das Zimmer hinein, bevor er sich behände von einem Fensterladen zur Regenrinne hinaufzog. Von dort sprang er aufs Dach und verschwand hinter dem First. Ich war überglücklich, ihn zu sehen. Im gleichen Moment aber auch heilfroh, dass er nicht auf mich zulief.

»Man berichte mir!«, rief Korvinus hinauf.

Einer der Hüter erschien im Fenster, sein Gesicht bleich wie Birkenrinde.

»Das Vieh kam aus den Dachbalken. Verwanzt ist dieses Haus – Ungeziefer überall!«

Frechheit! Bei uns gab es weder Wanzen noch Flöhe und wenn jemand Läuse hatte, dann die Leute von der Burg! Alles in mir drängte danach, aufzuspringen, es Malve gleichzutun, die Hüter und vor allem Korvinus anzufauchen, sie davon zu jagen. Valerians Druck um meine Hand wurde stärker. Beinahe unmerklich zog er sie nach unten, so als wollte er mich aufhalten.

Korvinus wandte sich wieder ihm zu, seine Stimme fordernd: »Wie war das also ...?« Ich erwiderte Valerians Griff. Er hatte mich gerade davor bewahrt, meine Begabung preiszugeben. Ich hoffte, dass auch ich ihm Kraft geben konnte.

»Ich ... ich ... bin ...« Er stammelte.

»Er ... er ... ist ...« Korvinus trat gegen Valerians Bein. »Nun sage er es schon. Wir haben nicht den ganzen Tag Zeit.«

Valerian krümmte sich. »Blind«, stieß er hervor. Seine Schultern sackten tiefer. »Blind«, flüsterte er ein zweites Mal, mehr zu sich selbst als zu Korvinus.

»Dann lasse er sie sehen, die leeren Augen!« Korvinus langte zum Verband.

Valerians Griff um meine Hand war so fest, dass meine Finger beinahe brachen.

Hufschlag ertönte von jenseits der Brücke. Noch mehr Hüter?

Korvinus wirkte überrascht. Wusste er auch nicht, wer da kam?

Neben mir rappelte Alraune sich auf.

Ich griff nach ihrem Arm und zog sie hoch. Korvinus' Ring hatte an ihrer Schläfe einen violetten Abdruck hinterlassen. Er begann anzuschwellen.

Drei weitere Pferde überquerten die Brücke. Jetzt wurde es eng auf der Wiese vor unserem Haus. Die Rösser der Hüter verstellten mir die Sicht. Wollte ich überhaupt wissen, wer da kam? Zumindest hatten sie keinen vergitterten Wagen dabei, wie man ihn für Gefangenentransporte nach Kronenburg benutzte.

Das Klirren im Haus verstummte.

Korvinus ging auf die Neuankömmlinge zu. Er senkte sein Haupt zum Gruß, griff nach den Zügeln eines riesigen Schlachtrosses und führte es über meine Wäsche direkt vor das Haus.

»Roderik«, flüsterte Alraune.

Der Baron? Ich hatte ihn schon lange nicht mehr gesehen, erkannte ihn erst auf den zweiten Blick. Was wollte der hier? Seinem Sohn unter die Arme greifen? Ich konnte mich nicht daran erinnern, dass er jemals in die Heilerei gekommen war. Alraune besuchte ihn immer im Schloss, ohne mich.

Korvinus half seinem viel zu massigen Vater vom Pferd und führte ihn zur Bank vor dem Haus. Ein Jagdhund setzte sich neben ihn. Bei Escha, der Baron sah wirklich nicht gut aus! Das Gesicht war rot und er rang nach Luft. Der Ritt hatte ihm schwer zu schaffen gemacht. Trotzdem schüttelte er Korvinus' helfende Hände ab.

Sobald er zu Atem gekommen war, brüllte er ihn an: »Was fällt dir ein! Pfeif sofort deine Schergen zurück.«

Die Hüter hörten ihn gewiss in der Stube, wagten jedoch nicht herauszukommen.

»Aber Vater, es besteht Verdacht ...«

»Gar nichts besteht! Ich kenne Alraune seit gut vierzig Jahren. Das ist garantiert keine Begabte. Dafür bürge ich!«

»Aber das Mädchen ...«

Der Baron setzte sich auf, sah mich an. Seine Augen weiteten sich.

»Vergiss das Mädchen! Die auch nicht. Wer ist der Blinde?«

»Das ist der Verletzte von der Landstraße.«

»Was willst du von dem? Sieh ihn dir an, der ist doch gestraft genug.«

Korvinus schnaubte, sagte jedoch nichts.

»Hilf mir hoch!«

Ergeben reichte er seinem Vater die Hand.

Dieser ächzte, während er sein Gewicht in die Höhe stemmte. Dann schüttelte er Korvinus' Hand wieder ab, als würde er eine Fliege verscheuchen. Der Hund blieb auf einen Wink hin sitzen.

Mit wuchtigen Schritten ging der Baron auf Alraune zu, streckte ihr seine Hand entgegen. »Sie erhebe sich.« Als Alraune vor ihm stand, fuhr er fort: »Ich muss mich für das Verhalten meines Sohns entschuldigen.«

Sie nickte und knickste.

Er bedeutete Valerian und mir, ebenfalls aufzustehen. Ohne uns eines Blickes zu würdigen, drehte er sich um und ließ sich von Alraune zum Haus führen.

»Korvinus, zeig mir den Schaden, den du angerichtet hast!« Roderik packte seinen Sohn an der Schulter und schob ihn durch die Tür.

»Mutter des Lebens!«, stieß Alraune aus, als sie die Stube betrat.

Die drei verschwanden in der Heilerei. Ich spitzte die Ohren, hörte jedoch nichts. Dann brüllte der Baron so laut, dass das Haus erzitterte. »Sohn, nicht einmal mein Magenbitter ist ganz geblieben! Du kannst nicht die einzige Heilerin dieser Gegend ruinieren. Denk an all die Kranken, die hier versorgt werden! Du sollst die Baronie führen, nicht zu Grunde richten! Nimm deine verdammten Hüter und verschwinde!« Nach einer kurzen Pause keuchte er: »Ich muss mich setzen.«

Die schwarzen Männer quollen einer nach dem anderen aus der Tür. Korvinus kam als Letzter. Bevor er sein Pferd bestieg, warf er mir einen Blick zu – einen, der mich erzittern ließ. Das letzte Wort war noch nicht gesprochen.

NARBEN UND WIEDERGUTMACHUNGEN

Sofort nachdem das letzte Pferd verschwunden war, lief ich ins Haus. Malve war im Dachboden. Ich musste ihn finden!

Doch Alraune pfiff mich zurück. »Wohin des Weges, junge Dame? Jetzt wird aufgeräumt!« Mit hartem Blick ging sie in die Heilerei. Auf eine Diskussion brauchte ich mich erst gar nicht einzulassen.

Gedrückt folgte ich ihr.

Meine Güte, der Raum war ein Schlachtfeld!

Es würde Stunden dauern, das Gröbste aufzuräumen. Das Licht, das durch das Fenster hereinkam, war nun nicht mehr bunt. Stattdessen war der Holzboden von Scherben bedeckt und von den Kräuteransätzen getränkt. Narben, die uns für immer an diesen Tag erinnern würden. In der Kredenz waren etliche Fächer leer, wie Wunden, die erst heilen konnten, wenn wir die gerissenen Lücken durch neuerliches Sammeln von Kräutern und dem Brauen von Tränken schlossen.

Malve, ich komme, sobald ich kann ... schickte ich gedanklich in den Dachboden hinauf und machte mich schweren Herzens an die Arbeit.

Ich kehrte die Scherben zu einem großen Haufen zusammen. Gemeinsam brachten Alraune und ich sie zum Bach und warfen sie flussabwärts einzeln hinein. Mochte Escha dafür sorgen, dass das Wasser sie davontrug, die Bachsteine ihre Kanten abschliffen, so dass sie niemand anderen verletzten.

Der Schrecken saß uns tief in den Knochen, aber für den Moment war das Unheil abgewehrt.

Vor dem Haus sammelte ich mein Gewand und das Bettzeug von der Wiese ein und ließ alles wieder fallen. Die Feder. Sie war zertreten.

Ich strich darüber, versuchte die Fahne zu glätten, den geknickten Kiel gerade zu biegen. Dabei brach er ab.

Ach Finn ...

Betroffen sank ich auf die Wiese, saß da, zwischen all meiner Wäsche, schmutzig und befleckt ... und starrte die entzweiten Teile in meinen Händen an, bis sie vor meinen Augen verschwammen.

Alraune zog mich hoch und schickte mich, alles im Weiher zu waschen. Nicht bereit, mich von der Feder zu trennen, steckte ich die Teile ein und hob meine Sachen wieder auf. Die Hüter hatten sie in ihren dreckigen Fingern gehabt. Mich grauste allein bei dem Gedanken daran.

Noch viel mehr graute mir davor, in meine Kammer zu gehen.

Oben im Gang blieb ich stehen, rieb mir die gequälte Kopfhaut. Mein Zimmer war ein Trümmerhaufen. Der Schrank stand offen, Kleidung lag über den Boden verstreut, der Abdruck eines schmutzigen Stiefels verschandelte mein zerknittertes Sonntagskleid. Die Scherben der Waschschüssel verteilten sich darüber. Ich hob das Kleid hoch, strich es glatt, drückte es an meine Brust. Die Wut, die ich vorhin hatte unterdrücken müssen, stieg wieder in mir hoch. Mein Hab und Gut war geschändet. Und geschändet fühlte ich auch mich.

Ich sank zu Boden, kniete zwischen den Scherben, ballte die Fäuste. Tränen füllten meine Augen. Doch sie flossen nicht. Ich hatte in den letzten Tagen schon zu oft geweint und die Wut arbeitete in mir.

Aber – es hätte schlimmer kommen können. Viel schlimmer! Mit diesem Gedanken übermannte mich ein Gefühl der Erleichterung. Roderik hatte Alraune gerettet und mich mit ihr.

Warum hatte er das getan? Warum hatte er es auf sich genommen, sich aufs Pferd zu schwingen und hierher zu kommen? In seinem Zustand hätte das sein letzter Ritt sein können.

Ganz von selbst begannen meine Hände die Scherben aufzusammeln. Ich musste gründlich putzen, bevor ich mich heute Abend hier hinlegen konnte. Noch viel länger würde es dauern, bis diese Kammer mir wieder Geborgenheit schenkte.

In all der Schmach gab es etwas Gutes. Malve war zurück. Ich sah hinauf zu dem Loch in der Decke, das Malve immer genutzt hatte, um in den Dachboden hinauf zu schlüpfen. Hatte er sich dort versteckt, ohne dass ich ihn gespürt hatte? Die ganze Zeit schon?

Seit Jahren war niemand mehr oben gewesen. Den Dachboden erreichte man vom Gang aus, durch eine Luke in der Decke. Die zum Hochsteigen nötige Leiter lagerte in Alraunes ehemaliger Kammer hinter dem Schrank.

Valerian hatte sich, gleich nachdem der Baron davongeritten war, wieder dorthin zurückgezogen.

Ich klopfte und trat ein. Mein erster Blick ging Richtung Bett, doch dort lag nur die Augenbinde. Er stand beim Schrank, erkundete mit den Händen die Stapel an Kleidungsstücken. Kein Herumliegen und mit leeren Augen an die Decke Starren mehr? Endlich! Mein Herz machte einen Sprung.

»Entschuldige! Muss nur schnell etwas holen.«

Er nickte.

Als ich die Leiter an ihm vorbei hievte, kam mir ein Gedanke. Es war höchste Zeit, ihn zu Tätigkeiten einzuteilen. Das war der Weg, ihn aus dieser Kammer und seinem dunklen Loch herauszuholen.

»Kannst du mir helfen, bitte?«

»Ä-hm ...?« Er deutete auf seine leeren Augen.

»Um eine Leiter zu halten, muss man nicht sehen können. Komm!«

Ich stellte das sperrige Ding im Gang an die Wand.

Bereitwillig folgte er mir und legte eine Hand an das Holz. »Was willst du da oben?«

»Malve suchen.«

»Deinen Marder? Den habe ich immer wieder kratzen gehört. Über meinem Bett.«

»Wirklich?«

Warum hatte er mir das nicht gesagt? Na, woher sollte er wissen, dass ich Malve suchte? Ich konnte ihm von alledem ja nichts erzählen. Leider. Der kleine Strolch war also die ganze Zeit in der Nähe gewesen ...

Ich kletterte die Leiter hinauf, öffnete die Luke. Staub rieselte herunter. Ich schob meinen Kopf durch das Loch und sah mich um.

Dämmrig war es hier. Licht schien nur durch die kleinen Öffnungen in den Dachgauben herein, erfüllte den Raum mit grau-braunem Glitzern. Kisten und Bündel alter Kleidung verteilten sich am Boden. Vor vier Wintern hatte Hederich Alraune geholfen, Rikards Sachen hier zu verstauen. Schätze, die vermutlich nie wieder Verwendung fanden. Zwischen dem Unrat sah ich kleine Fußspuren im Staub. Mit einem Mal spürte ich einen Funken in mir. Einen, der die gewohnte Wärme wieder entfachen konnte. Ich war mir plötzlich sicher, dass Malve nah war.

Behände kletterte ich von der Leiter auf den Boden hinauf. Die alten Balken ächzten. Es war zu niedrig, um aufzustehen. Auf allen vieren zwängte ich mich zwischen Kisten und Dachbalken hindurch. Immer wieder schloss ich die Augen, ließ mich leiten von dem Gefühl in meiner Brust. Ein Schleier legte sich über mich.

»Wäh!« Ich wischte mir mit der Armbeuge die Spinnweben vom Kopf.

»Alles in Ordnung?«, rief Valerian herauf.

»M-hm«, murmelte ich und rümpfte die Nase, als ich auf meine von Gespinsten überzogene Schulter sah.

Doch was zählte das, wenn ich Malve wiederfand. Vor mir lag ein in ein Leintuch geschlagenes, zusammengeschnürtes Paket. An einer Seite war das Tuch aufgerissen. Unzählige kleine Spuren führten zu dieser Öffnung.

Hab dich!

Erleichterung durchströmte mich. Das war der Moment, auf den ich seit Tagen gewartet hatte. Trotzdem fühlte ich mich wie an einem Scheideweg. Wenn ich Malve jetzt wieder zu mir holte, ging dann alles von vorn los? Die Träume. Die Aussetzer. Dass er uns beide allein wegen seiner Anwesenheit in Gefahr brachte.

Aber es hatte so weh getan, die Verbindung zu ihm nicht mehr zu spüren. Aus tiefstem Inneren wollte ich Malve bei mir haben, mein Leben mit ihm teilen. Für mich gab es nur eine Wahl. Egal, wie gefährlich es zusammen mit Malve werden würde, es war bei weitem besser, als die Leere ohne ihn zu ertragen. Wir beide mussten miteinander umgehen lernen. Der alte Baron hatte uns eine zweite Chance gegeben. Ich war bereit, sie zu nutzen.

An meinen Händen klebte der Staub vieler Jahre. Ich wischte sie in den Rock, bevor ich das Bündel vorsichtig auf einer Seite anhob. Es war Rikards Schaffellmantel – zumindest ehemals gewesen. Malve hatte sich alle Mühe gegeben, ihn in eine Marderhöhle umzubauen.

Aus der Öffnung blinzelten mich seine Knopfaugen an, die Ohren waren angelegt. »Malve! Es tut mir so leid«, flüsterte ich. Doch er hatte mich noch nie verstanden, wenn ich mit ihm sprach.

Behutsam streckte ich ihm einen Finger hin, so dass er mich an meinem Geruch erkennen konnte. Er ließ ein drohendes Grummeln hören. Schnell zog ich die Hand zurück.

»Ach, Malve. Ich mache das wieder gut, ich verspreche es!«

Mit einem Mal wusste ich, was zu tun war. Ich schloss die Augen, erinnerte mich, wie ich auf der Brombeerlichtung gesessen hatte. Tief in mir suchte ich den Ort, von dem die Wärme kam. In Gedanken nahm ich den soeben erwachten Funken, formte ihn zu der Geborgenheit, die ich in den letzten Tagen so vermisst hatte. Sie fühlte sich an wie eine golden schimmernde Kugel in meiner Brust. Ich ließ sie wachsen, bis sie uns beide umhüllte. Malve und mich.

Es raschelte.

Auf meinem Knie spürte ich eine Tatze.

Ich strich über das weiche Fell, drückte seinen Körper sanft an mich.

Wie groß er geworden war!

Malve rieb seinen Kopf an meinen Hals.

Endlich wieder ganz! Rund und gut und geborgen.

Etwas fehlte noch. Die Innigkeit war fragil wie eine Seifenblase, die Verbindung noch nicht geheilt. Ich nahm die Wärme, wob daraus das alte Band, verknüpfte von neuem die losen Enden, schwor mir selbst, diesmal besser darauf achtzugeben. Eine Weile saß ich still, genoss die Nähe.

Vielleicht war es Zeit, eine Eberesche zu suchen, sich an Alvar zu binden.

Oh, Valerian wartete unten auf mich!

Ich hob Malve auf meine Schulter.

Er wand sich unter den Haaren hindurch, schmiegte sich um meinen Nacken. Wie ich das vermisst hatte! Ich lächelte vor Glückseligkeit.

Dann zog ich mich an einem Dachbalken hoch und kroch zurück zur Luke. Valerian stand unten an den Türrahmen gelehnt, eine Hand an der Leiter.

»Achtung, ich komme wieder herunter.«

Er hob den Kopf, so als könne er heraufschauen. Seine Mundwinkel waren leicht nach oben gebogen. Bemühte er sich gerade, ein Schmunzeln zu verkneifen?

Ich tastete mit den Zehen nach den Sprossen der Leiter. Mein Rock wischte jede Menge Staub mit, der nun auf Valerian hinunterrieselte.

»Pfff ... zum Henker!« Er flüchtete einen Schritt zur Seite, ohne die Leiter loszulassen, strich sich mit einer Hand über das Gesicht. Unten angekommen schüttelte ich meinen Rock aus und wischte die Spinnweben von der Schulter. »Entschuldige, das hat lange gedauert. Danke, dass du gewartet hast.«

Er fuhr sich durch die Haare und grinste. »Extra für dich habe ich alle meine anderen wichtigen Verpflichtungen liegen und stehen gelassen. Du hast ihn gefunden ...?«

Es klang mehr nach einer Feststellung als nach einer Frage.

»Ja.« Ich strich Malve über den Rücken, schmiegte meine Wange an seinen Kopf. Es fühlte sich herrlich richtig an.

»Gut.« Da war es wieder, das Schmunzeln.

Eine Staubfluse klebte in seinem Haar.

Ich streckte die Hand aus, wollte sie wegwischen. Wenn ich ihn führte, berührten wir einander ständig. Diese Berührung jedoch erschien mir anders. Oder war es, weil er meine Hand nicht kommen sah und ich ihn nicht erschrecken wollte?

»Darf ich? Du hast da ...«

Er hob den Kopf. Plötzlich sahen seine Augen direkt in meine. Diese schönen, warmen, braunen Augen. Sie fingen mich ein. Rundherum verblasste alles. Einen Moment verschmolzen unsere Blicke. Kam es mir nur so vor, oder war er genauso überrascht wie ich? Konnte er mich sehen?

Dann waren seine Augen wieder leer.

»Was habe ich?« Beiläufig fuhr er sich durch das Haar, entfernte damit den Staub.

»Essen!«, rief Alraune von unten.

»Ach nichts ...«, murmelte ich. »Kommst du mit hinunter?«

Valerian schüttelte den Kopf. »Die Verehrteste möge mich bitte entschuldigen. Ich habe doch wichtige Dinge zu tun!« Mit einer tiefen Verbeugung verschwand er in seiner Kammer und schloss sanft, aber mit Nachdruck die Tür hinter sich. Verwundert betrachtete ich die Maserung des Holzes vor meiner Nase. Diesen neuen Valerian musste ich offenbar erst kennenlernen. Vielleicht wartete er mir nun doch mit der Seite seiner selbst auf, die er bislang nur Fria gezeigt hatte?

Beschwingt lief ich in meine Kammer hinüber. Malve war inzwischen auf meiner Schulter eingenickt. Ich bereitete ihm ein Nest im Bett und legte ihn sanft hinein. Dann stieg ich die Treppe hinunter und setzte mich zu Alraune an den Tisch. Hungrig waren wir beide nicht, doch es fühlte sich gut an, etwas Gewohntes zu tun.

Die Stube war einigermaßen heil davongekommen. Nur einer der Stühle war zerbrochen. Das Wichtigste aber war, dass die Schubladen unter der Stiege nicht angerührt worden waren. Der Baron hatte die Hüter unterbrochen, bevor sie sie entdeckten.

Alraune hielt ihre Tasse vor den Mund, trank aber noch nicht. »Was, wenn Roderik nicht mehr ist?«, flüsterte sie in den Dampf hinein, der vom Tee aufstieg.

Gut, dass sie selbst anfing, davon zu sprechen. »Warum hat er uns geholfen?«

Alraune sah mich an. »Er schuldet mir. Fragt sich nur, wie lange er seinen Sohn noch im Zaum halten kann.«

Was hatte Alraune gut beim Baron? War es wegen des Magenbitters, das sie ihm regelmäßig vorbeibrachte? Ohne diese Behandlung wäre er schon längst im Schmalz seiner üppigen Mahlzeiten vergangen.

In Valerians Kammer oben rumorte es. Ich sah zur Decke hinauf. »Was macht er?«

»Er macht. Das ist schon mal ein riesiger Schritt in die richtige Richtung.« Alraune tunkte ein Stück Brot in den Eintopf. Auch ihr Blick glitt nach oben. »Hoffentlich nimmt er den schönen Schrank nicht auseinander.«

Einige Zeit später kam Valerian die schmale Treppe herunter. Unter seinem Arm hielt er ein Bündel mit frischer Kleidung. Er räusperte sich. »Verbena, bringst du mich zum Weiher, bitte?«

»Wo ist dein Stock?«, fragte Alraune.

»Keine Ahnung, wo das blöde Ding schon wieder ist. Das geht doch auch ohne.«

»Im Haus, ja. Aber wie willst du dich draußen zurechtfinden? Der Stock sollte ein Teil von dir werden.«

Ich legte meine Hand auf ihren Unterarm. Konnte sie ihn nicht in Ruhe lassen, wenn er es endlich schaffte, aus eigenem Antrieb nach unten zu kommen?

Aber den Stock hatte ich irgendwo gesehen. Ich sah mich um. Neben der Haustür lehnte er. Ich stand auf und holte ihn. »Hier!«

Widerwillig griff er zu. »Dieser Stock wird ganz sicher kein Teil von mir.« Dann, nach einer Pause, fügte er hinzu: »Du hast recht ... ich muss mir selber einen suchen. Aber zuerst brauche ich ein Bad.«

Warum Valerian mich gebeten hatte, mich umzudrehen, war mir ein Rätsel. Ich wusste doch recht gut, wie er aussah, hatte ihm oft geholfen, sich zu waschen. Nun saß ich abgewandt auf der kleinen Brücke und ließ die Füße in den Bach baumeln.

Wenige Schritte hinter mir hörte ich, wie er sich mit Wasser übergoss. Ich biss mir auf die Unterlippe. Dieser neue Valerian war anders, nicht mehr auf mich angewiesen.

Wenn ich mich ganz leise umdrehte ... er würde es nicht merken, oder? Sehen konnte er mich ja nicht.

Nein, so etwas tat man nicht.

Ach was, ich konnte nicht anders.

Er stand mit dem Rücken zu mir bis zur Hüfte im Wasser, spritzte es sich unter die Achseln und ins Gesicht.

Anscheinend kannte ich seinen Anblick doch nicht so gut. Aufrecht und in freier Bewegung – ich konnte meinen Blick nicht von ihm wenden. Selbst nach einem halben Mond des Herumliegens ... Tropfen schimmerten auf seinen wohlgeformten Schultern.

Er tauchte ab. Schüttelte das Wasser von sich, strich sich das nasse Haar aus dem Gesicht.

Mutter des Lebens! Beim Sautrogrennen hätte er die Augen aller Mädchen auf sich gezogen.

Er hielt inne, drehte sich zu mir, hob eine Augenbraue.

Meine Güte, hatte er meinen Blick bemerkt?

Schnell wandte ich mich ab. Mein Atem stockte, die Wangen brannten.

Nein, das konnte nicht sein. Wie sollte er? Er war blind!

Ich hörte ihn aus dem Weiher steigen, ließ ihm Zeit sich anzuziehen. Zeit, die ich brauchte, um wieder abzukühlen.

»Bin soweit. Wo bist du?«

Ich drehte mich zu ihm. »Auf der Brücke. Geh drei Schritte geradeaus über das Gras bis zum Weg und dann links.«

Er legte die Stirn in Falten, während seine Füße über die Wiese tasteten. Auf der Brücke blieb er vor mir stehen und streckte eine Hand aus, um mir aufzuhelfen. »Verehrteste.«

Sobald ich neben ihm stand, drückte ich ihm seinen Stock wieder in die Hand. Er nahm ihn und warf ihn wie einen Speer in den Bach. Die Strömung erfasste ihn und trieb ihn davon.

Valerian nickte. »Besser.«

»War das nicht ein bisschen voreilig?«

Um seinen Mund zuckte es. »Kann sein.«

Er suchte meinen Arm und hängte sich bei mir ein.

Verwöhnter Bengel! Doch ich konnte mir ein Grinsen nicht verkneifen. »Du musst lernen, allein zurechtzukommen.«

»Ich weiß«, seufzte er. »Wäre die Dame so höflich, mir zu zeigen, wo ich einen besseren Stock finden könnte?«

Ich führte ihn den Weg neben dem Bach entlang. In der Böschung suchte ich nach geeigneten Ästen. Knapp bevor der Weg in Richtung der Brombeerlichtung abbog, standen einige Sträucher am Ufer. Da würde er schon etwas finden. Ich führte ihn durch das Dickicht.

»Vor dir steht eine Haselnuss. Die haben lange, gerade Triebe.« Ich legte seine Hand auf einen der Zweige. »Such dir einen aus!«

Vorgestellt hatte ich mir, dass Valerian nun die Äste abtastete. Stattdessen stellte er sich hinter mich, so dass er mich gerade noch nicht berührte, und lugte mir über die Schulter. Sein Geruch umhüllte mich. Wie Johannisbeeren und Steinpilze nach einem Regenguss, viel männlicher als Finn.

Aber was, zum Henker, machte er da?

»Beschreib mir, was du siehst«, flüsterte er mir ins Ohr.

»Willst du das nicht selbst machen?«

»Für den Fall, dass dir das noch nicht aufgefallen ist: Das geht leider nicht mehr.«

»Du hast doch noch andere Sinne. Verwende sie!«

»Mach ich – sobald ich weiß, wie es hier aussieht.«

Seine Worte befremdeten mich. Wie sollte das gehen? Aber ... warum nicht? Wenn er so besser zurechtkam. Beginnend am Boden, ließ ich meinen Blick entlang der Äste nach oben wandern, beschrieb ihm, was ich sah. Er war mir so nah, dass ich seinen Atem an meinem Hals spürte. Ein angenehmes Kribbeln rieselte über meine Haut. Ich fühlte seine Wärme an meinem Rücken, wollte mich an ihn lehnen, wünschte mir, dass er seine Arme um mich schlang.

Nein, er war immer noch mein Patient! Außerdem hatte er gerade andere Probleme. Ich machte einen Schritt zur Seite, gab den Weg für ihn frei.

Er trat vor. Zielsicher griff er nach dem längsten und geradesten Ast. »Den will ich!«

Was? Wie konnte er das feststellen? Er hatte die Zweige nicht einmal berührt. Der Ast war so dick, dass seine Hand ihn gerade umschloss. Noch dazu ragte er bei weitem über ihn hinaus.

»Bist du sicher?«

»Ja, der ist gut für mich.«

»Das ist kein Blindenstock, eher ein Wanderstab.«

»Genau.« Er grinste zufrieden.

Diese Wahl erschien mir alles andere als praktisch. Aber das war seine Sache.

Ich griff nach dem Messer am Gürtel, ließ es stecken. »Wenn ich das gewusst hätte, hätte ich eine Säge mitgenommen. Warte hier auf mich, ich hole schnell eine.«

Außer Atem kam ich zurück, duckte mich durch das Gebüsch. Wo war er? Ich war doch nur kurz zum Haus und wieder her gelaufen.

»Valerian?«

Er kauerte am Boden, hatte einen Arm schützend über den Kopf gehoben. Sein Atem ging schnell.

Ich stürzte hin, griff nach seiner Schulter. »Ist alles in Ordnung mit dir?«

Er zuckte zusammen, stieß mich beinahe weg.

»Verbena?«

»Ja, ich bin's.«

»Mavanja sei Dank, du bist wieder da.«

»Was ist passiert?«

Valerian rang nach Worten. »Schritte im Wald. Siehst du jemanden?«

Ich sah mich um. »Niemand da. Wie viele Leute hast du gehört?«

Er schüttelte den Kopf. »Weiß nicht, nur einen Mann. Habe ich mir das bloß eingebildet? Aber all dieses Gestrüpp ... und die Blätter ... ich habe keine Ahnung, wo ich hier bin. Ich würde nicht einmal zum Weg zurückfinden.« Stöhnend ließ er den Kopf nach hinten gegen einen Ast fallen. »Wie soll ich jemals zurechtkommen? Wie soll ich es schaffen, durch einen Wald zu gehen ... allein?«

Ich hockte mich neben ihn. »Schritt für Schritt. Lerne mit dem Stock umzugehen. Einfache Wege im Dorf sind dann sicher machbar. Der alte Gerwin von der Mühle schafft das auch.«

»Das ist nicht gut genug«, flüsterte er.

VERSCHLOSSENE TORE

Die Hähne hatten noch nicht gerufen.

»Wach auf!« Sanft rüttelte ich an Valerians Schulter.

»H-mm? Ist es überhaupt schon hell? Fühlt sich an wie mitten in der Nacht.«

»Es dämmert.«

»Viel zu früh.« Er drehte sich weg und zog die Decke über den Kopf.

»Ich gehe in den Wald Kräuter sammeln und hätte gern, dass du mich begleitest.«

»Willst du mich in das harte Leben einer Heilerin einweisen?«

»Genau. Lektion eins: Die besten Kräuter werden im Morgengrauen gesammelt.«

»M-hmm. Betonung auf ›Grauen‹.« Murrend setzte er sich seitlich auf, hielt immer noch seine Rippen.

»Hast du noch Schmerzen?«

»Geht so.«

»Und das Kopfweh?«

Er fuhr sich durch die Haare, befühlte seinen Hinterkopf. »Wird langsam weniger.«

»Wenn der Trank gegen Schmerzen heil geblieben wäre, würde ich dir davon geben ... aber genau deshalb muss ich in den Wald.« Ich ging zum Schrank, suchte ihm etwas zum Anziehen heraus und legte es ihm in den Schoß. »Bis gleich dann unten!«

Als er sich schließlich die Treppe herunter tastete, gähnte er mit Nachdruck.

»Guten Morgen, hier nimm!« Alraune drückte Valerian im Vorübergehen eine Tasse Weidenrindentee in die Hand. Der musste vorerst reichen, seine Schmerzen zu lindern.

»Kein Frühstück?« Die Enttäuschung war ihm ins Gesicht geschrieben.

»Am Weg«, sagte ich und klopfte auf die Umhängetasche an der Hüfte. Ich öffnete die Tür. Morgennebel hing über dem Bach. Gänsehaut prickelte meinen Arm entlang. Ich warf mir den Umhang über.

Valerian hatte ein dickes Wams an und schien mir gut ausgerüstet. Im Hinausgehen tastete er nach seinem neuen Stab, der neben der Tür lehnte, und nahm ihn mit.

Alraune hob eine Augenbraue und lächelte zufrieden.

Draußen streckte ich ihm den Rückenkorb entgegen. »Hier. Der ist für dich.«

Seine Hände erkundeten den Korb. »Riesen-Ding. Auf dem Rücken zu tragen? Verstehe, dafür nimmst du mich also mit.«

»Höchste Zeit, dass du dich nützlich machst!« Alraune lehnte mit verschränkten Armen in der Tür und grinste mich an. »Schönen Tag, euch beiden!«, sagte sie und verschwand im Haus.

Schmerzhaft landete etwas auf meiner Schulter. Kleine Krallen schrammten den Ärmel entlang.

»Au«, keuchte ich. »Malve ... ich bin kein Baum!«

Das schien ihn herzlich wenig zu kümmern. Stattdessen stupste seine feuchte Nase an mein Ohr. Er rieb den Kopf an meiner Wange, grunzte und ringelte sich wie gewohnt um meinen Nacken. Ich strich einige Male über seinen Rücken und kraulte ihn unter dem Kinn. Wollte er etwa mitkommen? Sonst legte er sich am Morgen hin und schlief den ganzen Tag.

In Gedanken zeichnete ich eine Fährte hinauf in mein Bett. Ich stellte es mir wohlig warm vor und wäre am liebsten selbst wieder hineingekrochen.

Malve blieb unbeeindruckt.

Was jetzt? Konnte ich ihn mitnehmen? Korvinus Rede auf dem Dorfplatz hallte erneut durch meine Gedanken und mit ihr kehrte das schale Gefühl der Angst wieder. Ich sollte besser vorsichtig sein, Malve hinaufbringen in meine Kammer.

Aber gestern hatte ich ihm versprochen, zu ihm zu stehen, ihn nicht mehr allein zu lassen. Und wir gingen ja nur in den Wald. Wem sollten wir dort schon begegnen? Vor allem so früh am Morgen. Er war schließlich ein Baummarder. Der Wald war sein Zuhause.

Valerian zog eine Augenbraue hoch. »Du nimmst ihn mit?«

»Er wird vermutlich gleich wieder zurücklaufen. Das Bett ist ja doch bequemer«, versuchte ich, die Sache abzutun.

»Wie wahr«, murrte Valerian. Er schulterte den Korb und kramte in der Hosentasche. Heraus zog er den Streifen, den ich von seinem Leintuch geschnitten hatte.

»Was willst du denn damit?«

Er grinste verlegen. »Wenn schon blind, dann richtig.«

Ich trat näher an ihn heran, begutachtete sein Gesicht. »Die Narben an deinen Lidern sind gut verheilt. Kein Grund, sich zu verstecken.«

»Trotzdem«, beharrte er und band sich den Stoff vor die Augen.

Wir schlugen den Weg flussaufwärts in Richtung Waldsee ein. Valerians Stab fuhr vor ihm über den Boden, warnte ihn vor Wurzeln. Dafür, dass er das zum ersten Mal machte, klappte es erstaunlich gut.

Wie sich das wohl anfühlte? Ich schloss die Augen und versuchte geradeaus zu gehen. Wie weich der Waldboden war, das fiel mir sonst nicht auf. Dann bohrte sich ein spitzer Stein in meinen Zehenballen. Gleich darauf stieß ich gegen eine Wurzel.

Auch Valerian stolperte.

Sofort öffnete ich die Augen, langte nach seinem Arm. Doch er stützte sich auf den Stab, räusperte sich und ging weiter. Das war alles andere als einfach – vor allem, wenn man keine Wahl hatte. Der Arme!

Er schnaubte.

Meine Güte, wäre mir bewusst gewesen, was für ein Morgenmuffel er war, hätte ich ihn zu Hause gelassen.

Dabei war der Wald so schön! Die Sonne kam gerade heraus, glitzerte durch das Blätterdach. Es roch nach Holunderblüten. Der Bach gluckerte neben dem Weg.

Ein Gedanke ließ mich aber nicht los. Nutzte Valerian den Verlust seines Augenlichts als willkommene Ausrede, sein Gesicht zu verdecken? Warum wollte er nicht erkannt werden? Vor allem nicht von den Hütern?

»Bist du begabt?«, fragte ich so beiläufig wie möglich.

Er blieb stehen. »Was? Nein. Wie kommst du darauf?«

Alraune hatte mir eingebläut, Begabung immer und überall zu leugnen. Tat er das jetzt auch? Aber so schnell kam er mir nicht davon. Es gab wohl einen Grund, warum er so verschwiegen war.

»Und du, Verehrteste?« Er grinste, so als ob er die Antwort längst wüsste.

Auch ich zog die Deckung hoch. Schon wieder lügen, wie ich das hasste ...

»Natürlich nicht«, sagte ich mit möglichst ruhiger Stimme und kam mir mit Malve auf der Schulter ziemlich dämlich vor. Meine Miene sah er ja glücklicherweise nicht. Nur zu gern hätte ich ihm die Wahrheit gesagt. Aber die Klugheit gebot, sich auf die Zunge zu beißen.

Eine Weile gingen wir schweigend nebeneinander her. Dabei hatte ich gedacht, dass so ein gemeinsamer Ausflug ihn vielleicht unbeschwerter stimmen, jene Seite in ihm hervorholen würde, die er bislang nur Fria gezeigt hatte.

Immer wieder blieb ich stehen, um Pflanzen am Wegesrand zu pflücken. Stumm zu bleiben behagte mir nicht, also erzählte ich ihm alles, was mir zu Spitzwegerich und Ehrenpreis einfiel. Na toll. Hatte ich nichts Besseres zu bieten? Könnte ich nur auch so unbekümmert vor mich hinplappern wie Fria! Kein Wunder, dass er sich mit ihr lange unterhalten hatte. Warum tat er das nicht mit mir?

»Erzähl mir von Kronenburg!«, versuchte ich mein Glück.

»Warst du schon einmal dort?«

»Nein.« Ich war noch nie irgendwo, aber das musste er nicht wissen.

Valerian blieb neben mir stehen. »Es ist eine schöne Stadt. Sie liegt auf einem Hügel zwischen zwei Flüssen, die tiefe Schluchten in das Hochland gekerbt haben. Dort, wo sich die beiden treffen, thront oben auf dem Felsen die Burg. Die Zinnen des höchsten Turms sehen tatsächlich aus wie eine Krone.« Ein Lächeln umspielte seine Lippen, dann fuhr er fort: »Kronenburg umgibt eine massive Mauer. Sie hat nur im Westen zwei Tore, weil die Flüsse und die Felsen nirgendwo sonst Zugang gewähren.«

»Euer Handelshaus ist direkt am Hauptplatz?«

»Fast. Zwei Häuser weiter entlang der Hauptstraße. Schräg gegenüber liegt der Tempel Mavanjas und der Konvent der Hüter.«

Nette Nachbarschaft ...

»Alraune sagt, wenn alles verheilt ist, soll ich dich zu deiner Familie bringen.«

Valerian erstarrte. Es dauerte einen Moment, bis er sich fasste. »Das ... das geht nicht.«

»Warum nicht?«

Er legte beide Hände um seinen Stab, hielt ihn vor sich fest.

Ich trat näher an ihn heran, in der Hoffnung, dass er mir vielleicht eher antworten würde. Sah zu ihm hoch, versuchte, irgendeine Regung unter dieser Augenbinde zu erkennen.

»Kronenburg ... ich will nicht zurück nach Kronenburg.«

»Wohin sonst, wenn nicht zu deiner Familie?«

Valerian trat von einem Bein auf das andere. »Wenn du es unbedingt wissen willst ... Ich habe seit Jahren keinen Kontakt zu meiner Familie.«

Das nahm mir den Wind aus den Segeln. »Sind sie tot?«

»Nein. Sie ... sie haben mich weggegeben.«

Was erzählte er da? Ich wollte ihn berühren, zog meine Hand aber wieder ein. »Warum ...?«, flüsterte ich.

»Ja, warum? Das habe ich mich auch schon oft gefragt.« Er rammte den Stock in den Weg. »Reicht es dir jetzt? Hast du genug herausgefunden?«

Ich starrte zu Boden. »Tut mir leid. Ich wollte dir nicht zu nahe treten.«

Wobei es genau das war, wonach ich mich sehnte. Ihm nahe sein. Für ihn da sein, ihn verstehen. Seine Eltern hatten ihn weggegeben, so wie mich die meinen.

Kronenburg war keine Lösung. Auch für mich nicht. Tief drinnen fürchtete ich mich vor dem Tag, an dem er sein Leben wieder selbst in die Hand nahm. Wenn ich nicht mehr seine Heilerin war, er mich nicht mehr brauchte. Zu gern hätte ich Valerian umarmt, ihm den Trost gespendet, den er so dringend benötigte, aber es war wohl besser, ihn in Ruhe zu lassen. Seine Mauer war ebenso massiv wie die von Kronenburg und falls es überhaupt Tore gab, bewachte er sie gut.

Als gehörte all mein Interesse den Kräutern, beugte ich mich zu einer Brennnessel für den Korb. Ein Stück weiter entlang des Weges sah ich Lungenkraut und pflückte es. Valerian stand neben mir, angespannt, die Lippen schmal. Er war wütend. Auf mich? Auf seine Eltern? Auf all das, was ihm zugestoßen war?

Abrupt änderte sich sein Ausdruck. Hörte er etwas? Ich spitzte meine Ohren.

Tatsächlich, da pfiff jemand.

Ich wandte mich um, versuchte, durch das Geäst zu spähen, dorthin, wo der Weg eine Kurve machte.

Meine Güte, Malve lag offen auf meiner Schulter! Das hätte ich beinahe vergessen ... Schnell zog ich die Kapuze über ihn. Hoffentlich war das unauffällig genug.

Einen Moment später kam uns Hederich entgegen. Er hatte ein Wildschwein geschultert. In der freien Hand trug er Pfeil und Bogen.

»Ho! Verbena.«

»Hederich, gute Jagd!«

Er sah mir auf die Brust. Ungeniert.

He, meine Augen sind weiter oben!, hätte ich am liebsten gesagt.

Von hinten rammte mich Valerians Schulter. Ich taumelte, ließ die Kräuter fallen.

Er schlang mir den Arm um die Schulter, hielt sich vorn an einer Seite meines Mantels fest, zog den offenen Teil weiter zu. »Hopperla, Entschuldigung!«

Was zum Henker ...?

Ich sah an mir hinab. Mutter des Lebens, Malves Schwanz! Ein Stück Fell schaute unter meiner Kleidung hervor. Wie hatte ich das übersehen können? Schnell bückte ich mich, um die Blätter aufzuheben, schloss dabei den Mantel.

Valerian hatte sich inzwischen gefangen und stand neben mir.

»Geht's?« Hederich bückte sich trotz Wildschwein.

»Ja, danke!«, winkte ich ab.

Hatte er den Marderschwanz gesehen? Mitbekommen, dass das ganze Tier auf meiner Schulter lag? Er hatte aus Korvinus Rede am Dorfplatz sicher auch die Drohung herausgehört, dass denen Übles drohte, die etwas Verdächtiges beobachteten, aber nicht anzeigten ... Würde er mich jetzt verraten? Korvinus den einen Stein des Mosaiks liefern, den er noch brauchte, um mich gefangen zu nehmen? Meine Knie waren so weich, dass ich kaum noch stehen konnte. Es wurde mir so richtig bewusst – eine falsche Bewegung – nur irgendeine Kleinigkeit – und ich war geliefert!

»Habe von den Hütern gehört. Bei Mavanja, habe ich mir Sorgen um euch gemacht!«, sagte er stattdessen. Kurz überkam mich Erleichterung. Doch was, wenn das Gesehene bei ihm erst sickern musste und er sich irgendwann verplapperte? Fria konnte das genauso passieren ...

Ich nickte ihm zu, schenkte ihm ein gequältes Lächeln.

»Braucht ihr Hilfe?«

»Wir schaffen das schon, danke!«

»Von dem hier bringe ich euch dann ein Stück vorbei!« Mit seiner mächtigen Hand klatschte er auf die Flanke des Wildschweins. »Und Ihr«, nun sah er Valerian an, »seid wieder auf den Beinen?«

»Darf ich mich endlich bei meinem Finder bedanken!« Valerian lehnte den Stock an seine Schulter und streckte die Hand vor.

Hederich schlug ein. »Sicher doch. Was auf der Straße momentan los ist ... schrecklich! Die aus Arnbruck haben gemeldet, dass eine ganze Postkutsche abgängig ist. Vielleicht hattet Ihr ja noch Glück!« Er klopfte auf Valerians Schulter. »Ich muss weiter. Gehabt Euch wohl!«

Nachdem wir uns verabschiedet hatten, legte Valerian seine Hand auf meine Schulter, tat das, was man von einem Blinden erwartete. Doch ich nahm seinen Arm und hängte mich bei ihm ein, brauchte ihn dringend zum Festhalten. Möglichst unbefangen marschierten wir um die nächste Kurve des Weges, die Knie immer noch wackelig.

Nach der Brombeerlichtung ließ er ab von mir, flüsterte: »Das war knapp. Du musst vorsichtiger sein!«

Er hatte recht.

Trotzdem ärgerte ich mich. Hauptsächlich über mich selbst. Ich hätte das besser wissen müssen! Zornig war ich aber auch, weil er mich maßregelte. Außerdem brannte mir eine Frage auf der Seele ...

»Wie hast du das gemacht?«

»Was?«

Natürlich wich er mir aus ... Fuchsteufelswild machte mich das.

»Du weißt genau, was ich meine. Du bist blind!«

Kaum ausgesprochen, tat mir dieser Satz schon wieder leid.

»Schön, dass du mich erinnerst!«, schnaubte er.

»Wie hast du dann gewusst, dass Malve nicht verdeckt war? Du kannst es nur gesehen haben!« Ich zog ihm die Augenbinde vom Kopf, hielt sie mir vors Gesicht. Schemen konnte man durch den Stoff hindurch zweifellos erkennen.

Mit leeren Augen starrte er zum Himmel hinauf, fuhr sich durch die Haare. Dann riss er mir die Binde wieder aus der Hand.

»Bedank dich lieber, dass ich dich gerade vor dem Scheiterhaufen bewahrt habe. Egal, was du behauptest ... ein Marder auf der Schulter ist die direkte Eintrittskarte in die Verliese der Hüter. Und glaub mir, dort willst du nicht hin. Die Schreie von dort unten hört man die ganze Hauptstraße entlang!«

WENN WASSERTROPFEN FUNKELN

Am Ufer des Waldsees machten wir Pause. Die Sonne vertrieb die letzten Nebelfetzen über dem Wasser. In der Wiese glitzerten unzählige Tautropfen. Schade, dass Valerian das nicht sehen konnte. Er war immer noch aufgebracht. Hoffentlich wurde die Stimmung besser, wenn wir frühstückten. Ich führte ihn zu dem großen Baumstumpf, auf dem Hederich beim Sautrogrennen gestanden war. Vorsichtig, ohne Malve in der Kapuze aufzuwecken, schälte ich mich aus meinem Mantel und formte daraus ein Nest. Dann setzte ich mich neben Valerian und packte Brot und Dörrfleisch aus.

Kauend hing jeder seinen eigenen Gedanken nach. Ich sah mich um nach all den Kräutern, die ich hier auf der Wiese pflücken konnte. Frauenmantel, Löwenzahnwurzel, Salbei ... Ein Baum am Waldrand fing meinen Blick. Eine Eberesche.

Unwillkürlich langte meine Hand zum Mantel. Darin spürte ich Malves tiefe Atemzüge, friedlich und beruhigend. Spätestens heute Abend jedoch würde er aufwachen, und selbst schlafend konnte er mein Leben auf den Kopf stellen. Das hatte der Weg hierher deutlich gezeigt. Ich brauchte Hilfe, dringend! Würde der Geist der Magie mich erhören, wenn ich ihn anriefe? So dass Malve endlich verstand, was ich von ihm brauchte? Alraunes Worte stiegen in mir auf: »Wenn du dich bereit fühlst, deine Gabe anzunehmen, kannst du dich bei Alvar bedanken, dich an ihn binden. Er wird dir helfen, dein Talent auszureifen, zu verfeinern ...«

Außer uns war niemand auf der Lichtung. Sicherheitshalber sah ich mich noch einmal um. Konnte ich es wagen?

Valerian saß ruhig da, das Brot in der Hand. Aber er hatte schon länger nicht mehr abgebissen. War da wieder dieses Schmunzeln? So, als mache er sich lustig. War ihm klar, dass ich begabt war und genau damit gar nicht umzugehen wusste?

Was, wenn es sich wirklich so verhielt?

Mir wurde heiß. Seit er zu uns gekommen war, hatte ich immer wieder das Gefühl, dass er uns wesentlich besser kannte, als er zugab. Er fand sich in vielem besser zurecht, als ein Blinder es normalerweise könnte. Und nach dem, was er vorhin vor Hederich geliefert hatte, traute ich ihm alles zu.

So, als ob er mitgehört hätte, nahm er das Essen wieder auf und biss in sein Brot. »Haben wir etwas zu trinken dabei?«, fragte er mit vollem Mund.

Ich hob den Trinkschlauch. Er streckte seine Hand aus, zielte dorthin, wo ich das Wasser hielt.

Zufall?

Ich rückte den Schlauch zur Seite.

Seine Finger zuckten. Einen Moment hatte ich das Gefühl, dass sie meiner Hand folgten, dann hielt er inne.

»Gibst du es mir bitte?«

Ich drückte ihm den Schlauch in die Hand, sah ihm zu, wie er trank. Als er absetzte, stand ein Wassertropfen auf seiner Lippe. Er strich ihn weg, setzte noch einmal an. Um mich herum blieb die Zeit stehen. Ich dachte daran, wie er im Weiher gebadet hatte, die Haut übersät von hunderten kleinen Wassertropfen, die in der Sonne funkelten. Wie sich seine Lippen auf meinen wohl anfühlten?

Valerian verschluckte sich, begann zu husten. Eine Hand an die Rippen gepresst, rang er nach Luft.

Ich sprang auf und klopfte ihm den Rücken. »Geht es wieder?«

Er räusperte sich und nickte.

»Ich muss Kräuter sammeln«, stammelte ich.

»Lass dich nicht aufhalten. Ich werde derweil auch wichtige Dinge tun!« Er grinste. Immerhin war die Laune jetzt besser.

Er tastete den Baumstumpf ab, legte sich nach hinten und verschränkte die Arme unter dem Kopf.

Das hätte ich jetzt auch gern getan. Doch ich schlüpfte in die Trageriemen des Rückenkorbs und fing an zu ernten. Bahn für Bahn arbeitete ich mich über die Lichtung, warf Büschel um Büschel in den Korb. Der Waldrand rückte näher und mit ihm die Eberesche.

Ich setzte den Korb ab und ging andächtig die letzten Meter auf sie zu, fuhr die graue Rinde entlang. Ein zarter Baum, in voller Blüte. Alvar.

Ich wusste nicht einmal den Spruch, der den Geist der Magie rief. Alraune kannte ihn auch nicht. Ob ich jemals jemanden treffen würde, der ihn mir sagen konnte?

Über die Wiese hin spürte ich, wie Malve erwachte.

Ich hatte nicht einmal Zeit, mich darauf einzustellen, schon sah ich die Welt durch seine Augen. Es war dunkel in meinem Mantel und am liebsten wollte er wieder einschlafen, sich einmummeln im Geruch der Geborgenheit. Doch draußen bewegte sich etwas, war viel zu nahe. Er grollte, warnte den Eindringling vor seinem Erscheinen und kroch ins Freie.

Es war hell, so unglaublich hell. Die Sonne blendete uns. Malve verengte die Augen zu Schlitzen. Er wollte dem gleißenden Licht entfliehen, sich wieder verkriechen. Doch da war er, der Eindringling, und durfte nicht geduldet werden!

Valerian.

Mein neuerdings so selbständiger Patient hatte sich wieder aufgesetzt, kramte in der Umhängetasche. Suchte er nach mehr zu essen?

Malves Rückenhaare bildeten eine Borste. Er knurrte.

Valerian streckte schützend die Hände von sich, verwendete die Tasche als Schild.

Malve fauchte ihn an.

Valerian flüchtete, stolperte, fiel hin.

Ich wollte zu ihm, ihm helfen.

Malve sprang auf ihn los, angriffslustig.

»Verbena!«, schrie Valerian.

Seine Stimme war so nah, dabei war ich am anderen Ende der Lichtung, weit weg. Ich wollte in meinen eigenen Körper zurück, spürte ihn aber nicht.

Tief durchatmen!

Nicht einmal das ging.

Panik wallte in mir hoch.

Mit aufgestelltem Rückenhaar und buschigem Schwanz tänzelte Malve vor Valerian, stieß gutturale Drohungen aus.

Malve, lass das!

Es ist in Ordnung!

Er ist ein Freund.

Doch Malve hörte nicht.

»Verbena!«, schrie Valerian noch einmal.

Meine Güte, Malve musste verstehen!

Ich schnupperte, fand Valerians Fährte – Johannisbeer und Steinpilze. Wie warm mir gleich wurde, es in meinem Bauch kribbelte ...

Malve grunzte. Er sprang zurück auf den Baumstumpf, setzte sich auf meinen Mantel, ließ Valerian dennoch nicht aus den Augen.

Zaudernd stemmte dieser sich hoch, kniete in der nassen Wiese.

»Verbena?«

Zu gern hätte ich ihm zugerufen, dass jetzt alles in Ordnung war. Ich konnte es selbst kaum glauben, aber ich hatte es geschafft, Malve zu beeinflussen.

Meinen Körper spürte ich aber immer noch nicht, blieb im Marder gefangen. Bei Mavanja, ich musste zurück!

»Verbena ... ? Wo bist du?«

Ich hörte Valerians Stimme immer noch ganz nahe. Warum fühlte ich meinen Körper nicht? Ich versuchte, die gewohnten Konturen zu finden. Doch ich spürte nur vier kleine Tatzen. Am liebsten hätte ich geschrien.

Stattdessen keckerte Malve.

Valerian hielt wieder die Tasche hoch. Womöglich war er jetzt noch mehr verschreckt, brauchte mich dringender denn zuvor.

Ich musste raus aus diesem kleinen Gefängnis.

Valerian lehnte sich behutsam nach vorn. Auf allen vieren tastete er sich langsam durch die Wiese, bemüht, das wilde Tier vor ihm nicht zu reizen. Suchte er seinen Stab? Er hatte ihn vorhin neben dem Baumstrunk abgelegt, und dort lag er noch immer, wie ich durch Malves Augen sah. Valerians Hand fuhr nur eine Elle daneben vorbei. Nur allein – so nah er seinem Stock auch kam, er fand ihn einfach nicht.

Wie gern hätte ich ihm geholfen.

Er kniete in der Wiese. Die Fäuste geballt, grollte er: »VERBENA! Wo steckst du?«

Wo war mein Körper?! Bei Alvar! Warum dauerte das so lange?

Vielleicht ...

Alvar, wir kennen uns noch nicht, aber bitte hilf mir! Sobald ich kann, gebe ich dir ein Haar, werde mich an dich binden! Alvar, ich bitte dich, schick mir Kraft, in meinen Körper zurückzufinden!

Es war mein Brustkorb, der sich mit Luft füllte, als ich tief einatmete. Gleichzeitig vermochte ich die Augen aufzureißen, fand mich am Boden vor der Eberesche liegend. Mutter des Lebens! Hoffentlich passierte mir so etwas nie wieder, erst recht nicht, wenn Leute dabei waren.

Ich berührte den Stamm.

Danke!

»Verbena ...?!«, hörte ich von weit weg.

Valerian!

Ich rannte los, flog beinahe über die Wiese.

Er kniete immer noch dort, wo ich ihn durch Malves Augen gesehen hatte.

»Ich komme!«, rief ich und schlitterte neben ihm ins Gras.

Er rang nach Worten. »Dein Marder ...«

»Es tut mir so leid, ich wollte dich nicht allein lassen.« Ich wäre sofort gekommen, wenn ich gekonnt hätte, fügte ich im Geiste dazu.

Er fasste sich. »Du kannst mich ruhig eine Weile allein lassen, ich schaffe das schon. Aber bitte nicht mit diesem wilden Tier! Ich habe gedacht, er springt mich an.«

So anschmiegsam Malve zu mir war, es stimmte, er war ein wildes Tier. Die Einflussnahme, die mir gelegentlich gelang, zählte kaum. Wie sollte ich es nur schaffen, ihn zu zähmen?

Valerian griff nach meiner Hand, drückte sie kurz ein wenig fester. In seinem Gesicht war wieder das übliche Schmunzeln. Es war wohlwollend. Ohne die Augenbinde hätte er mir wahrscheinlich zugezwinkert. »Wo ist es jetzt, das Mistvieh?«

»Wieder in meinen Mantel gekrochen.«

»Kurzer Auftritt für so ein Theater ... Und wo ist mein Stock?«

»Neben dir.«

Er schnaubte. »Wirklich? Zum Henker! Ich habe ihn nicht und nicht gefunden.«

Nun musste auch ich grinsen. Was für ein Paar wir waren ... Not und Elend versanken im Chaos.

Ich hob den Stab auf und drückte ihn ihm in die Hand.

»Können wir zurückgehen oder hast du hier noch zu tun?«

Alvar ..., dachte ich. »Der Korb steht am anderen Ende der Lichtung. Sobald ich den habe, können wir gehen.«

Obwohl ich mich schon umwandte, ließ er meine Hand nicht

los. »Nimm das kleine Monster mit!« Er streckte mir die Tasche entgegen. »Steck es hier hinein, samt deinem Mantel. Dann sieht es wenigstens niemand.«

Ich sah ihn verblüfft an. »Danke! Du hast dir Gedanken gemacht.«

Er nickte und grinste. »Ich sagte doch, ich beschäftige mich mit wichtigen Dingen.«

Ich hatte den Eindruck, dass er mich gern über die Wiese begleitet hätte. Doch er setzte sich wieder auf den Baumstrunk. »Lass dir Zeit. Ich warte. Diesmal in Ruhe.« Damit legte er sich nach hinten und kreuzte die Arme im Nacken.

ᗞER PʃAUENREIGEN

»Du hast dich gebunden?«, fragte Alraune.

Wir standen gemeinsam in der Heilerei. Vor uns auf dem Tisch lag ein riesiger Haufen von Kräutern, die sortiert und verarbeitet werden mussten, solange sie noch frisch waren.

Ich biss mir auf die Lippe. Etwas in mir sträubte sich, ihr von der Begebenheit beim Waldsee zu erzählen. Stattdessen sammelte ich alle Salbeistängel zum Trocknen ein.

Dort bei der Eberesche war etwas geschehen. Ich hatte eine Kraft gespürt. Sie hatte mich erhört. Die Energie war viel ausgeprägter gewesen, als ich Escha oder irgendeinen der anderen Geister jemals wahrgenommen hatte. Ich war mir nicht sicher warum, aber es erschien mir zu persönlich, darüber zu reden. Vor allem mit jemandem, der eine solche Erfahrung nicht nachvollziehen konnte, die Magie nie spüren würde.

»Er ... du weißt schon wer, hat mir geholfen«, sagte ich knapp.

»Gut! Hast du es jetzt unter Kontrolle?«

Ich strich mir die Strähnen aus der Stirn. Bitte kein Verhör jetzt. Was dort auf der Lichtung passiert war, hatte mir einen Einblick gegeben, was in der Verbindung zu Malve alles möglich war. Aber es hatte mir auch gezeigt, wie schnell ich mich selbst verlieren konnte. Von Kontrolle keine Spur.

Draußen ertönte ein Lachen. Verdutzt sahen wir uns an. Valerian saß auf der Bank vor dem Haus. Ich hatte ihm Rikards Schnitzmesser aus dem Dachboden geholt und damit bearbeitete er nun seinen Stab. Doch mit wem lachte er?

Seit Tagen war niemand zu uns gekommen – abgesehen von den Hütern.

Alraune ging hinaus. Erleichtert, ihr die Antwort schuldig bleiben zu können, folgte ich ihr.

»... darfst du dir vorstellen, wie du möchtest. Ist vermutlich besser als die Wirklichkeit.« Valerians Stimme hatte einen amüsierten Unterton.

»Aber Verbena weiß sicher, wie du aussiehst! Das ist unfair!«

»Fria! Was machst du denn hier?« Ich drängte mich an Alraune vorbei.

Als Fria mich und vor allem Alraune sah, zog ein Anflug von Rosa über ihre Wangen, doch sie fasste sich gleich wieder. »Ich habe gute Nachrichten! Ihr habt eine weitere Ansprache auf dem Dorfplatz verpasst und diese wäre für euch wirklich hörenswert gewesen.«

Eine Rede ... für uns?

Mein Magen zog sich zusammen.

Die kahlen Stellen, die das Hufgetrampel gestern auf unserer Wiese zurückgelassen hatte, waren noch deutlich sichtbar. Wo sollten da die guten Nachrichten stecken?

Alraune schob mich beiseite. »Was für eine Ansprache?«

Fria holte tief Luft. »Der Baron war da. Das hat alle überrascht. Er hat sich ja schon länger nicht mehr gezeigt. Mutter des Lebens, der sah schlecht aus ...«

Alraune zog die Augenbrauen hoch.

»... und Seine Hochgeboren Korvinus.«

»Korvinus?« Sein eisiger Blick, gestern bevor er aufs Pferd gestiegen war, hatte sich mir eingebrannt.

»Ja, er sah so aus, als würde er sich lieber die Zunge abbeißen, als den Mund aufzumachen. Aber unter der strengen Hand seines Vaters hat er sich dann in voller Hüter-Montur doch wieder auf den Rand des Brunnens geschwungen.«

Alraune verschränkte die Arme vor der Brust. »Komm zur Sache, Fria!«

»Er hat gesagt, dass die Hüter euch und euer Haus untersucht und nichts gefunden haben. Es sei wieder empfehlenswert, sich in eure Behandlung zu begeben.«

»Ach, Roderik!« Alraune lächelte in sich hinein.

Auch in mir machte sich Erleichterung breit. Trotzdem waren meine Knie so weich, dass ich neben Valerian auf die Bank sank.

»Sobald wir heute fertig sind, gehe ich zum Tempel und danke Naran. Das hat sich der Geist der Gerechtigkeit verdient! Und dem Baron statte ich auch einen Besuch ab!«, verkündete Alraune. Sie klatschte in die Hände. »Das heißt, Tränke müssen bereitstehen, wenn wir wieder Patienten haben!« Mit einem Satz, nein, einem kleinen Hüpfer, drehte sie sich um und lief in die Heilerei.

Mich jedoch ließen Korvinus' eisblaue Augen nicht los. Diese Sache war noch nicht ausgestanden. Gestern nicht und auch nach der heutigen Ansprache nicht. Wir mussten auf der Hut sein!

»Meine Güte, die Muster auf diesem Stock!« Fria beugte sich zu Valerian und betrachtete seine Schnitzereien. »Das sieht toll aus! Wie machst du das? Obwohl du ...«

Auch ich sah genauer hin. Wie sich die schmalen Einkerbungen in der Rinde ineinanderschlangen, Muster bildeten, war wirklich beeindruckend.

»Na ja ... ich spüre es.« Er hob seine Finger und rieb die Kuppen aneinander. Trotz Augenbinde ließen seine Wangen erkennen, dass er ein klein wenig errötete. Das hatte ich an ihm noch nie gesehen. Fria, Fria, ...

»Was tut sich sonst im Dorf?«, wandte ich mich an sie.

»Wir haben angefangen, das Mavanjafest vorzubereiten.«

»Jetzt schon? Das ist doch erst in drei Viertelmonden.«

»Da gibt es viel zu tun! Ludek und sein Vater stellen die Würste her. Gestern habe ich das Brot beim Bäcker bestellt und für die Unmengen an Krapfen werden wir in den nächsten Tagen gar nicht mehr aus der Küche herauskommen. Die Wirtin hat Gunar ... und Finn ...« Sie warf mir einen unsicheren Blick zu.

Eine Nadel stach in meiner Brust. Musste Fria ihn unbedingt erwähnen? Sollte der Idiot doch machen, was er wollte. Anstatt das Missverständnis zwischen uns auszuräumen, betrank er sich nutzlos in den Drei Linden. Mehr brachte er ja doch nicht auf die Reihe. Ich zuckte mit den Schultern.

»... nach Arnbruck geschickt. Dort sollen sie Musikanten anheuern. Die spielen die neuesten Stücke aus Kronenburg. Den Pfauen-Reigen zum Beispiel.« Dabei sah sie Valerian an. »Weißt du, wie man so etwas tanzt?«

»Sicher.« Er konnte sich ein Grinsen nicht verbeißen. »Aber ganz neu ist das nicht.« Er dachte nach. »Ist bestimmt schon zwei Winter her, dass das in Kronenburg alle tanzen wollten.«

»Oh ... kannst du mir trotzdem zeigen, wie das geht?«

»Ä-hm.« Er deutete auf seine Augenbinde.

»Versuche es, bitte! Außerdem hat das etwas Verwegenes, wie bei einem Maskenball.« Sie griff nach seiner Hand und zog ihn hoch.

Machte Fria ihm schamlos den Hof?

Ein Lächeln huschte über Valerians Lippen. »Aber es wäre doch die Aufgabe des Herrn, die Dame zu führen.«

Hatte er sie gerade eine Dame genannt? Das wurde ja immer besser.

Fria kicherte. »Ich lass mich auch gern führen ...« Sie schwenkte ihre Hüfte nach rechts, stemmte ihre Hand darauf und wartete auf ihn.

Ich sah ihr fassungslos zu. Wie machte sie das? Warum gelang mir so etwas nie?

»Na gut. Probieren wir das.« Valerian trat nach vorn. Mit einer perfekten Verbeugung streckte er ihr seine Hand entgegen. »Darf ich bitten?«

Frias Kinnlade klappte nach unten. Eben noch keck, wirkte sie nun doch überrascht. Zaghaft nahm sie seine Hand.

»Der Herr beginnt außen im Kreis, die Dame innen. Verbeugung des Herren.« Er verbeugte sich ein zweites Mal. »Knicks der Dame.« Er wartete, bis Fria geknickst hatte.

Bei ihr sah es nur halb so edel aus.

Er streckte ihr seine zweite Hand hin und sie legte die ihre hinein.

»Ein Schritt aufeinander zu, dabei Arme nach oben, dann seitlich im Bogen nach unten führen, wieder ein Schritt auseinander. Nun ...« Eine gekonnte Bewegung seiner Hand, eine Vierteldrehung, und Fria stand plötzlich neben ihm. »Zwei Schritte nach vorn, Verbeugung, zwei Schritte rückwärts ...«

Was tat ich hier eigentlich noch?

Am liebsten wäre ich in die Heilerei verschwunden, nur um mir das nicht länger ansehen zu müssen. Aber die beiden allein zu lassen, tat mir auch nicht gut. Warum machte er solche Sachen nie mit mir? Der Stich, den ich jetzt in meinem Herzen spürte, war viel stärker als der vorhin. Ich musste mir etwas eingestehen. Die

Wassertropfen auf seiner Haut, die Vorstellung von seinen Lippen auf meinen, von einer Umarmung ... was ich dabei empfand. Ich hatte bislang nicht darüber nachgedacht, nicht darüber nachdenken wollen. Wie blind war ich gewesen. Finn hatte recht gehabt. Er hatte es gesehen, lange bevor es mir selbst bewusst geworden war.

BÜNDNISSE UND BEKENNTNISSE

Unsere Erleichterung war groß, als Alraune wieder zu einer Geburt gerufen wurde. Denn trotz Korvinus' Rede kam kaum jemand zu uns in die Heilerei.

»Zeit wird's ...«, hatte Alraune gemurrt und sich darüber ausgelassen, wie die Leute sich das vorgestellt hätten, ohne eine kundige Hebamme zu gebären. Mir hatte sie aufgetragen, an diesem Abend das Kräuterbuch weiter abzuschreiben.

Ich stellte zwei Tassen Tee auf den Tisch und entzündete mehrere Kerzen. Wenn schon Schreibdienste, dann mit hinreichend Licht!

Valerian lungerte neben mir auf der Ofenbank, rieb sich die Augen und gähnte.

Ich tunkte die Feder in die Tinte und begann zu zeichnen.

»Was kannst du mir über die heilende Kraft der Schafgarbe sagen?«, fragte er nach einiger Zeit.

Ich sah von meinen Büchern auf. War verwirrt. »Woher weißt du, dass ich gerade darüber lese?«

»Äh ... du hast das vor dich hingemurmelt.«

Hatte ich das? Es war mir nicht aufgefallen.

»Ist dir inzwischen so langweilig, dass du über Schafgarben Bescheid wissen willst?«

Valerian brauchte dringend eine Beschäftigung.

Schlagartig sah ich ihn nicht mehr. Um mich herum war es dunkel, noch dunkler als in der Stube. Vor meinen Augen ein großer Tontopf. Ich erkannte ihn selbst im Stockfinsteren.

Die Speisekammer?

Malve in der Speisekammer!

Bei Alvar, hatte es mich schon wieder in seinen Körper hineingezogen?

Ich spürte, wie er schnüffelte. Es roch nach Maus.

Wäh!

Aber nein, dieser Duft war verführerisch. Ein Leckerbissen! Wollte Malve mir zeigen, dass er sich der Mäuseplage in unserem Haus annahm?

Toll machst du das! Weiter so! Ich schickte ihm all meine Zuneigung.

»Verbena ...? Wach auf!« Valerians Stimme holte mich in meinen Körper zurück. Ich spürte seine Hand auf der Schulter. Er lehnte sich quer über den Tisch, zog mich von der Platte hoch.

»Es geht mir gut«, stammelte ich und rieb mir über die Stirn.

»Bist du sicher?« Seine Hand tastete nach meiner Schläfe. Er hob den Kopf und sah mir direkt in die Augen.

Mein Herz setzte einen Schlag aus.

»Du ... kannst wieder sehen?«

»Nein, aber spüren, dass mit dir etwas nicht stimmt.«

»Wie kannst du mir dann in die Augen schauen? Langsam glaube ich dir nicht mehr, dass du nicht siehst.« Dafür gab es inzwischen zu viele Begebenheiten, die er sonst nie gemeistert hätte.

»Schön wär's«, seufzte er.

Jetzt reichte es mir! Mit einer schnellen Bewegung griff ich zu meiner Tasse und schüttete den heißen Tee in seine Richtung.

Er wich aus.

Der Tee spritzte auf die Ofenbank. Valerian bekam gerade einmal ein paar Tropfen am Ärmel ab. »Zum Henker?!«

Mit offenem Mund starrte ich ihn an. Dann sprang ich auf, stemmte die Hände auf die Tischplatte. »Und ob du es kannst ... dachte ich's mir doch!«

Er schnaubte, rutschte die Ofenbank entlang, dorthin, wo es weniger nass war.

»Gibst du es endlich zu?«

Auch er stand auf, hielt sich an der anderen Seite des Tisches fest. »Verbena, ganz ehrlich, ich sehe nichts.«

»Lüg nicht!«

Er biss sich auf die Unterlippe. »Es ist nicht so, wie du denkst.«

»Wie dann??«

Als Hederich uns entgegengekommen war ... trotz Augenbinde ...

»Sag mir endlich die Wahrheit!«

»Na gut, aber nur, wenn du es auch zugibst!« Wieder fanden seine Augen die meinen. Mir blieb nichts anderes übrig, als seinen Blick zu erwidern.

»Wie machst du das?«

Er zuckte mit den Schultern. »Übungssache.«

»Wie? Ich will genau wissen, wie!«

»Ich ... ich sehe durch deine Augen. Also, wenn du mich ansiehst, sehe ich mich selbst. Es hat einige Zeit gedauert herauszufinden, dass ich auch zurückschauen kann, aber jetzt geht es.« Selbstgefällig nickte er.

Ich machte einen Schritt nach hinten, weg von ihm. Das war mir nicht geheuer. Wie hatte er dann Malves Schwanz bemerkt? Ich selbst hatte ihn ja nicht gesehen.

»Durch Hederichs Augen«, antwortete er mir.

Was?!

Ich hatte die Sache mit Malves Schwanz nur gedacht, nicht laut gefragt ...

Gänsehaut zog meinen Nacken entlang.

»Hast du gerade meine Gedanken gelesen?«

Er fuhr sich durch die Haare. »Ä-hm ... ja. Sonst würde ich die Bilder in deinem Kopf ja nicht sehen.«

Mutter des Lebens!

»Und du machst das schon die ganze Zeit?!«

Er räusperte sich.

Wie ein Blitz durchfuhr es mich. Mir wurde heiß und kalt zugleich.

Als er sich verschluckt hatte beim Waldsee ...

Als er im Weiher gebadet hatte ...

Ich wollte weiter weg von ihm, stieß mit dem Rücken gegen die Stiege.

»Du ... du kennst jeden einzelnen meiner Gedanken ...?«

»Nicht jeden ...« Er zog die Schultern hoch, grinste unschuldig.

Ich war sprachlos.

»Hast du gar keinen Anstand?«, schrie ich ihn an.

Ich musste weg, weit, weit weg von ihm. Ich lief los, vorbei am Tisch und an ihm, zur Tür hinaus.

»Warte!«, rief er. Krachend fiel ein Stuhl um.

Er war knapp hinter mir, rannte mir nach, fand die Brücke im Dunkeln, ohne Stock.

Ich lief den Weg entlang. Wenige Schritte, und er würde mich einholen.

Mutter des Lebens! Was konnte er noch alles?

»Lass mich!«, fauchte ich und tauchte ins Gebüsch, dorthin, wo er sich vor einigen Tagen nicht zurechtgefunden hatte. Ich zwängte mich durchs Geäst zurück zum Bach und balancierte im Mondlicht über die Steine zum anderen Ufer. Vor dem Haus machte ich halt.

Er war mir nicht gefolgt.

Ich sah sein helles Hemd durch die Bäume blitzen. Er drehte sich im Kreis, versuchte, sich mit ausgestreckten Armen zu orientieren.

»Verbena ...? Wo bist du?«

Nicht zu deiner Verfügung!

Sollte er doch schmoren hier draußen! Von mir aus die ganze Nacht. Oder sich in die Baronie Hellenfels tasten. Hauptsache, meine Gedanken gehörten mir wieder allein.

Ich setzte mich auf die Bank vor dem Haus, zog die Knie an mich und schlang die Arme um sie. Warum hatte er mir das nicht gesagt? Mich ausgenutzt? Meine intimsten Gedanken gelesen? Kannte er keine Grenzen? Hatte er keine Ehre? Wie konnte er nur!

Mit zaghaften Schritten tappte er im Dunkeln. Diesmal wirklich ohne das Bild, das er sonst durch meine Augen sah.

»Es tut mir leid!«, hörte ich ihn sagen.

Zu spät! Das hätte er sich früher überlegen müssen.

Er stolperte, schlug die falsche Richtung ein. Sein Umriss verschwand Schritt für Schritt im dunklen Wald.

Mit einem Ruck war ich wieder auf den Beinen. Ich konnte ihn nicht wirklich allein lassen. Was, wenn er sich verirrte? Ich ihn später nicht mehr fand? Er das ganze Dorf in Aufruhr versetzte und dabei noch mehr Aufmerksamkeit auf uns zog, als uns gerade lieb war? Ergeben setzte ich mich in Bewegung, folgte dem Weg, bis ich ihn im Wald sah. Er prallte mit ausgestreckten Händen gegen einen Baum, hielt sich fest, drehte sich um und sank mit dem Rücken den Stamm entlang hinunter. »Verbena, ohne dich bin ich verloren. Bitte hilf mir!«

Ich beobachtete ihn eine Weile. Er ließ den Hinterkopf gegen den Stamm fallen, fuhr sich durch die Haare, wartete. Der Mond wanderte ein gutes Stück den Himmel entlang, leuchtete durch die Baumkronen hindurch zu uns herunter.

Auf einmal ergab alles Sinn! All die Dinge, die er wusste. Wie er sich zurechtfand, obwohl er blind war. Die panische Angst vor Korvinus und den Hütern. Es durchfuhr mich.

Er war so wie ich!

Begabt.

Gejagt.

Wenn jemand verstand, was in mir vorging, dann er. Trotzdem, er hatte mich missbraucht, hatte sich nicht gescheut, in mich hineinzuhören, alles zu erkunden, sich an meinen innersten Gedanken zu vergreifen. Aber nun kannte ich auch sein Geheimnis. Selbst wenn es das Einzige war, was ich wirklich von ihm wusste. Groll stieg in mir auf. Ich hätte ihm bereitwillig vertraut. Offenbar war das nicht möglich. Ich funkelte ihn an, bannte all meine Wut und Enttäuschung auf ihn.

Über mir im Baum knackte es.

»Verbena? Bist du das?« Valerian hob den Kopf.

Malve stürmte durch die Baumkrone. Aus seiner Kehle kam wieder dieses tiefe Grollen. Er sprang auf den Waldboden und lief auf Valerian zu.

Der schrie, schlang schützend die Arme über den Kopf.

Malve machte einen Satz und verbiss sich in Valerians Ärmel.

»Lass das!« Ich stürzte auf die beiden zu, ergriff den Marder im Genick und zog ihn weg. Dann stolperte ich selbst wieder einige Schritte zurück, weit genug, dass Valerian mich nicht spüren konnte. »Hat er dich gebissen?«

»Mutter des Lebens ...« Valerian griff nach seinem Handgelenk, schob das Hemd hoch, schüttelte den Kopf. »Nur den Stoff erwischt.«

Malve murrte immer noch. Ich strich über seinen Kopf und sandte ihm beruhigende Gedanken. »Wenigstens einer, der meine Würde verteidigt ...«

Valerian stand auf und drehte sich in die Richtung, aus der meine Stimme kam. »Vergib mir. Ich kann das nicht abstellen.«

»Von Vergebung sind wir weit entfernt. Zuerst sagst du mir alles über dich!«

Er nickte. »Dann führe mich bitte zum Bach, damit nicht der ganze Wald mithört.«

War ich weit genug von ihm entfernt?

Kannst du jetzt meine Gedanken lesen?, dachte ich.

Keine Antwort.

Ich ging einen Schritt näher und wiederholte die Frage.

Er hob den Kopf.

»Drei Armlängen Abstand?«, schätzte ich.

»In etwa, ja.«

Daraufhin zog ich mich wieder zurück. »Folge meiner Stimme.«

Er seufzte.

Natürlich hätte es für ihn einfachere Lösungen gegeben, aber die gewährte ich ihm jetzt nicht.

Langsam tastend folgte er meiner Stimme. Als seine Füße das Holz der Brücke berührten, machte er einen Schritt zurück und hockte sich hin. »Warte kurz. Wir müssen vorsichtig sein«, murmelte er und hob am Wegrand eine kleine Grube aus.

Ich sah ihm verwundert zu.

Dann beugte er sich hinunter und blies Luft in das Erdloch.

War das ein Ritual? Eines, das ich nicht kannte ...

»Jetzt du!«

Ich zögerte. Nicht nur, weil ich nicht wusste, was er tat.

»Ach komm schon, ich bin nicht aussätzig.«

»Was machst du da?«

Valerian hob den Kopf. »Du weißt das nicht?«

»Alraune ist keine Begabte. Und ich war es auch nicht ... bis vor kurzem«, stammelte ich. Jetzt redeten wir schon wieder über mich!

»Oh ...« Er beugte sich noch einmal hinunter und sprach in die Grube: »Ingrun, wir bitten dich, lege deinen Schatten über uns, bewahre unser Geheimnis! Hier, nimm meinen Atem, verstecke ihn tief in deinem Inneren!«

Er winkte mir, es ihm gleich zu tun. Als ich nicht näher kam, hatte er den Anstand, einige Schritte nach hinten auszuweichen. »Wenn du fertig bist, musst du die Grube wieder schließen.«

Ich tat wie verlangt und ging zurück auf die Brücke.

Er blieb, wo er war. »Es tut mir wirklich leid! Ich sollte deine Gedanken nicht hören.« Wieder kaute er auf seiner Unterlippe. »Aber keine Sorge, ich weiß nicht alles über dich. Ich habe dich zum Beispiel noch nie lächeln gesehen – leider.«

»Irgendein Geheimnis musst du mir schon zugestehen!«, funkelte ich ihn an. »Hast du es nicht durch die Augen von anderen gesehen?«

Er schüttelte den Kopf. »Du hast nie gelächelt ... Bei den Hütern kein Wunder.«

»Aber Alraune?«

»Bei ihr sehe und höre ich nichts.«

»Nichts?«

»Manchmal, sehr selten, gibt es Leute, deren Gedanken ich nicht lesen kann. Vielleicht sind sie begabt, ihre Gedanken zu verbergen. Ich weiß es nicht. Alraune ist eine von denen.«

Warum konnte ich nicht so eine sein? »Wie unpraktisch für dich ... Und Fria?«

Er schmunzelte.

»Ach, die hat nur Augen für dich?«

Sein Blick wandte sich gegen den Himmel, dann nickte er. »Darf ich mich zu dir setzen?«

»Nicht so schnell! Zuerst beantwortest du mir alles, was ich wissen will.«

»Zeigst du mir dann dein Lächeln?«

»Vielleicht ...«

Einer seiner Mundwinkel hob sich leicht. »Na gut, das ist es wert. Kann ich mich hier auch irgendwo hinsetzen?«

»Drei Schritte vor dir beginnt die Brücke. Hock dich aufs Holz. Aber bleib auf deiner Seite!« Ich selbst legte die drei Armlängen Abstand zwischen uns und hoffte, dass ich damit weit genug von ihm entfernt war.

Er tastete sich vor, ließ sich nieder.

»Verwendest du den Stock deshalb so selten, weil du durch mich weißt, wie deine Umgebung aussieht?«

Er nickte. »Naja, wenn du nicht da bist, ist meine Welt schwarz. Dann brauche ich den Stock.«

»Konntest du das schon immer?«

»Gehört habe ich Gedanken immer. Das mit den Bildern ist neu.«

»Und wie machst du es genau?«

»Die Frage ist wohl eher, wie mache ich es nicht ... Ich habe einen Gutteil meiner Kindheit damit verbracht zu lernen, wie man das abstellt.«

»Ist das der Grund, warum dich deine Eltern weggegeben haben?«

Er verzog den Mund. »Ein Kind, das jedes Geheimnis kennt – von ihnen und von allen Kunden – und frei herausplappert, ist nicht gerade geschäftsfördernd.« Er seufzte. »Als ich etwa sieben war, kam ein Mann in den Laden, der mich mitnahm. Ich bin mir nicht sicher, aber ich glaube, mich erinnern zu können, dass er einen Haufen Kronen über den Tresen schob, die ...«

Seine Stimme wurde leiser. Ich lehnte mich weiter nach vorn. Der rauschende Bach unter uns war zu laut. Doch ich konnte nicht jetzt schon nachgeben, ihm wieder mein Innerstes preisgeben. Ich wahrte Abstand und versuchte, im Mondlicht seine Lippen zu lesen.

Er hielt inne, sprach stockend weiter: »... die mein Vater ohne Wenn und Aber angenommen hat. Dieser Mann wurde mein Lehrmeister und er hat mir gezeigt, wie man das unter Kontrolle bringt. Zu Hause wollten sie mich trotzdem nicht mehr. Einen Begabten in der Familie zu haben, ist schließlich eine Schande.« Er wischte sich über die Wange. »Das ... das habe ich noch nie jemandem erzählt.« Eine Weile sagte er nichts.

Ich war knapp davor, zu ihm hinüber zu rutschen und ihn in die Arme zu schließen. Er fuhr fort: »Aber um auf deine Frage zurückzukommen – ganz einfach, ich höre deine Gedanken. Ich höre die Gedanken von allen in meiner Umgebung. Das kann ganz schön laut werden und verwirrend. Und ganz ehrlich, ich habe manchmal keine Ahnung, was die Leute nur denken und was sie tatsächlich sagen. Die Stimmen klingen für mich gleich. Und jetzt sehe ich nicht einmal mehr, ob sich ihre Lippen bewegen oder nicht.«

»Und die Bilder?«

»Die Bilder. Die waren am Anfang ...«, er dachte nach, »... wie Wirbel im Nebel. Nachdem das hier passiert ist, habe ich begonnen, mich stärker auf sie zu konzentrieren. Jetzt werden sie immer deutlicher. Ich brauche diese Bilder! Ohne sie bin ich verloren. Wenn ich durch deine Augen sehe, weiß ich wenigstens ungefähr, was um mich herum ist.«

Es wurde immer schwieriger, sich von ihm fernzuhalten. Unweigerlich rückte ich näher.

Aber der Preis?

Mein Innerstes kannte er jetzt schon, da gab es nichts mehr zu verheimlichen. Er wusste, was ich für ihn empfand. Immerhin hatte er bislang den Anstand gehabt, es nicht zu kommentieren. Aber was, wenn ich etwas dachte, das ihn verletzte? In Gedanken gab es nur die beinharte Ehrlichkeit. War er das gewohnt? Er hatte die Gedanken immer mitgehört, egal wie sehr die Leute sie beim Reden beschönigten.

Ich konnte nicht anders, wollte für ihn da sein, ihm ermöglichen zu sehen.

»Komm näher«, sagte ich.

Er lächelte. Ein Bein angewinkelt, ließ er sich neben mir nieder. Ich spürte seinen Arm an meinem, genoss die Wärme und sah den Bach entlang. Der Mond spiegelte sich tausendfach in den kleinen Wellen.

»Schöne Aussicht hier«, murmelte er.

Jetzt war ich wirklich verblüfft. »Von ›blind‹ kann bei dir keine Rede sein ...«

Er seufzte. »Immerwährende Dunkelheit wäre unerträglich.«

Ich drehte mich ihm zu, sah ihn an.

»Das Einzige, was ich nicht brauche, ist mich selbst die ganze Zeit zu sehen, mir in diese leeren Augen zu schauen, ständig daran erinnert zu werden, dass ich ... blind bin. Das ist wie ein Fluch.«

»Darf ich dich nicht mehr ansehen?«

Er zuckte die Schultern, erwiderte meinen Blick. »Wenn ich meinem Gegenüber in die Augen sehe, komme ich mir selbst wenigstens noch ein bisschen normal vor. Aber ...«, er zwinkerte, »... es ist natürlich auch großartig, wenn du dann so schockiert bist.«

Er hatte recht, ich war schockiert ... und irgendwie erleichtert.

Endlich konnte ich mir all diese eigenartigen Situationen erklären. Eine Frage brannte mir jedoch noch auf der Seele: Wollte er zu dem Schmied in Hellenfels?

»Naja, nicht direkt zu einem Schmied«, antwortete er mir.

»Stimmt überhaupt irgendetwas von dem, was du uns erzählt hast?«

»Jetzt bin ich ehrlich. Und eigentlich stimmt alles andere. Aber was hätte ich denn tun sollen? In Kronenburg ist es für unsereins so richtig ungemütlich geworden. Ich musste weg von dort! Und dann passierte dieser blöde Unfall. Hellenfels ist die einzige der Baronien, in der Begabte noch nicht gejagt werden. Ich will tatsächlich dorthin!«

Eine Weile schwiegen wir beide, dann fuhr er fort: »Aber, wenn du es genau wissen willst, ich habe einen Onkel, mütterlicherseits. Er lebt in Fernau. Das musste stimmen, als ich es Korvinus sagte, falls er Erkundigungen einzieht. Und dass ich nicht will, dass die Hüter wissen, wo ich hingehe, kannst du vielleicht inzwischen nachvollziehen.«

Ja, das konnte ich. »Du hättest mir das alles schon längst sagen sollen!«

»Wie denn? Versteh doch, so etwas kann man nicht einfach erzählen. Mal abgesehen von den Hütern, schau dir an, wie du gerade selbst reagiert hast. Bislang hat mir das nur Schwierigkeiten gebracht. Es ist besser, wenn es niemand weiß.«

Wahrscheinlich hatte er recht, es war ein Fluch. Anders als meine Probleme mit Malve, aber um keinen Deut besser.

Er tastete nach meiner Hand. »Verehrteste, ich hätte da ein paar Ideen, in Bezug auf deinen Marder ...«, flüsterte er mir ins Ohr. Ich spürte seinen Atem an der Wange – beinahe wie ein Kuss. Ich schloss die Augen und dachte bewusst an nichts. Das war gar nicht so einfach. Leise legte ich mich nach hinten auf die Brücke. Dann öffnete ich meine Augen wieder und sah in den Nachthimmel hinauf.

Er legte sich neben mich. »Danke! Jetzt kann ich wenigstens so tun, als ob ich mir den Sternenhimmel ansehen könnte.«

⌐DER MORGEN DANACH

Alraune warf mir einen schiefen Blick zu. Ich versteckte mein Lächeln hinter der Teetasse. Nicht einmal die Standpauke, dass ich heute verschlafen hatte, trübte meine gute Laune. Sie musterte mich. Obwohl ich nicht aufhören konnte zu gähnen, fühlte ich mich so frei und beschwingt wie schon lange nicht mehr.

Valerian und ich waren erst mitten in der Nacht zu Bett gegangen. Wer weiß, wie spät es ohne das Gewitter geworden wäre, vor dem wir ins Haus flüchten mussten. Es hatte unglaublich gutgetan, endlich mit jemandem über alles zu reden, mit jemandem, der mich nachvollziehen konnte, mich nicht für verrückt hielt. Um genau zu sein, war es gar nicht notwendig gewesen, ihm Einzelheiten zu erzählen. Ich hatte ihm meine Erinnerungen gezeigt und er hatte verstanden. Und so viele gute Ratschläge hatte er gehabt! Zum ersten Mal hatte ich das Gefühl ...

»Hast du mit ihm geschlafen?«

»Was ...?« Meine Wangen wurden heiß. »Nein«, stammelte ich. Was sollte diese blöde Frage?

Selbst wenn es so gewesen wäre, war das ja wohl meine Sache.

»Dass du dich nur ja nicht auf diesen Bengel einlässt. Ich sage dir ...«

»... dem man nicht trauen«, äffte ich sie nach und verdrehte die Augen. Konnte sie nicht endlich damit aufhören?

»Die geheimnisvollen Herzensbrecher ... das sind die allerschlimmsten!«

»Geht es noch ein bisschen lauter?«, zischte ich und zeigte dort hinauf, wo Valerian hoffentlich immer noch schlief.

»Das kann er ruhig hören, dass er die Finger von dir lassen soll!«, polterte sie. »Die Magd, die heute Nacht ihr Kind geboren hat, ist gerade einmal sechzehn Winter alt. Und wie könnte es anders sein, weit und breit kein Vater in Sicht. Pah, ihr jungen Leute ... ihr kennt die alten Mittel nicht mehr, kein Kind zu empfangen. Du Verbena, mit dem Wissen, das ich dich lehre, wirst die schützenden Essenzen hoffentlich anwenden, wenn es soweit ist.«

Alraune ließ sich auf ihre Bettbank fallen. Sie sah erschöpft aus. Am liebsten hätte ich die Augen gerollt. Aber das hätte sicher alles nur noch schlimmer gemacht. »Leg dich hin, ich räume hier auf«, sagte ich stattdessen und griff nach der Pfanne, aus der wir Grießmus gegessen hatten, und trug sie in die Küche. Alles war besser als ein Vortrag über abtötende Essenzen. Dem folgte normalerweise eine Belehrung über austreibende Kräuter bei ungewollter Schwangerschaft und eine Diskussion, warum sich diese Mädchen nicht schon früher an uns wandten. Das brauchte ich jetzt wirklich nicht.

Es regnete immer noch. Auf Kräutersuche musste ich bei diesem Wetter nicht gehen. Also setzte ich mich mit meinem Buch in die Heilerei. Seifenkraut und Sellerie fesselten mich heute nicht. Immer wieder ertappte ich mich dabei, den Regentropfen zuzusehen, die außen an der Fensterscheibe herunterliefen.

»Begib dich in Malves Geist hinein, lerne, ihn zu steuern«, hatte Valerian gesagt. Gestern hatte das so einfach geklungen. Doch jetzt, als ich genauer darüber nachdachte, graute mir. Was, wenn ich nicht mehr zu mir selbst zurückfand? Es war wie in eine dunkle Höhle zu gehen, von der man nicht wusste, ob man jemals wieder den Ausgang fand.

»Willst du nicht wissen, was du alles kannst? Bei mir war das schnell ausgetestet. Gedankenlesen. Aber das hier! Du spürst ihn meilenweit, siehst durch seine Augen ... kannst ihn wahrscheinlich sogar lenken ...« In Valerians Miene leuchtete ein Forschergeist, den ich vorher noch nie gesehen hatte.

Irgendwie lernte ich ihn jeden Tag aufs Neue kennen und jedes Mal war er mitreißender. Diesmal war ich mir aber sicher, dass es der echte Valerian war. Der, der sich nicht verstellte. Er hatte mir das Tor in seiner Mauer geöffnet und mich hineingelassen.

Endlich!

Wohlige Wärme prickelte meinen Nacken entlang. Und da waren auch ein paar Schmetterlinge, die im Bauch herumflatterten.

Sollte sich Alraune doch raushalten, das ging sie wirklich nichts an!

In der Stube knarzte die Treppe. Valerian kam herunter.

Ich musste ihn aufhalten, bevor Alraune wieder aufwachte und noch missmutiger wurde.

Auf der untersten Stufe stellte ich mich ihm entgegen.

Alraune schläft ... hier können wir nicht bleiben! Ich versuchte, ihn wieder hinaufzuschieben.

Er beugte sich zu mir und sagte in mein Ohr: »Nach so einer Nacht kannst du mich nicht einfach verhungern lassen.«

Mutter des Lebens! Wir hatten doch gar nicht ...

Was, wenn Alraune das hörte?

Sei still! Ich nahm seine Hand und zog ihn schleunigst in die Küche. Hinter uns schloss ich leise die Tür. »Bist du wahnsinnig! Sie wird dich hochkant rauswerfen, wenn sie glaubt, dass wir ...«

»Oh.« Valerian prustete los, und ich mit ihm.

Er lachte bemüht leise, aber es schüttelte ihn so herzhaft, dass er mit der Hand gleich wieder seine Seite halten musste. »Au«, stöhnte er und wischte sich grinsend über die Augen. Einen Moment später wurde er wieder ernst.

»Ist mir lieber, sie denkt das. Allemal besser als die Wahrheit.«

Ich seufzte. Immer diese Lügen.

»Gewöhn dich daran, es geht leider nicht anders.« Er lehnte sich an den Küchentresen. »Eine Welt, in der uns die Leute normal behandeln, wird es nicht geben. Aber wenigstens nicht gejagt zu werden, wäre ein Schritt in die richtige Richtung.«

Wie um seinen Unmut zu untermalen, grummelte sein Magen. »Wir hatten Grießmus. Willst du auch eines?«

»Dauert zu lange. Ein Stück Brot mit Butter tut es auch.«

»Mmh, ganz frisch!«, sagte er nach dem ersten Bissen. »Hat Alraune das heute früh aus dem Dorf mitgebracht? Wie war die Geburt?«

Meine Güte, musste er mich ausgerechnet das fragen? Der Gedanke an Verhütung ließ sich nicht vermeiden.

Valerian hob die Augenbrauen und hörte auf zu kauen.

Blut schoss mir in die Wangen. Ich fühlte mich wie eine reife Tomate. Wenigstens konnte er das nicht sehen.

Indessen fanden seine Augen wieder die meinen und er bemühte sich nicht einmal, sein Schmunzeln zu verbergen. »Möchtest du mir das vielleicht erklären?«

Nein, das wollte ich nicht! Aber unweigerlich dachte ich an den Rest von Alraunes Moralpredigt.

»Ah, ja«, sagte er nur und nahm grinsend einen weiteren Bissen.

»Du machst mich fertig!«

»Du wolltest es unbedingt wissen. Und übrigens ...« Er legte sein Brot auf die Seite und kam einen Schritt auf mich zu »... du schuldest mir ein Lächeln.«

Das stimmte wohl.

Er hatte mich an sich herangelassen, nun war es an mir. Ich griff nach seiner Hand und legte sie an meine Wange. Sanft glitten seine Finger über meine Mundwinkel, die ganz von selbst unter seiner Berührung ein Lächeln formten.

»Das habe ich mir gewünscht, seitdem ich damals unterbrochen wurde.« Er ließ sich Zeit, meine Gesichtszüge zu erkunden, fühlte nach der Nase und den Augenbrauen. Gänsehaut rieselte meinen Körper entlang. Seine Hand wanderte weiter hinunter zu meinem Nacken. Dort hielt er inne, berührte mich fester. Bildete ich mir das nur ein, oder war da ein sanfter Druck, der mich zu ihm hinzog? Doch dann gab er mich frei.

»Danke!«, lächelte er, »Ich würde dich so gern sehen können, vergleichen, ob das Bild stimmt, das ich jetzt von dir habe ... Habt ihr einen Spiegel im Haus?«

»Einen Spiegel? Wenn jemand hier in der Gegend einen besitzt, dann der Herr Baron.«

Er seufzte. »Unseren guten Freund Korvinus werden wir dafür wohl nicht besuchen ... schade. Aber ich wollte dich noch etwas anderes fragen. Es gibt da etwas, was ich gern ausprobieren würde.«

Von draußen kam ein Geräusch.

»Alraune hat nicht lange geschlafen«, murmelte ich.

Was das für ihre Laune bedeutete?

Valerian legte den Kopf schief. »Jemand ist an der Haustür.«

Schon hörte ich Alraune rufen. »Verbena!«

Ich trat hinaus in die Stube. Alraune schälte sich aus ihren Decken und deutete verschlafen zur Tür. Kurz wartete ich, bis sie sich ihre Schürze umgebunden und die Haare glattgestrichen hatte. Dann drückte ich die Klinke hinunter.

Draußen stand Wicke. Sie drängte sich an mir vorbei. »Alraune, du musst kommen. Jos geht es nicht gut.«

»Warum kommt er dann nicht her? Er weiß, wo er uns finden kann.«

Wicke verdrehte die Augen. »Weil er sich nicht traut, der Depp!«

Alraune zuckte die Schultern. »Dabei kann ich ihm nicht helfen.«

»Und inzwischen kann er nicht mehr. Er hat Fieber ... hohes! Und es wird immer schlimmer. Ihr müsst gleich kommen. Sonst ist er bald nicht mehr!«

»Hat er Schnupfen und Halsweh?«

Wicke schüttelte den Kopf. »Gunda sagt, dass alles mit einem Splitter in seiner Haut begonnen hat. Das ist bestimmt schon einen Viertelmond her. Dann ist der Finger angeschwollen und inzwischen die ganze Hand ...«

»Wie sieht die Wunde aus?«

»Furchtbar ... also, ehrlich gesagt, weiß ich es nicht ... aber der Verband ist völlig durchtränkt.«

»Bei Escha! Wie kann man nur so dumm sein!« Alraune zog mich mit in die Heilerei. Wicke folgte uns.

»Ich weiß nicht, ob ich ihm noch helfen kann. Mit so etwas ist nicht zu scherzen. Aber ich werde es mir ansehen.« Sie riss die Türen der Kredenz auf, grummelte und warf sie wieder zu. »Wir haben keine Vorräte mehr, nicht einmal den Trank gegen Schmerzen ... Verbena, pack das Werkzeug, die Verbände und die Sachen zum Aderlassen ein. Und den Schnaps, den der Baron frisch hat vorbeibringen lassen.«

Während ich anfing, alles in einen großen Korb zu packen, betrachtete Alraune die Kräuterbüschel an der Decke und die neuen Ansätze beim Fenster. »Wir brauchen etwas Fiebersenkendes, etwas Schmerzstillendes und etwas Reinigendes ... Holunderblüten.« Sie griff nach den Dolden, die neben den Büchern zum Trocknen am Tisch lagen. Dann nahm sie eines der neuen Tongefäße und beutelte die Blüten hinein. »Zu dumm, dass die Ringelblumen noch nicht blühen ...« Sie lief in die Stube. »So ein Glück, ein bisschen von der Salbe ist noch da. Und das Weidenrindenpulver war auch noch in den Laden unter der Stiege. Das haben sie nicht zerstört.« Die Salbe wanderte in den Korb, den ich gerade füllte. Vom Pulver schüttete Alraune etwas zu den Holunderblüten. »So, und jetzt brauchen wir noch Brennnessel.« Sie holte ein Tuch aus der Kredenz und breitete es auf dem Tisch aus. Dann langte sie nach dem Büschel, das wir letzthin an die Decke gehängt hatten und legte es auf das Tuch, um die trockenen Blätter zu zerkleinern. Auch diese füllte sie in das Tongefäß und mischte die Kräuter. Dann griff sie nach dem Korb. »Gehen wir!«

Valerian hatte sich die Augenbinde umgebunden und stand bei der Treppe, die Hände in den Hosentaschen.

Alraunes Blick wanderte zwischen ihm und mir hin und her. Dann entschied sie: »Verbena, du kommst mit!«, und drückte mir den Korb in die Hand.

Sie scheuchte mich und Wicke hinaus. Im Rausgehen sagte sie zu Valerian: »Dass du mir hier nichts durcheinanderbringst!«, und zog die Tür hinter sich ins Schloss.

WIEDERSEHEN MACHT FREUDE

Schweigend gingen wir im Regen den Weg neben dem Bach entlang. Alraune stapfte an der Spitze, Wicke bemühte sich redlich, mit ihr Schritt zu halten, und ich schleppte den schweren Korb hinter ihnen her. Zum Moosbacherhof war es wenigstens nicht weit. Sie waren unsere nächsten Nachbarn am Rande des Dorfs. Vor dem Zaun blieb Alraune stehen und ließ sich das Gatter öffnen. Im Garten rannte Wicke voraus, um an der Haustür zu klopfen.

So als ob Gunda direkt dahinter gewartet hätte, öffnete sich sofort die Tür. Sie begutachtete uns misstrauisch.

»Alraune.«

»Gunda. Zeig mir deinen Mann!«

Wir betraten einen dunklen Gang, in dem uns ein muffiger Geruch entgegenschlug. Eine Mischung aus Stall und ... Ranziger Butter? Saurer Milch? Erbrochenem? Ich hielt den Atem an, doch mit jedem Schritt umhüllte mich die dicke Luft mehr. Wicke war wohlweislich in der Tür stehen geblieben. Selbst im Regen zu warten war besser als dieser Gestank.

Gunda führte uns in die Stube. Auch hier war es finster und der Geruch drängte sich noch weit stärker auf. Mit Mühe unterdrückte ich ein Würgen, wäre am liebsten wieder hinausgelaufen.

Alraune riss die Fensterläden auf.

Auf schnellstem Weg stellte ich mich an eines der Fenster und holte Luft. Licht strömte in den Raum und gab den Blick auf eine holzgetäfelte Stube frei. Sie hatte schon bessere Zeiten gesehen. Auf der Ofenbank regte sich etwas unter einem Haufen von Decken.

»Jos? Alraune ist da.« Gunda hob die vielen Schichten auf einer Seite an. Darunter war der verschwitzte Kopf des Bauern.

Er brauchte einige Zeit, bis er es schaffte, die Augen zu öffnen. Mit glasigem Blick sah er sich um. »Alraune«, murmelte er, als er sie endlich wahrgenommen hatte.

»Sei gegrüßt, Nachbar. Was ist mit deiner Hand?«

Langsam stützte er sich auf einem Ellbogen ab und hievte sich weiter auf sein Polster hinauf. Mit schmerzverzerrtem Gesicht holte er die verletzte Hand unter den Decken hervor. Ein weiterer Schwall des Gestanks schlug uns entgegen.

»Gunda ... Willst du deinen Mann umbringen?« Alraune zog die Decken weg.

Es roch erbärmlich. Ich war dankbar für jeden Windstoß, der durch die offenen Fenster hereinkam. Rot-orange-braune Flecken tränkten die Tücher, mit denen die Hand umwickelt war; die unterste Decke und sein Hemd sahen kaum anders aus.

Die Moosbacherin erbleichte. Sie hauchte ein »Nein«, während sie entsetzt den Kopf schüttelte. Ihr Blick fiel hinunter auf ihre eigenen Hände. Auf unsere Topfenumschläge zu verzichten war keine gute Idee gewesen. Die Gicht hatte ihre Gelenke so anschwellen lassen, als ob sich Kirschen unter ihrer Haut versteckten.

»Dann hol ihm frisches Bettzeug! Und jede Menge sauberer Tücher!«

Sofort packte sie die schmutzigen Sachen und rannte nach draußen. Alraune nahm sich einen Stuhl von der Tischgruppe und setzte sich damit neben die Ofenbank. »Na gut, dann sehen wir uns das einmal an ... Gib mir eine Pinzette!«

Vorsichtig löste sie die Tücher. Jos ächzte vor Schmerz.

»Soll ich das Werkzeug auskochen gehen?«, fragte ich. Dann konnte ich mir diesen Anblick ersparen.

»Bleib. Du musst wissen, wie so etwas aussieht.«

Wohlweislich lehnte ich mich an den Tisch, um nicht wieder umzukippen. Schlecht war mir sowieso schon.

»Komm her, schau es dir genau an!«

Auch das noch. Mit bedächtigen Schritten näherte ich mich der Ofenbank. Die Hand war so angeschwollen, dass Bewegung kaum noch möglich war. Die Spitze des Zeigefingers war eiterig, rundherum dunkelrot mit violetten, fast schwarzen Flecken bis hinauf zum mittleren Gelenk. Der Wundbrand hatte sich tief ins Gewebe gefressen.

In diesem Moment kam Gunda zurück. Verstört starrte sie auf die Hand ihres Mannes. Ihr Mund öffnete und schloss sich wieder. Dann klappten ihre Augenlider nach unten und sie sackte zusammen. Immerhin landete sie weich auf den frischen Decken.

Seine Hand nicht achtend, richtete sich der Moosbacher auf.

Alraune zog eine Grimasse. »Bleib liegen, Jos! Verbena, hilf ihr!«

Ich eilte hin und tätschelte ihre Wange.

Nichts.

»Was macht man mit bewusstlosen Leuten?« Alraunes Stimme war ruhig. Zu ruhig, und zwischen zusammengebissenen Zähnen herausgepresst.

»Beine hochlagern!«

Sie nickte.

Ich griff nach Gundas Fesseln, stemmte ihre Beine in die Höhe.

»Gunda ...? Was ist mit ihr?« Jos hob wieder den Kopf. Er bibberte ohne die Wärme der Decken.

»Blut sehen kann sie keines. Gut zu wissen. Dann soll sie draußen warten, wenn wir den Finger abnehmen.«

»Was ...? Nein!« Die roten Wangen des Bauern verloren alle Farbe. »Du Hexe willst mir meinen Finger abschneiden?«

Alraune ließ den Arm des Moosbachers fallen und stand auf. »Hör mir gut zu!«, zischte sie, »ich bin die, die dein Leben retten kann. Es steht zwischen dir und deinem Finger. Ich bin mir sicher, du spürst das selbst. Also entweder benimmst du dich gebührlich oder ich gehe!«

Nun war der Moosbacher kreidebleich, nickte schnell. »Nein, geh nicht! Es tut mir leid, so leid. Ich sag es nie wieder. Bitte, hilf mir!«, schluchzte er.

Alraune betrachtete ihn mit schmalen Lippen. Verziehen hatte sie ihm die »Hexe« noch nicht, das sah man ihr an. Aber sie holte einen Becher vom Regal an der Wand und füllte ihn mit unserem Schnaps.

Mit zittrigen Fingern griff Jos danach.

Wie konnte sich ein Splitter durch die Hornhäute solcher Arbeitshände bohren? Es musste ein mächtiger Span gewesen sein.

Jos kippte den Schnaps anstandslos hinunter.

Alraune nickte und schenkte ihm nach. »Also, probieren wir das noch einmal. Wenn du weiterleben willst, verabschiede dich von diesem Finger. In den nächsten Tagen werden wir sehen, ob wir den Rest deiner Hand retten können ... und dich als Ganzes. Du hättest nicht so lange warten dürfen.«

Er sank in sein Kissen zurück, schluckte. Eine Weile starrte er ins Leere, dann nickte er und streckte ihr den Becher noch einmal hin.

»Ja, trink. Das wirst du brauchen.«

Inzwischen regte sich Gunda. Sie blinzelte und schlug die Augen auf.

»Bleib noch einen Moment liegen und atme ruhig durch«, sagte ich und legte ihre Beine wieder flach hin. Sie fuhr sich mit ihrer knotigen Hand über das Gesicht, schüttelte sich. »Mutter des Lebens«, murmelte sie und rappelte sich auf.

»Gunda«, wandte Alraune sich an sie, »ich glaube, ein bisschen frische Luft würde dir guttun. Bitte geh mit Wicke ins Dorf und schicke Hederich her. Sag ihm, er soll ein paar von seinen Männern mitbringen. Bei dem Wetter sitzen die sicher alle bei den Drei Linden.«

Mein Magen zog sich zusammen. Hederichs Truppe. Was, wenn Finn hier auftauchte? Ach nein, laut Fria war er in Arnbruck. Der Gedanke erleichterte mich.

Die Moosbacherin stand unschlüssig in der Tür. »Hederich? Wozu ...«

Sie versuchte einen Blick auf die Hand ihres Mannes zu erhaschen, doch dieser hielt den Becher so darüber, dass sie nichts sehen konnte.

»Wicke, hast du gehört?«, rief Alraune beim Fenster hinaus.

Kurz darauf erschien deren Kopf in der Tür. Sie nickte und packte die Moosbacherin am Arm. »Komm, Gunda! Wir gehen auf ein Glas Wein. Ich lade dich ein!«

Alraune hatte mich in die Küche geschickt, um Tee zu kochen und das Werkzeug vorzubereiten. Auch hier stank es entsetzlich – anders als in der Stube, aber um keinen Deut besser. Nachdem ich als erstes die Fensterläden geöffnet hatte, stand ich in der Mitte des Raumes und fragte mich, was schneller ginge: nach Hause in unsere Küche zu laufen oder hier vorher aufzuräumen. Am Tisch und auf den Ablagen stapelten sich Töpfe und Bretter mit Essensresten.

Ob ich jemals wieder das eingelegte Gemüse der Moosbacherin essen würde, nun, da ich wusste, wie es hier aussah? Sie war wohl wegen der Gicht nicht mehr Herrin in ihrer Küche, ihrem Haus, ihrer Ehe. Vor einem Mond, unter Alraunes Behandlung, war das vermutlich noch anders gewesen.

Nun gut, ich blies mir die Stirnfransen aus dem Gesicht und machte Feuer. Erleichtert stellte ich fest, dass es einen Kessel gab, der nur zum Wasserkochen verwendet wurde. Wenigstens den zu putzen blieb mir erspart. Ich holte einen Eimer frisches Wasser von draußen, leerte es größtenteils in den Kessel und verwendete den Rest, um das notwendigste Geschirr zu reinigen. Bis das Wasser kochte, holte ich den Schleifstein aus dem Korb und wetzte das Messer.

»Verbena?«

Meine Nackenhaare stellten sich auf, so heftig, als ob ich Malves Fell hätte. Diese Stimme war mir ähnlich unangenehm wie das Schabgeräusch der Klinge auf dem Schleifstein.

Finn.

War er doch schon wieder zurück?

Ich ließ den Stein sinken. Wenn ich mich nicht umdrehte, konnte ich dann so tun, als ob er nicht da wäre?

»Alraune lässt fragen, wo du bleibst.«

Mist! Es ließ sich nicht vermeiden.

Seufzend wandte ich mich ihm zu. »Und dafür hat sie ausgerechnet dich geschickt!?«

»Ich habe es angeboten, weil ...«, er starrte auf das Messer in meiner Hand, wippte auf den Zehenspitzen, »... weil ich mit dir reden wollte.«

»Jetzt? Nachdem du mich seit einem halben Mond nicht einmal eines Blickes gewürdigt hast?« Ich spürte, wie sich Tränen ihren Weg nach draußen bahnen wollten, wie gekränkt ich immer noch war. Warum hatte er nicht zu mir gehalten? Er hatte mich einfach fallen gelassen, als wir in Ungnade gefallen waren. Nicht ein einziges Mal hatte er mich besucht, um zumindest zu bereden, wie es um uns beide stand!

Er fuhr sich durch die Haare. »Ich war nicht da. Kann ich dir helfen, damit es schneller geht?«

Ich war nicht da!? Das war alles, was er zu sagen hatte?? Ich schluckte die Tränen hinunter. Es war Zeit, ach was, es war schon längst überfällig, die zerbrochene Feder am Misthaufen zu entsorgen.

»Lass mich in Ruhe!« Mit zittrigen Fingern zog ich die Klinge wieder über den Schleifstein ab.

Er presste die Lippen aufeinander und nickte. Für einen Moment sah er vom Messer auf und mich an. Selbst Valerians leere Augen hatten einen wärmeren Blick als diese. Warum war mir das früher nie aufgefallen?

»Alraune meint, du sollst Glut mitbringen.« Dann drehte er sich um und ging.

Ich sackte auf die Bank neben dem Küchentisch. Finn in der Stube! Als ob es hier nicht schon mühsam genug war.

Ein großes Tablett in den Händen, ging ich den Gang entlang zurück zur Stube, setzte einen Fuß vor den anderen. Die Tür kam immer näher. Dass Alraune dem Moosbacher einen Finger abschneiden wollte, erschien mir gerade als das geringere Übel. Mit einer Ecke des Tabletts klopfte ich an.

Hederich öffnete mir. »Sei gegrüßt!« Er nahm mir das Tablett ab und stellte es auf den Tisch, über den Alraune inzwischen Tücher gebreitet hatte. Auch über den Stuhllehnen, auf der Fensterbank und am Boden lag Leinen. Es sah gespenstisch aus. Mittendrin saß Finn hinter dem Tisch, guckte überall hin, nur mich nicht an. Gut so. Seine Haare waren zwischen all dem Weiß der erste rote Fleck, dem zweifelsohne in Kürze noch viele andere folgen würden.

Der Moosbacher lehnte eingehüllt in neue Decken auf der Ofenbank und lallte vor sich hin. Die Schnapsflasche war leer.

Alraune nickte Hederich zu.

Dieser trat vor den Moosbacher. »Komm Jos, ich brauche dich dort drüben beim Tisch.« Er zog den alten Mann hoch und stützte dessen schwankende Schritte, bis er ihn auf einem Stuhl niedersinken ließ.

»Halte ihn auf seinem Platz. Fest. Er wird sich wehren«, wies Alraune ihn an.

Hederichs massive Arme schlangen sich von hinten um Jos Brustkorb und den gesunden Arm, seine rechte Hand ergriff die linke fest am Gelenk und schloss den Ring.

»Gut.« Alraune legte Jos' geschwollene Hand auf den Tisch und griff nach einer Bandage. Diese wickelte sie locker knapp über seinem Ellenbogen um den Oberarm und verknotete sie. Dann führte sie ein Holz ein und drehte zu, bis der Arm abgebunden war. Der Bauer atmete schneller, schnappte nach Luft.

Sofort griff Alraune nach dem Kochlöffel und steckte ihn ihm quer in dem Mund. Schweißperlen bildeten sich auf seiner Stirn, als er zubiss.

»Finn, knie dich auf den Tisch und halte seinen Arm mit all deiner Kraft nach unten, und du, Verbena, arbeitest mir zu.« Sie krempelte sich die Ärmel hoch und atmete tief durch. »Gehen wir es an.«

ᑕDAS LÄCHELN

»Verbena, warte!«

Ich blieb stocksteif stehen.

Auch Alraune hielt an, drehte sich mit hoch erhobenen Augenbrauen zu mir um. Als sie Finn hinter mir sah, warf sie mir einen erstaunten Blick zu.

Zum Kuckuck! Was dachte er sich bloß dabei? Konnte er mich nicht in Ruhe lassen?

Jetzt zu reden, war auch nicht besser als vorhin in der Küche. Aus meiner Sicht gab es nichts mehr zu besprechen. Was ich mir wünschte, war mich zu waschen. Und zwar allein.

»Brauchst du etwas?«, fragte Alraune ihn. »Es war ein langer Tag und wir haben noch zu tun.«

»Nichts Dringendes …«, stammelte er.

»Dann gehab dich wohl!« Sie drehte sich wieder um und ging weiter.

Hatte sie meinen flehentlichen Blick bemerkt? Auch ich nickte ihm kurz zu und lief Alraune hinterher.

Auf der kleinen Brücke zu unserem Haus wartete sie auf mich.

Finns Blick bohrte sich in meinen Rücken. Wie eines seiner Beutetiere fühlte ich mich, wartete auf den Pfeil, mit dem er mich erlegen würde. Ich stellte mich zu Alraune, gab ihr den Becher mit Jos' Blut, und wir baten Escha um Beistand, als der Bach die rote Opfergabe mit sich nahm.

Zum Henker! Finn stand immer noch da.

Erst als er fürchten musste, dass er nicht nur mir, sondern auch Alraune auffiel, wandte er sich endlich ab und ging zurück ins Dorf.

Im Weiher wuschen wir uns Hände und Gesicht. Alraune sah mich erwartungsvoll an.

»Frag nicht!«, warf ich ihr entgegen und wollte ins Haus laufen, um mich umzuziehen.

»Nicht so schnell. Als erstes wird der Korb ausgepackt. Aber hebe dir eines von den blutigen Tüchern auf. Mit dem möchte ich, dass du morgen Früh zum Waldsee gehst und neue Egel fängst.«

Natürlich blieb das an mir hängen. An wem sonst? Ich war hungrig und hatte heute schon mehr als genug Blut gesehen. Meine Güte, freute ich mich darauf, ein eigenes Lehrmädchen zum Herumkommandieren zu haben.

»Ich koche uns derweil etwas«, fügte sie versöhnlich hinzu.

Als ich das Werkzeug gereinigt und in der Heilerei verstaut hatte, ging ich endlich nach oben. Am Treppenabsatz kam mir Valerian entgegen.

»Ihr seid zurück!« Seine Stimme klang erleichtert. »Wie war es?«

»Das willst du nicht wissen …« Doch in meinen Gedanken waren wieder der furchtbare Gestank, der ekelhafte Finger und das grausige Geräusch der Säge, die sich durch den Knochen fraß. Bilder, die ich nicht so bald vergessen würde.

»Mutter des Lebens …!« Valerian war blass geworden. »Ist das ein normaler Tag für dich?«

»Nein, aber hin und wieder kommt so etwas schon vor.« Ich ließ mich mit dem Rücken an die Wand fallen, strich mir die Strähnen aus dem Gesicht. »Wie war es bei dir?«

Er tat die Frage mit einer Handbewegung ab. »Was soll ich schon machen. Ich habe nach einem Bad im Weiher das Haus wiedergefunden.«

»Nicht schlecht!« Unweigerlich klopfte ich ihm auf die Schulter und ließ meine Hand liegen. »Du hast jetzt, und nur jetzt, die außergewöhnliche Gelegenheit, mir beim Wäschewaschen Gesellschaft zu leisten … Bist du dabei?«

»Unbedingt, Verehrteste!« Einer seiner Mundwinkel zog nach oben. »Alles ist besser, als im Dunklen zu sitzen.«

Nach dem Essen holte ich die Wäsche aus dem Kessel hinter dem Haus. Die Sonne war inzwischen untergegangen und mit der Dämmerung war die Müdigkeit gekommen. Valerian folgte mir und machte sich beim Aufhängen nützlich. Er war wohl froh, eine Beschäftigung zu haben.

»Könntest du mir helfen? Ich würde gern etwas ausprobieren«, fragte er zwischen zwei aufgespannten Tüchern hindurch.

»Sicher.«

»Seit ich dir zusehe, wie du in dein Kräuterbuch malst ... Darf ich auch?«

»Du willst zeichnen?« Ich hatte mit vielem gerechnet, damit nicht.

Er nickte. »Wenn ich mir dafür deine Augen ausleihen dürfte?«

Tat er das nicht sowieso schon die ganze Zeit?

Doch lose Papierbögen gab es bei uns keine. Als Alraune in die Lehre gegangen war und damals von ihrer Meisterin das Kräuterbuch zum Abschreiben erhielt, hatte sie noch auf kostbarem Pergament gearbeitet. Mir hatte sie Papier gegeben, denn die Zeiten hatten sich geändert, trotzdem war es immer noch teuer und rar. Himmel! Ob Alraune erlauben würde, dass jemand anders in mein Buch schrieb? Sie hatte es mir letztes Jahr vom Buchbinder aus Arnbruck mitgebracht und mir feierlich zum Geburtstag überreicht. Naja, wenn ich mit dem scharfen Messer hinten eine Seite heraustrennte, fiel es ihr vielleicht nicht auf.

»Bald. Wenn Alraune schläft«, flüsterte ich Valerian zu.

Ein verschwörerisches Grinsen zog über sein Gesicht.

Wir setzten uns ins Gras und warteten.

»Kennst du den Tag deiner Geburt?«, fragte er auf einmal.

Ich sah ihn verwundert an. »Wie meinst du das?«

»Wenn du ein Findelkind bist, woher weiß Alraune den richtigen Tag?«

»Sie hält sich an den Tag, an dem sie mich gefunden hat. Er kann nicht weit entfernt von meinem richtigen Geburtstag sein.«

»Hmm.«

Ich musste nicht Gedankenlesen können, um ihm anzusehen, dass er nachdachte. »Sag schon!«

Er schüttelte den Kopf. »Ich frage mich, ob mir lieber gewesen wäre, meine Eltern nicht zu kennen.«

»Hast du gute Erinnerungen?«

»Natürlich, viele. Vor allem an meine Schwester. Das macht es umso schmerzhafter.«

Nur weil ich eine schöne Kindheit bei Alraune und Rikard genossen hatte, hieß das nicht, dass ich nicht gern gewusst hätte, wer meine Eltern waren, warum sie mich weggegeben hatten.

»Alraune weiß das nicht? Sie hat doch sicher alle Kinder der letzten dreißig Winter hier in der Gegend geboren, alle Schwangerschaften betreut.«

»Sie behauptet, sie habe mich auf der Türschwelle gefunden. Mehr sei dazu nicht zu sagen.«

Wie oft hatte ich versucht, sie danach zu befragen. Aber wenn Alraune sich auf etwas versteifte, hätte es genauso gut in den Sims des Tempels gemeißelt sein können.

Valerian stupste mich mit dem Ellbogen an, holte mich damit aus meinen Gedanken. »He, weise Frau, vielleicht bist ja du von uns beiden die echte Adelige ...«

»Bestimmt!«, lachte ich auf. »Von jetzt an darfst du mich ›Fräulein von Ackerl‹ nennen.«

Alraune schnarchte leise. Auf Zehenspitzen tappten Valerian und ich im Dunkeln durch die Stube und in die Heilerei. Ich schloss die

Tür hinter uns und zündete Kerzen an. Die Bücher lagen offen auf dem Tisch.

Valerian setzte sich. Seine Hände glitten über die Seiten. Melancholisch.

»Stell dich hinter mich, bitte«, bat er leise.

Ich tat, was er verlangte.

»Näher.«

Ich lehnte mich an die Rückenstütze des Stuhls, versuchte trotzdem, ihn nicht zu berühren.

Er lachte auf. »Fräulein von Ackerl, darf ich bitten ... ich brauche Eure Augen so nahe wie möglich bei meinen.« Damit streckte er den Arm nach hinten und fing mich ein, zog mich an sich heran. Seine Wärme durchflutete mich. Ich spürte seine Atemzüge, schloss kurz die Augen, genoss den Moment. Wie lange hatte ich mir das schon gewünscht.

Er saß still. Seine Wange spannte sich. Schmunzelte er schon wieder?

Natürlich, das hatte er gehört! Mal wieder ...

Ich räusperte mich und schaute bewusst auf die linke Buchseite, die ich heute Morgen mit Mühe und Not fertiggestellt hatte.

»Danke!« Er fuhr mit der Hand über die Seite.

Mein Blick folgte der Bewegung.

»Seifenkraut – schleimlösend, harntreibend, abführend«, las er.

Unglaublich, es funktionierte tatsächlich!

»Wo liegt die Feder?«

Ich sah zu ihr und er griff danach.

Ohne sie in die Tinte zu tunken, fuhr er meine Buchstaben nach. »Könnte gehen«, murmelte er. »Welche Seite soll ich machen? Gleich die Angefangene hier?« Er deutete auf die rechte Buchseite, auf die ich oben in krakeliger Schrift gerade einmal »Sellerie« geschrieben hatte, bevor ich heute Morgen in Gedanken versunken war.

»Du willst meine Arbeit machen? Ich dachte, ich trenne eine Seite für dich heraus.«

»Bloß nicht, das arme Buch!«

Ich zögerte. »Alraune wird sicher merken, dass nicht ich das geschrieben habe ...«

Er wandte sich um und grinste mich an. »Vielleicht auch nicht ...«

Mir klangen jetzt schon die Ohren, wenn ich nur an Alraunes Donnerwetter dachte, aber diesem Lächeln war ich hoffnungslos ausgeliefert.

»Vertrau mir«, setzte er nach.

Ich seufzte. Gute Idee war das keine.

Mit dem Finger tippte er auf die Sellerie-Seite in Alraunes Buch. Mein Blick folgte der Bewegung seiner Hand. »Sellerie – blutreinigend, kräftigend, appetitfördernd«, las er.

»Nochmal zum Seifenkraut, bitte ... aha, so machst du ein ›s‹ und so die Schlaufe von einem ›g‹.«

Dann tunkte er die Feder in die Tinte und begann zu schreiben. Geübt führte er den Kiel über das Papier. Geschwungen war seine Schrift, viel flüssiger als die meine. Doch mit jedem Wort, das er schrieb, schauten auch seine Buchstaben krakeliger aus, waren von den meinen nicht mehr zu unterscheiden.

Ich konnte den Blick nicht davon wenden, so gebannt sah ich ihm zu. »Wie machst du das?«

»Ich war Schreiber in Kronenburg.«

Sprachlos richtete ich mich auf. Es war so viel über sein Handelshaus und die Stoffe und teuren Kleider geredet worden, dass ich ihn nie gefragt hatte, was sein Beruf war.

Er drehte sich zu mir. »Der Mann, der mich ... gekauft hat, mein Meister, er war Schreiber. Ich habe es von ihm gelernt.«

»War ...?«

Er nickte, presste die Lippen aufeinander. »Auch ein Gedankenleser ... die Hüter ...« Seine Stimme brach ab.

»Oh, Valerian ...« Ich schlang meine Arme von hinten um seinen Nacken, hielt ihn fest. Was hatte er alles erdulden müssen?

Er lehnte den Kopf an meinen, legte seine Hand auf meine Unterarme, ließ mich gewähren.

Es begann wieder zu regnen, leise klopften die Tropfen gegen das Fenster. Ich hob meinen Blick, sah ihnen zu, wie sie die Scheibe hinunterliefen.

Unvermittelt spannte er sich an, richtete sich auf. Ich wollte ihn loslassen, aber er hielt mich fest.

»Schau wieder zum Fenster!«

Da sah ich mein Spiegelbild, unser Spiegelbild, im Kerzenschein.

»Lächle für mich!«, flüsterte er.

Ich konnte nicht anders, auch wenn mir gerade noch zum Weinen gewesen war.

Wir starrten uns an, lange, und lachten vor Glück.

»Bleib genau so!«

Er blätterte zur letzten Seite des Buchs und tunkte die Feder in die Tinte. Mit nur wenigen Strichen fing er ihn ein, diesen Moment, bannte ihn für ewig aufs Papier.

NEUGIER IST DER SCHLÜSSEL

In den nächsten Tagen regnete es so viel, dass sogar Alraune mit mir Erbarmen hatte und mich nicht zum Waldsee schickte. Die Egel konnten warten. Zu tun gab es genug.

Dadurch, dass die Geschichte um des Moosbachers Finger im Dorf die Runde gemacht hatte, trauten sich die Leute wieder zu uns. Alraune hatte den alten Bauern schließlich gerettet und einige andere trieb die Furcht her, es könnte ihnen ähnlich wie dem Moosbacher ergehen, wenn sie ihre Leiden und Gebrechen verschleppten. Die viel zu lange aufgeschobene Behandlung fanden sie auf einmal ganz dringlich. Sie misstrauten uns immer noch, trotzdem standen sie mitunter sogar Schlange.

Damit blieb kaum Zeit für die Dinge, die mir wichtig waren – das redete ich mir zumindest ein. Valerian beharrte darauf, dass ich üben sollte, mit Malve besser umzugehen, dass ich mich absichtlich in ihn hineinbegeben, ihn steuern lernen musste. Auch wenn er mir versprach, bei mir zu sein, mir notfalls in meinen eigenen Körper zurück zu helfen, schob ich es von Tag zu Tag weiter hinaus.

Auf eine andere Idee Valerians ließ ich mich viel lieber ein. Es war eine Umhängetasche – eine mit doppeltem Boden und einem versteckten Fach für Malve.

Wie ihm das nur eingefallen war ...? Großartig! Genau das, was ich brauchte.

»Habt ihr ein großes Stück Leder oder einen festeren Stoff?«, hatte er mir ins Ohr geflüstert, so dass Alraune uns nicht hörte.

Verschwörerisch hatte ich genickt, denn mir war genau das Richtige eingefallen – Rikards alter Schaffellmantel. Der, den Malve am Dachboden zu seiner Höhle umgebaut hatte.

Alraune war blass geworden, als ich ihr die schäbige, stinkende

Rolle gezeigt hatte. Ich tat vorsichtshalber, als sei die Idee ganz allein auf meinem Mist gewachsen, und machte mir auch gleich noch einen Satz Valerians zu eigen: »Selbst wenn ein Hüter diese Tasche durchsuchen will, wird er das Mistvieh nicht entdecken!«

Das überzeugte Alraune. »Solange Roderik in Spendierlaune ist, kannst du zum Nähen eine der gebogenen Nadeln und das Rosshaar verwenden«, hatte sie sogar angeboten und hinzugefügt: »Wunden nähen solltest du sowieso noch üben.«

Valerian hatte sich während dieses Gesprächs nach draußen verzogen und tat seither so, als wisse er rein gar nichts von irgendeiner Tasche. Das konnte er ja hervorragend, auch wenn ich inzwischen sein kleines, verstecktes Schmunzeln zu deuten wusste.

Nun saßen wir alle um den Tisch in der Stube, vor uns das »Übungsstück«. Valerian starrte mit leeren Augen in die Luft, während Alraune mir an dem alten Fell erklärte, wie ich die Nähte richtig verknüpfte. Damit war meine Tasche sicher die einzige im ganzen Land, die wie bei korrekter Wundversorgung zusammengenäht wurde. Bestimmt würde ich mein Leben lang nie wieder vergessen, wie solche Stiche zu setzen waren. Das Wort »doppelter Boden« fiel natürlich nie. Auf der Seite der Tasche ließen wir beim unteren Fach eine Klappe offen, durch die Malve ein- und ausgehen konnte, während das obere Fach für die Dinge gedacht war, die jeder Hüter sehen durfte.

Alraune beobachtete Valerian und mich seit jenem Morgen auf Schritt und Tritt, beschäftigte mich viel, damit wir nicht auf »dumme Gedanken« kamen. Sie hatte wirklich keine Ahnung.

Valerian wurde immer selbständiger, brauchte mich weniger. Seine Rippen schienen inzwischen verheilt und die Nase war auch wieder in Ordnung. Nur die Kopfschmerzen wollten nicht aufhören, plagten ihn manchmal stärker, manchmal schwächer. Ihn zu führen, verlangte er schon lange nicht mehr. Inzwischen reichte ein Blick von mir auf die Umgebung, damit er ein Bild hatte und wusste, wohin er gehen sollte. Seinen Stock hatte er tatsächlich immer dabei.

Er wurde rastloser, so kam es mir vor, wie ein eingesperrtes Tier, das in einem viel zu kleinen Käfig auf und ab lief. Nur waren es keine Gitterstäbe, die ihn zurückhielten, es war der Wald, in dem er sich allein nicht zurechtfand.

Da waren sie wieder, die Mauern um ihn herum. Dabei sehnte ich mich nach seiner Nähe, vermisste seine Berührung. Wie sehr hatte ich gehofft, dass er sich mir vollends öffnete. Aber er benahm sich eher wie ein großer Bruder.

Gefiel ich ihm nicht?

War ich ihm, dem edlen Kronenburger, nicht gut genug?

Oder waren es die Kopfschmerzen?

Meine Gedanken kreisten ununterbrochen um ihn und ständig musste ich mich bremsen, meine Sehnsüchte zu Ende zu denken. Meistens blieb nur, aufzustehen und allein ein paar Schritte zu gehen, wollte ich diesen Tagträumen nachhängen, ohne dass er sofort spürte, wie ich für ihn empfand. Dennoch war klar, dass er es wusste. Wie sollte ich es auch verbergen? Er las in mir wie in einem offenen Buch. Trotzdem ließ er sich nichts anmerken und ich war mir nicht sicher, ob ich ihn dafür verfluchte oder ihm dankbar war.

Nachmittags hatte ich ihn vom Fenster aus beobachtet, wie er hinter dem Haus den Stock vor seinem Körper kreisen ließ. Gut, dass er damit begann, sich zu ertüchtigen. Er schwang den Stab wie eine Waffe. Es sah nicht so aus, als täte er das zum ersten Mal.

Aber hatte er mir nicht gesagt, er sei ein Schreiber? Seit wann konnten die kämpfen?

Am Abend saßen wir auf der Brücke vor dem Haus und ließen die Beine ins Wasser baumeln. Alraune war schon schlafen gegangen.

Es hatte endlich aufgehört zu regnen. Die Wiese dampfte noch, aber am Himmel waren Sterne zu sehen.

»Du kannst kämpfen?«, fragte ich ihn.

»Du hast mich gesehen?« Valerian fuhr sich durch die Haare, räusperte sich. »Ein bisschen. Mein Meister war der Meinung, dass es nie schadet, sich verteidigen zu können. Hat leider nichts gebracht.« Er deutete auf seine Augen und seufzte.

Ich presste die Lippen aufeinander, legte meine Hand auf die seine.

Nebel stieg vom Bach auf, waberte über die Wiese.

Ruckartig entzog Valerian mir seine Hand, richtete sich auf.

»Schritte«, flüsterte er.

Gänsehaut zog meinen Nacken entlang. Ich spitzte die Ohren. Der Bach gluckerte. Wind rauschte in den Kronen. Im Unterholz knackte und knisterte es. Ich vernahm nichts Außergewöhnliches.

War da jemand?

Valerian hörte inzwischen sicher viel besser als ich.

Er schüttelte den Kopf. »Bilde ich es mir nur ein? Es ist wie damals ...«

Wie in der Nacht des Überfalls, nahe der Nebelschlucht?

»Gehen wir hinein?«

Er nickte.

Im Haus schoben wir den Riegel vor und schlichen an Alraune vorbei und die Stiege hinauf. Bevor er in sein Zimmer abbog, griff ich nach seiner Hand, drehte ihn zu mir. »Erinnerst du dich wieder an den Angriff?«

Er lehnte sich an die Wand, dachte nach. »Weiß nicht ... manchmal, wenn ich draußen bin, höre ich Schritte, leises Knacken am Waldboden. Dann fühle ich mich, als ob ich wieder dort wäre. Vielleicht ist das die Erinnerung.«

»Schritte von wie vielen?«

»Von einem ... einem Mann.«

»Wie sah er aus?«

Er zuckte die Achseln. »Es war dunkel, aber ... aber er roch erbärmlich. So, als hätte er sich seit Monden nicht gewaschen.«

»Das muss er sein, der Räuber, der dich niederschlug!«

»Ja, das denke ich auch.« Valerian lachte erleichtert auf.

Wir standen weiter im dunklen Gang herum, wollten noch nicht schlafen gehen.

»Fräulein von Ackerl, ist heute die Nacht der Nächte?«

Ich sah zu ihm auf. Meinte er ...? Kein Kopfweh, keine Mauern mehr?

Er räusperte sich. Seine Stimme war trotzdem rau. »Ich meine, dass du das Mistvieh zähmst.«

Furcht und Abwehr regten sich, wenn ich nur daran dachte.

»Du musst ihn kontrollieren können. Je schneller du es lernst, umso besser!«

Er hatte ja recht ... aber wenn ich wieder ohnmächtig wurde?

»Dann leg dich irgendwo bequem hin, bevor du anfängst.«

»Du machst mich fertig! Hast du für alles eine Lösung?«

»Um deine Ausreden auszuhebeln, auf jeden Fall!«

Ich zog ein Gesicht. Wo sollte ich mich hinlegen? Eigentlich blieb nur eine Möglichkeit – mein Bett ...

»Ich setze mich neben dir auf den Boden, werde dein Anker sein«, bot Valerian an.

Ich räusperte mich. Was würde Alraune sagen, wenn sie uns so sah? Aber ewig vor mir herschieben konnte ich es nicht.

In meiner Kammer zündete ich einige Kerzen an.

Das Fenster stand offen. Es wehte eine angenehme Brise herein. Valerian ließ sich am Boden nieder, wartete.

Ich kam mir so komisch vor, mich vor ihm ins Bett zu legen.

»Verehrteste ... ich kann dich nicht sehen.«

»Ach ja.« Er sah alles andere, nur mich nicht.

Unbehaglich legte ich mich hin, starrte an die Decke. »Ich weiß nicht einmal, wie ich anfangen soll.«

Er suchte nach meiner Hand. »Entspann dich und denk an Malve.«

Ich schloss die Augen, fühlte nach dem Marder. Er war vor dem Haus, nicht weit von mir. Unwillkürlich zog ich meine Gedanken zurück. Das hatte ich mir angewöhnt. Nur nicht an ihn denken, bevor ich gleich wieder in ihn hineingezogen wurde, in den ungünstigsten Momenten.

»Trau dich!«, raunte Valerian mir ins Ohr.

Ich atmete tief durch, suchte nach der Verbindung, der Fährte der Geborgenheit. In Gedanken malte ich einen rötlichen Schimmer, beginnend bei meinem Herzen, durch das Fenster hinaus bis hinunter zum Ufer des Sees. Dort war er und trank vom Wasser. Ich verknüpfte das Band, schickte ihm all meine Wärme.

Was Valerian wohl davon hielt? Ich schlug die Augen auf, fühlte mich so zugegen in meiner Kammer, dass alles andere unwirklich erschien.

Valerian wehrte ab. »Spielt keine Rolle, was ich denke. Wichtig ist, wie es dir am besten gelingt. Versuch es noch einmal!«

Ich nickte, drückte seine Hand fester.

Er erwiderte den Griff. »Ich halte dich«, flüsterte er.

Ein weiteres Mal schloss ich die Augen, suchte nach der Fährte. Das schimmernde Band war blasser als zuvor. Wiederum flocht ich all meine Wärme hinein, wünschte mir, Malve nahe zu sein. Die Verbindung änderte sich, war nun kein Band mehr, eher ein Tunnel. Ich spürte einen Sog. Es gab keinen Halt mehr. Plötzlich war ich in ihm, hatte kleine Tatzen und huschte über die Wiese.

Er hielt auf einen Baum zu, kletterte leichtfüßig den Stamm hinauf. In seinem Maul lief das Wasser zusammen und ich schmeckte die Vorahnung von rohen Eiern auf meiner Zunge.

Konnte dieser Marder nur ans Fressen denken? Er hatte doch nicht etwa vor, eines der Vogelnester auszurauben? Fast erstaun-

lich, dass er bislang nie auf die Idee gekommen war, unsere Speisekammer zu plündern.

Er hielt inne, kehrte um und lief wieder zum Haus.

Meine Güte, hatte er das gehört? Das Bild des Eierkorbs in meinen Gedanken gesehen? Was gab ich ihm nur für Ideen ...

Malve, halt! Der Wald ist dein Zuhause.

Er ließ sich nicht bremsen, schnüffelte am Fensterladen der
Speisekammer, obwohl ich das überhaupt nicht wollte. Die Luke
war wenigstens von innen verschlossen, zum Glück!

Mit einer jähen Drehung fuhr Malve herum, lauschte – keine
Ahnung warum. Ich spitzte mit ihm die Ohren, hörte Geräusche,
die ich nie zuvor wahrgenommen hatte.

Da war etwas am fernen Ufer des Weihers.

Doch die Speisekammer war gleich wieder interessanter. Er
scharrte am Fensterladen, wollte unbedingt zu den Eiern. Am
liebsten hätte ich mir mit der kleinen Pfote ans Hirn gegriffen.

Malve, lass das!

Natürlich verstand er mich nicht – oder nahm absichtlich keine
Notiz von mir. Wie konnte ich ihn davon abbringen, ihn zurück in
den Wald locken? Es wäre doch viel spannender herauszufinden,
was sich dort drüben im Gebüsch herumtrieb, so nahe an unserem
Haus. Ein Wildschwein? Ein Reh?

Kurz wandte er seinen Blick dorthin, woher das Knacken ge-
kommen war. Da war etwas, ganz sicher. Ein Ast an einem der
Bäume schwankte. Ein kletterndes Tier? Von stattlicher Größe?
Was war das?

Schon wieder der Geschmack von Dotter auf der Zunge.

*Bei Mavanja, Malve, du verfressenes Mistvieh! Ich schenk dir
nachher ein Ei. Aber jetzt sehen wir uns das an, ja?*

Nichts.

Dabei war ich so neugierig!

Malve sprang vom Fensterbrett, lief einige zaghafte Sprünge

über die Wiese. Diesen Körper zu steuern, davon war ich noch weit entfernt ... aber er hatte auf mich reagiert. War Neugier der Schlüssel?

Eingehend dachte ich an die Stelle dort vorn im Baum. Was war dort? Warum schwankte der Ast? Es war das Rätsel des Abends, die Herausforderung dieser Nacht.

Malves Hinterläufe zuckten. Aha ... auch er konnte es nun kaum erwarten.

Lauf, schau es dir an!

Da rannte er los, über die Wiese und den nächstbesten Baum hinauf. In den Wipfeln sprang er von Ast zu Ast, war im Nu ...

Mutter des Lebens!

Da saß jemand.

Malve hielt inne.

Die Gestalt sah zu unserem Haus hinüber ... in mein Zimmer hinein, genau zu meinem Bett!

Meine Güte, ich lag dort – still wie eine Tote!

Eine Kleinigkeit und ich war geliefert ...

Der Mann reckte den Kopf.

Ich schwankte zwischen Empörung und Entsetzen. Wer war das? Einer der Hüter?

Malve fletschte die Zähne. Ein gutturales Knurren bahnte sich den Weg aus seiner Brust. Ich ließ ihn walten.

Gut so, verteidige meine Ehre und dein Revier!

Der Mann drehte sich um.

Finn?!

Hatte er sie noch alle? Was erlaubte er sich??

Unbändige Wut stieg in mir auf.

Malve fauchte, stürmte auf ihn zu.

Finn ließ sich fallen, schrammte den Stamm entlang hinunter, stürzte zu Boden.

Ihm nach!

Malve verbiss sich in seinem Gewand.

Finn jaulte auf, riss sich los, schleuderte das wilde Tier gegen einen Baum. Doch mein Marder landete gewandt am Stamm, sprang herab und wieder auf ihn zu, drohte ihm mit buschigem Schwanz.

Finn rappelte sich auf, knickte ein, humpelte so schnell wie möglich davon.

Sollte er doch verschwinden, der Depp! Ich wollte ihn nie wieder sehen.

ZWIEBELTRÄNEN

Valerian stand vom Frühstückstisch auf. »Ich komme mit!«, verkündete er, nachdem ich ihm gesagt hatte, dass ich zum Waldsee ging.

»Und diesmal lässt du mich nicht in der Wiese sitzen. Ich will auch ...«, nun flüsterte er, »... zu dieser Eberesche.«

Am Weg legte er mir die Hand auf die Schulter und folgte mir – mit Stock und verbundenen Augen, versteht sich. Die neue Tasche hing an meiner Hüfte, und in ihr schlief Malve schon seit dem Morgen in seinem wolligen Fach.

Alles aufgeräumt, so wie es sich gehörte – zumindest hofften wir, dass es den Leuten, denen wir begegneten, so erschien.

Der Schreck von gestern saß mir tief in den Knochen. Was ging in Finns Kopf vor, dass er überhaupt auf die Idee kam, mich auszukundschaften? Eifersucht? Gekränkter männlicher Stolz? Oder tat er es aus kalter Neugier, war ein Spitzel der Hüter? Mich fröstelte jedes Mal, wenn ich daran dachte. Hatte es für ihn »nur« so ausgesehen, als ob Valerian und ich uns nähergekommen waren, oder hatte er wahrgenommen, dass wir noch viel Verboteneres taten?

»Wenn ich in seiner Nähe wäre, könnte ich es feststellen«, flüsterte Valerian.

»Bloß nicht! Mit dem will ich nichts mehr zu tun haben!«, zischte ich.

»Vielleicht am Mavanjafest?«

Ich sah verwundert zu ihm auf. »Dachte, du wolltest dort nicht hingehen.«

»Schon ... aber ich möchte wissen, ob ich in einer Menschenmenge zurechtkomme.«

»Dann siehst du doch sicher viel mehr.«

Er verzog das Gesicht. »Nicht unbedingt. Das kann schnell zu verwirrend werden.«

Beim Waldsee zog ich das Gefäß für die Egel aus der Tasche. Darin war das Tuch, in das sich das Blut des Moosbachers gesogen hatte. Ich tunkte es ins Wasser und beschwerte es mit einem Stein. Nun hieß es warten, bis die Egel den Köder rochen.

»Können wir es wagen?«

»Niemand da, oder?«

Wir stapften durch die Wiese. Sie war immer noch feucht vom Regen der letzten Tage. Ich sah zur Eberesche am Waldrand.

Mutter des Lebens! In die hohe Erle, die hinter der Eberesche gestanden hatte, hatte ein Blitz eingeschlagen. Ihr Stamm war zersplittert, der halbe Baum auf seine Nachbarn gefallen, hatte dabei Laub und Zweige mitgerissen.

Jeder wusste, dass man Ebereschen nicht schnitt. Umso mehr weh tat es, auch ihre Äste am Boden verstreut liegen zu sehen.

»Alvar hat es nicht leicht dieser Tage«, murmelte Valerian.

»Möchtest du trotzdem?«

»Wird sich der Baum erholen?«

Ich zog einen gebrochenen Ast der Erle aus der Krone der Eberesche. »Denke schon.«

»Kommt jemand?«

Suchend wandte ich mich wieder um. »Sehe niemanden.«

»Dann schnell!« Valerian fuhr sich durch die Haare, riss eines der längeren ab, hielt es vor sich hin. Er grummelte. »Zum Henker, nicht einmal die einfachsten Dinge ... Hilf mir, bitte!«

Ich griff danach.

»Nein, das muss ich selbst tun. Leih mir nur deine Augen, bitte.«

Ein Lächeln schlich sich auf mein Gesicht. Ohne ihn hätte ich es gestern nicht mehr in meinen Körper zurückgeschafft. Jetzt kam er nicht weiter ohne mich. Ich schaute auf einen Ast direkt vor ihm. »Ist der gut?«

Er nickte.

Aber wenn uns jemand sah? Hin- und hergerissen wandte ich meinen Blick einmal hierhin, einmal dorthin.

»Verbena, so kann ich nicht ...«

»Entschuldige.«

Bemüht ruhig stand ich nun da, sah auf den Ast, lauschte, hoffte inständig, dass niemand aus dem Wald kam.

Während er das Haar verknotete, bewegten sich seine Lippen, doch er sprach nicht laut.

Er kannte den Spruch! Was murmelte er?

Als er fertig war, drehte er sich zu mir und flüsterte: »Danke.«

»Wie hast du gebetet?«

Er lehnte sich zu mir, raunte in mein Ohr: »Alvar, ich bitte dich, ...«

Kaum hatte er angefangen, hörte ich Leute. Ich fuhr herum.

Valerian verstummte.

Sie kamen aus den Bergen, Sigurd und einige andere Holzfäller.

»Ho, Verbena!«

»Seid gegrüßt!«

Mist! Was sagte ich ihnen jetzt? »Die Erle hat wohl der Blitz getroffen, oder?«

Sigurd kaute auf einem Grashalm, nickte anerkennend. »Das kann man wohl sagen! Was macht ihr da? Geht lieber weg von hier, bevor noch mehr Äste herunterfallen.«

»Ich hätte gern Holz zum Schnitzen«, sagte Valerian. Sein Ellenbogen stupste mich an.

»Du ... willst schnitzen?« Er erntete nur ungläubige Blicke.

»Schaut seinen Stab an, wenn ihr es nicht glaubt!«, versuchte ich, Valerian zu helfen.

Sie kamen näher, begutachteten die Muster mit hochgezogenen Augenbrauen.

In der Zwischenzeit hob ich einen der dickeren Zweige auf, die es von der Eberesche heruntergebrochen hatte, und riss die Blätter davon ab.

Sigurd klopfte Valerian auf die Schulter, so dass er fast vornüberfiel. »Nicht schlecht, mein Junge, weiter so!«

»Gehabt euch wohl! Muss nach meinem Egelköder sehen«, sagte ich und zog Valerian mit mir, den Ast in der Hand. Unter den Augen der anderen blieb mir gerade nichts anderes übrig, als den riesigen Prügel vorerst mitzuschleppen.

Am Ufer warteten wir, bis die Holzfäller weitergezogen waren. Dann warf ich den Ast ins Gras.

Valerian tastete danach. »Warte! Gebrochenes Ebereschenholz ... weißt du nicht, wie wertvoll das für unsereins ist?«

»Und wie gefährlich ...?«

»Auch, aber das ist es wert!«

Die Tür der Heilerei stand weit offen, davor eine Schubkarre. Von drinnen waren Stimmen zu hören.

Abrupt blieb ich stehen, warf den Ast der Eberesche ins Gebüsch. Den konnten wir später holen.

»Was ist?«, fragte Valerian.

»Jemand ist gebracht worden, der nicht selbst gehen kann.« Das verhieß nichts Gutes.

Ich lugte in die Heilerei. Hederich stand mit dem Rücken zur Tür und sprach mit Alraune. Dahinter saß jemand am Tisch. Auf Zehenspitzen wagte ich einen Blick über Hederichs Schulter.

Finn.

In mir schnürte sich alles zusammen.

»Verbena!«, rief Alraune, »gut, dass du zurück bist. Ich hab da wen für dich!«

Meine Güte, konnte sie so etwas nicht ein einziges Mal ohne mich machen?

»Komme sofort, muss ablegen!«

Malve mit in die Heilerei hineinzunehmen, kam nicht in Frage. Ihn musste ich jetzt so verstauen, dass er seelenruhig weiterschlief. Ich nahm den Weg durch die Stube und brachte die Tasche schnell in meine Kammer hinauf.

Valerian wartete unten, bereit, mir zu folgen.

Bleib!, sagte ich ihm in Gedanken.

»Nie im Leben. Das ist die Gelegenheit!«, flüsterte er und schob mich durch die Tür.

Ich fühlte mich, als ob ich eine Pflaume verschluckt hätte.

Finn sah zu mir auf, lächelte mich schüchtern an. Doch als er Valerian hinter mir erblickte, verhärteten sich seine Gesichtszüge.

»Was ist passiert?«, fragte ich so unschuldig wie möglich.

»Der junge Mann ist gestürzt«, verkündete Alraune.

Finns Kopf verschwand zwischen den Schultern. Sieh an, sieh an, war ihm sein Streich gestern auf dem Baum nachträglich peinlich?

Alraune griff nach seinem Fuß und streckte ihn mir entgegen.
»Komm her. Sag mir, verstaucht oder gebrochen?«

»Wie gestürzt?«

Na ja, vielleicht machte es doch ein bisschen Spaß, ihn genauer auszufragen und zuzusehen, wie er sich wand. Die Wahrheit traute er sich sicher nicht zu sagen.

Er rutschte am Tisch hin und her, biss sich auf die Unterlippe. »Ein tollwütiger Marder hat mich angegriffen. Ich musste fliehen. Bin von der Leiter des Hochstands abgerutscht.«

»Mitten in der Nacht ist er erst ins Dorf zurückgekommen«, fügte Hederich hinzu.

»Weil ich so lange gebraucht habe, vom Waldsee nach Hause.«

Ich sah ihn mit hochgezogenen Augenbrauen an.

»Wirklich!«, beharrte er.

»Warum bist du dann nicht gleich zu uns gekommen?«, fragte Alraune.

»Dachte, das wird wieder. Wollte euch nicht stören«, murmelte er vor sich hin.

Alraune drückte mir seinen Fuß in die Hand. Der Knöchel war geschwollen und blau von einem riesigen Bluterguss. Die Drachenzahn-Essenz zu verwenden, kam wohl nicht mehr in Frage.

Ich seufzte. Bestimmt hatte Alraune sowieso schon alles geprüft.

Finn sah mich leidend an, wusste offenbar, was auf ihn zukam.

Ich hockte mich hin, hob seinen Fuß neben mein Ohr, drehte das Gelenk sanft.

Finn verkrampfte, biss die Zähne zusammen.

Kein Mitleid, mein Herr! Nicht für diese Schandtat ...

»Ich höre nichts«, sagte ich zu Alraune. »Kannst du auftreten?«, wandte ich mich Finn zu.

»Nicht so richtig.«

»Was jetzt? Ja oder nein? Steh auf!«

Meine Güte, ich hörte mich schon so an wie Alraune.

Er rutschte vom Tisch, belastete nur das andere Bein. Langsam setzte er den Fuß auf, stöhnte.

»Verstaucht, würde ich sagen.«

Alraune nickte. »Wie behandelst du?«

»Arnika, Beinwell, Zwiebeln ...«

»Sehr gut. Wie man so einen Verband macht, weißt du.« Damit ging sie mit Hederich nach draußen.

Ich schluckte meinen Unmut. Ohne Finn anzusehen, sagte ich: »Setz dich wieder auf den Tisch, ich hole die Sachen.«

Valerian folgte mir in die Küche.

»Und?«, fragte ich, sobald uns niemand hören konnte.

Er grinste mich an, tat sich sichtlich schwer, nicht laut loszuprusten. »Nicht tollwütig, aber liebestoll.« Erleichtert fügte er hinzu: »Mit den Hütern steckt er nicht unter einer Decke.«

Ich holte Zwiebeln aus der Speisekammer und knallte die Tür zu.

Valerian wich vorsichtshalber einen Schritt zur Seite, ließ mich vorbeirauschen. Wieder in die Heilerei zurückzugehen war das Letzte, wonach mir der Sinn stand. Dass Finn nicht mit den Hütern arbeitete, war gut, aber trotzdem ging all das zu weit.

»Zwiebel ... wirklich? Kannst du nicht Arnika oder Beinwell verwenden?« Finn rutschte auf der Tischplatte weg von mir, als ich die Zwiebel neben ihm zu schneiden begann.

Verwöhnter Bengel!

»Wenn die Hüter irgendetwas in diesem Haus ganz gelassen hätten, könnte ich das vielleicht, aber so nicht!«, fuhr ich ihn an. Extra eine Beinwellwurzel für ihn auszugraben, kam nicht in Frage. Sollte sein Fuß doch stinken für die nächsten Tage. Geschah ihm recht!

Die Zwiebel stieg mir in die Nase, machte meine Augen feucht. Ich wischte mir mit dem Ärmel über das Gesicht.

»Verbena, es tut mir so leid! Ich …« Auch er schniefte.

Ich funkelte ihn an. Glaubte er etwa, dass ich weinte? Wegen ihm?

»… ich hätte dich nicht so behandeln dürfen, hätte zu dir stehen sollen. Ich … ich vermisse dich. Vergib mir!«

Waren ihm gerade wirklich die Tränen gekommen? Mutter des Lebens, lass es die Zwiebel sein! Bitte.

Was sollte ich ihm darauf antworten? Ich duckte mich, verschwand in der Kredenz, um nach Verbänden zu suchen.

»Leg die Ferse auf die Tischplatte«, sagte ich schroff.

Er gehorchte und sah mir zu, wie ich die Zwiebelscheiben auf seinem Rist verteilte und um den Knöchel herum unter den Verband schob.

»Wird das wieder bis zum Mavanjafest?«

Ich legte den Kopf schief, dachte nach. »Etwas mehr als einen Viertelmond hast du noch. Wenn du den Fuß hoch lagerst, für die nächsten Tage zwei Mal täglich die Zwiebeln im Verband erneuerst, vielleicht.«

⌐DAS MAVANJAFEST

Valerian stand neben mir, mitten in der Menge auf dem Dorfplatz. Vor uns auf den Stufen des Tempels schritt Korvinus auf und ab, schwang einmal wieder eine Rede.

»Ich sage euch, nun fehlt zwischen Arnbruck und Fernau schon die zweite Kutsche auf der Landstraße – beide sind spurlos verschwunden, nur manche von den Pferden hat man herrenlos eingefangen. Das ist bereits der dritte Überfall ganz in unserer Nähe! Sicher handelt es sich um Anschläge einer Gruppe von Begabten ...«

Dabei ließ er seinen Blick über das Publikum schweifen, verweilte kurz bei Alraune und suchte weiter, so lange, bis er mich entdeckte. Für einen Moment erstarrte sein Gesicht zur Fratze.

Ich krieg dich noch, sagte dieser Blick und mir gefror das Blut in den Adern.

Dann fuhr er fort: »Seid vorsichtig dort draußen im Wald, ihr guten Bürger, denen ist alles zuzutrauen!«

Valerian ballte die Fäuste um seinen Stab. Weiß kamen die Knöchel zum Vorschein.

Ich trat von einem Bein auf das andere, versuchte mein Frösteln loszuwerden. Korvinus wollte mich erinnern – die Rechnung war noch offen. Nur ein kleiner Fehltritt und er wäre zur Stelle.

Warf er uns jetzt schon in einen Topf mit den Straßenräubern? Und waren die eine Gruppe von Begabten?! Woher wollten die Hüter das wissen? Sie hatten die Räuberbande doch nicht gefasst, oder? Valerian erinnerte sich nur an eine Person. Wie sollte ein stinkender Einsiedler ganze Kutschen verschwinden lassen? Das passte alles nicht zusammen. Und überhaupt, ob nun ein Einzelner oder eine Bande, nichts besagte, dass wir es mit Begabten zu tun hatten.

Mir schien, Seine Hochgeboren Korvinus hatte nichts Besseres zu tun, als das Blaue vom Himmel herunter zu lügen und Sündenböcke an den Pranger zu stellen, die nichts mit diesen Überfällen zu tun hatten, vielmehr deren Opfer waren. Konnte er nicht stattdessen seinen Bruder Ulrik vorbeischicken? Der hätte das Fest eröffnet und sich selbst ins Getümmel geworfen.

Der Segen Mavanjas war schon lange gesprochen. Pater Guntram hatte uns wie jedes Jahr würdig durch die Zeremonie geführt.

Wir alle warteten nur noch darauf, dass das Fest endlich begann. Was stolzierte dieser aufgeblasene Widerling noch herum, verbreitete eine Unwahrheit nach der anderen, während hinter uns das Essen duftete?

Ich konnte ihm nicht mehr zuhören, die Worte nicht mehr aufnehmen. Ein tiefes Grollen stieg in mir auf – eines, wie Malve es sonst hören ließ.

Gerade noch bremste ich mich. Bloß nicht an ihn denken! Als wir gegangen waren, hatte er eingewickelt in meine Decke geschlafen und durfte nun um keinen Preis geweckt werden.

Ich hatte mich so auf dieses Fest gefreut, hatte gehofft, dass endlich wieder alles ganz normal war, ich mich fallen lassen, einfach Spaß haben konnte – so wie es vor wenigen Wochen noch gewesen war.

Ich betrachtete die Leute rundum. Korvinus Verleumdung zeigte Wirkung. Totenstill war es im Publikum. Alraune stand schräg vor uns, aschfahl im Gesicht. Fria war beim Eingang des Gasthofs, neben ihr Ludek und … Finn.

Unsere Blicke trafen sich. Er beobachtete mich schon wieder.

Zum Henker, starrten mich heute alle an!? Was wollte er noch? Spätestens nach der Sache im Baum hatte er bei mir verspielt. Ich sah zurück, so eindringlich und eisig ich nur konnte.

Irgendwann wandte er sich ab.

Gut so! All das musste ein Ende haben.

Die Lähmung der Menge löste sich. Ihr Applaus riss mich aus den Gedanken. Wenigstens war Korvinus Rede nun vorbei!

Er schwang sich auf sein Pferd und ritt davon.

Die Leute strömten, so als ob nichts gewesen wäre, zu den Ständen und Tischen, die um die Bäume am Dorfplatz aufgebaut waren.

Valerian stand weiterhin still, die Lippen aufeinandergepresst, den Stab fest umklammernd.

Deine Erinnerung! Wir sollten sie den Hütern mitteilen, dachte ich in seine Richtung.

Er reagierte nicht.

Ich berührte ihn am Arm, flüsterte ihm das Gleiche noch einmal ins Ohr.

»Mit Korvinus reden? Nur über meine Leiche.« Er hielt sich an mir fest.

Schwankte er?

»Was ist mit dir? Soll ich dich nach Hause bringen?«

Er schüttelte den Kopf. »Wir müssen bleiben, zumindest eine Zeit lang.«

So tun, als ob uns das alles hier nach dieser Rede noch Spaß machte? Ich schlang meine Arme um mich, wollte eigentlich nur gehen.

»Verbena!« Fria lief auf uns zu. »Seid gegrüßt!«

Mit ihrem Lächeln ging die Sonne auf.

»Fria?«, fragte Valerian. Dieser Blinde spielte seine Rolle gut.

Sie hängte sich bei ihm ein, strahlte ihn an. »Hast du schon einmal herzhafte Seggenseer Krapfen gegessen? Wir haben wochenlang Teig gerollt. Du musst sie unbedingt kosten!«

Valerian schnupperte in die Luft. »Ist es das, was man hier so riecht? Führ mich hin!« Woher nahm er nur diese gespielte Fröhlichkeit? War er nicht nur Schreiber und Kämpfer, sondern auch noch Schausteller? Er machte so manchem Gaukler Konkurrenz.

Schon zog Fria ihn zu dem Stand. Die beiden verschwanden im Getümmel.

Mir blieb die Luft weg, wie schnell er plötzlich fort war, mich einfach zurückgelassen hatte. Die vielen Wochen, die Geheimnisse, von denen ich dachte, sie hätten uns aneinander geschweißt ... bedeuteten die ihm nichts? War Gleichgültigkeit der Grund, warum er mir immer auswich? Wenn er Fria mehr mochte, hätte er das längst sagen können.

Unverhofft stand meine Freundin wieder vor mir. »Wo bleibst du denn? Willst du keine Krapfen? Und überhaupt ... du und ich, wir müssen Reifentreiben, so wie jedes Jahr!«

Ich lächelte sie dankbar an.

Sie nahm auch mich an der Hand und zog mich zu einem der Tische. Valerian saß dort eingepfercht zwischen den Leuten, einen riesigen Teller Krapfen und drei Becher Met vor sich. Er war vornübergebeugt, stützte die Stirn in die Hände. Wir drängten uns dazu.

»Verbena?«, fragte er, wandte den Kopf in alle Richtungen, streckte seine Hand zaghaft aus.

Was war mit ihm los?

Ich setzte mich neben ihn.

Er tastete nach meiner Schulter. »Verbena ... bist du das?«

»Ja, geht es dir nicht gut?«

Er zog mich zu sich heran, atmete schnell. »Mutter des Lebens, da bist du ... lass mich nicht allein.«

Fria sah uns verwundert an.

Ich warf ihr einen möglichst unschuldigen Blick zu, doch diesmal waren es meine Wangen, die sich rosa färbten.

In Gedanken fragte ich Valerian: *Ist alles in Ordnung mit dir?*

Er antwortete nicht.

Hörte er mich nicht?

»Alles in Ordnung?«, flüsterte ich ihm zu.

»Zu viele Leute ...« Er ließ den Kopf wieder in seine Hände sinken, rieb sich über die Augenbinde.

War er nun tatsächlich blind? Meine Güte, er spielte es gar nicht ...

»Soll ich dich doch nach Hause bringen?«

Er richtete sich wieder auf, streckte den Rücken durch. »Wenn du da bist, geht es.« Ein erleichtertes Lächeln umspielte seine Mundwinkel.

Fria setzte sich auf die Bank gegenüber. Sie sah uns erstaunt an, machte aber keine Bemerkung – ganz gegen ihre Gewohnheit. »Direkt vor euch stehen die Krapfen! Greift doch endlich zu, bevor sie kalt werden!«, sagte sie stattdessen.

Mir war nicht nach essen, aber ich wollte sie nicht enttäuschen. Also nahm ich mir einen Krapfen. Valerian tastete die Tischplatte entlang, griff ebenfalls zu, als er die Speise fand.

Er leckte sich die Finger. »Mmm. Womit sind sie gefüllt?«

»Kartoffeln, Käse und Schnittlauch. In Schmalz ausgebacken.«

Während des Essens entspannte er sich. »Beschreibt mir, was ihr seht.«

Diesen Wunsch hatte er schon lange nicht mehr geäußert.

Fria holte Luft. »Rund um dich herum stehen viele Tische. Sie sind vollbesetzt, die Wirtin wird sich freuen. Wir haben heute Morgen die gesamte Stube ausgeräumt. Mavanja sei Dank, dass es nicht regnet! Weiter drüben gibt es noch andere Stände für Bratwürste und Honigkuchen, aber wer will schon dieses Zeug, wenn man Krapfen haben kann!«, kicherte sie. »Nach den Wettbewerben werden hinten beim Tempel die Musikanten spielen. Verbena, darf ich mir Valerian für einen Tanz ausleihen?«

Ich verschluckte mich, hustete. Wieso fragte sie mich das? Sah es für sie so aus, als ob wir ein Paar wären? Später ... ich unterbrach mich – Valerian saß neben mir, war vielleicht wieder Herr seiner Kräfte, lauschte vielleicht wieder mit.

Ach, zum Henker mit ihm! Sollte er es doch ruhig hören! Er war es ja, der mich nicht wollte. Später, wenn ich mit Fria allein war, würde ich ihr sagen, dass sie ihn haben konnte ... leider.

Valerian erstarrte.

Auch ich zuckte zusammen.

Er hatte meine Gedanken gehört.

Egal! Dieser Eiertanz war nicht mehr auszuhalten. Legten wir die Karten doch auf den Tisch. Er wollte mich nicht. Mir hatte er schließlich noch nicht einmal von den Tänzen in Kronenburg erzählt. Ich erwiderte Frias Blick, zuckte auf ihre Frage hin so unbekümmert wie möglich mit den Schultern, auch wenn es mich innerlich zerriss.

»Natürlich, nur zu!«

»Ich ... ich kann nicht, so gern ich würde ... mit euch beiden tanzen«, stammelte er, deutete auf die Augenbinde.

Unter dem Tisch legte er seine Hand auf die meine, umschloss meine Finger.

Was tat er da? Jetzt auf einmal? Ich wollte meine Hand wegziehen, konnte aber nicht.

»Aber wir haben doch ausgemacht, dass ich dich führe! Du schaffst das schon!«, beharrte Fria.

»Es tut mir leid, aber ... zwischen so vielen Leuten ... das schaffe ich nicht.« Seine Stimme klang, als ob er es wirklich bedauerte.

»Wie schade.« Fria schmollte.

»Die Wettbewerbe beginnen in kurzer Zeit! Wer beim Bogenschießen zusehen will, soll zur Wiese vor dem Aschweidenhof kommen!«, dröhnte Hederichs Stimme über den Dorfplatz.

»Wettbewerbe?«

»Nichts Großartiges, Tjost haben wir hier keine, aber Bogenschießen, Ringen, Nüsse kullern, Fladen knabbern, ... und Verbena und ich müssen zum Reifentreiben. Das ist unsere persönliche Tradition. Die letzten drei Jahre hat sie gewonnen. Das kann ich so nicht auf mir sitzen lassen!«

»Ist das so, Fräulein von Ackerl? Bist du die Königin der Reifentreiberinnen?«

Oh, nein ... Ich warf ihm einen schiefen Blick zu.

»Fräulein von Ackerl!?« Fria prustete los. »So nennt er dich? Das muss ich mir merken!«

»Geh schon, du musst deinen Ruf verteidigen!«, stupste Valerian mich an.

»Den hast du gerade endgültig ruiniert …«, schubste ich ihn zurück und konnte nicht mehr anders, als mitzulachen.

Wir standen auf. Valerian ließ mich nicht los, legte seine Hand auf meine Schulter, bevor ich auch nur einen Schritt tun konnte.

Kannst du nicht durch die Augen aller sehen?, fragte ich ihn.

Er presste die Lippen aufeinander, schüttelte den Kopf. »Mein Schädel zerspringt, wenn ich es versuche …«, raunte er mir ins Ohr. Seine Fingerkuppen krallten sich in meine Schulter.

Ich legte meine Hand auf die seine, hoffte, dass ihn das beruhigte. Langsam setzte ich mich in Bewegung, so dass er folgen konnte. Ich wühlte mich durch die Menge, Valerian dicht hinter mir, und suchte den Weg mit den wenigsten Leuten.

Bei der Postkutschenstation, gegenüber dem Aschweidenhof, war der Bogenschießplatz aufgebaut. Fria zog uns zu der Menschentraube, die dort dem Wettbewerb zusah.

»Warte!«, sagte ich zu ihr und führte Valerian zu einer Hausmauer der Station. Dort stieg das Gelände an und wir – also ich – konnte dem Treiben abseits der Leute gut zusehen.

Valerian wirkte erleichtert.

Fria, die gern mittendrin war, schien hin und hergerissen, stellte sich aber dann doch zu uns. »Weißt du, was komisch ist? Ich habe Ulrik heuer noch nicht gesehen.«

Ich ließ meinen Blick über die Leute gleiten, fand ihn auch nicht. »Lässt der Baron ihn wegen der gebrochenen Nase vom letzten Jahr nicht mehr kommen …?«

»Ach, das hätte den doch nicht aufgehalten«, lachte Fria.

Was mir allerdings aus der Menge entgegenleuchtete, war ein roter Haarschopf. In mir verkrampfte sich wieder alles. Natürlich war er hier, stand zwischen den anderen Teilnehmern, den Langbogen gespannt.

»Und los!«, rief Hederich.

Pfeile flogen auf die Scheiben zu. Danach stapften alle über das Feld, um gemeinsam die erste von drei Runden auszuzählen. Finn hinkte ihnen hinterher.

»Er sollte sich noch schonen«, sagte ich zu Fria.

»Habe ich ihm auch gesagt. Er war sauer genug, dass er beim Ringen nicht antreten kann, aber das Bogenschießen lässt er sich nicht nehmen.«

»Diese Runde geht an Gunar!«, verkündete Hederich. Zwei Runden später war klar, dass Finn seinen Titel vom letzten Jahr nicht halten konnte.

Fria lehnte sich zu mir. »Ich sehe schon kommen, wer sich heute wieder betrinken wird.«

Ich verzog das Gesicht und nickte. Wenn ich etwas an Finn wirklich nicht vermisste, dann das.

Die Schießscheiben wurden für den nächsten Wettkampf beiseite geräumt.

»Bei uns gibt es jetzt eine kurze Pause, bis wir für das ›Fladen knabbern‹ aufgebaut haben«, rief Hederich. »Aber kein Grund für Langeweile, derweil finden das Reifentreiben und das Stelzenwettrennen auf der Straße statt!«

Ich sah zu Valerian auf.

Er hatte den Kopf rücklings an die Mauer gelegt.

»Geht's wieder?«

Er nickte. »Geh ruhig, ich warte hier auf dich.« Damit setzte er sich vor der Mauer in die Wiese, lehnte sich an und legte seinen Stock quer über die Beine.

»Bis gleich!«, rief Fria. Sie nahm mich bei der Hand und wir liefen gemeinsam die wenigen Schritte zur Straße zurück. Dort teilte Pater Guntram Reifen und Stöcke aus. Wir schnappten uns welche und warteten auf die Aufstellung.

Fria berührte mich am Arm. »Du und Valerian, ja? Also doch ...«

Ich wusste nicht, was ich sagen sollte. »Nein«, brachte ich gerade einmal heraus.

»Ach was, man sieht euch doch an, wie verliebt ihr seid!«

Ich seufzte. »Er braucht mich nur, um sich zurechtzufinden. Glaube eher, dem sind wir hier alle nicht gut genug.«

Sie warf mir einen schiefen Blick zu. »Willst du mir erklären, da läuft nichts?«

Ich hob die Schultern, schüttelte unschuldig den Kopf. Bestimmt sah sie mir an, wie enttäuscht ich war. »Tut mir leid, wenn es für dich so ausgesehen hat ... nimm ihn dir, mich will er nicht ...«

Sie lachte, winkte ab. »Ist wohl genauso aussichtslos, wie Ulrik zu bekommen. Aber so wie ihr zwei ... das verstehe ich nicht.«

Ich verstand es auch nicht und ich hatte es satt, mich nach ihm zu verzehren. Vielleicht hatte Alraune recht, dass wir für ihn eine Lösung jenseits der Heilerei finden mussten, doch konnte ich mir unser Haus ohne ihn nicht mehr vorstellen.

»Macht euch bereit!«, rief Pater Guntram. Er zeichnete mit einem Stock eine Linie quer über die Straße. »Ziel ist das hintere Ende des Aschweidenhofs.«

Fria zwinkerte mir zu. »Dieses Jahr krieg ich dich, Fräulein von Ackerl!«

Wir stellten unsere Reifen auf und hielten die Hölzer bereit.

Pater Guntram zählte. »Drei ... zwei ... eins!«

Ich schob den Reifen an, ließ ihn laufen, rannte neben ihm her, trieb ihn an, zwischen all den anderen. Um mich herum kicherte und kullerte es und ich war mittendrin, so dabei wie schon lange nicht mehr. Ich schob alles andere beiseite – es gab nur noch den Reifen und mich und die Fröhlichkeit rundum.

An den Seiten standen die Leute, jubelten uns zu.

Fria war vor mir.

Schneller!

Ein Stein. Mein Reifen schlingerte. Schleunigst richtete ich die Bahn, trieb ihn von neuem an. Er rollte neben Frias Rockzipfel.

Zum Henker, heuer war sie flott!

Ich legte einen Zahn zu.

Das Ziel kam näher. Die Reifen rollten nebeneinander.

Ich flog über die Ziellinie, lief beinahe in die Zuschauer hinein.

»Unglaublich, zur selben Zeit! Fria und Verbena waren gleich schnell. Gratulation an die beiden!«, verkündete Hederich.

Der Applaus schwappte über uns. Lachend fielen wir uns in die Arme, keuchten, bis wir wieder zu Atem kamen.

Unser Rückweg war voller Frohsinn, wir lachten immer wieder aufs Neue. Mein Blick fiel auf die Postkutschenstation. Valerian saß noch dort an die Wand gelehnt.

Die Leute drängten sich wieder um die Straße, wo sich jetzt die Stelzenläufer in Position brachten.

»Macht die Bahn frei, es geht gleich los!«, mahnte Pater Guntram.

»Elender Hurenknecht!«, rief jemand weiter hinten. Finns Stimme?

Mutter des Lebens!

Wir wühlten uns durch die Zuseher. Vor uns auf der Wiese standen sie – Finn und Ludek. Sie kreisten Valerian ein. Dieser rappelte sich auf, hielt den Stab schützend vor sich, wandte den Kopf hin und her.

»Ich mach dich fertig!«, plärrte Finn. Er duckte sich etwas, bereit, Valerian anzuspringen. Daneben stand Ludek, in enger Ringerhose, mit freiem Oberkörper. Er wippte auf den Zehenballen, schüttelte die Arme aus, klatschte eine Faust in die andere Hand.

Fassungslos starrte ich sie an.

Auf einmal ging es schnell. Finn rammte seine Faust in Valerians Bauch.

Hätte Valerian das nicht erahnen können? Warum wich er nicht aus? Er krümmte sich vor Schmerz, zog den Stab viel zu spät vor sich hinunter, um Finn abzuwehren. Dabei traf er – ich musste zweimal hinsehen – mit dem emporschnellenden hinteren Ende des Stocks Ludek genau zwischen den Beinen.

Der jaulte auf, hielt sich den Schritt, torkelte zur Seite.

Was für ein unglaublicher ... Zufall!?

»Ludek!«, rief Fria.

Auch andere Leute drehten sich nun um.

»Ein Kampf!«

»Obacht!«

»Gegen einen Blinden?«

»Was zum Henker ...?«

Valerian richtete sich ächzend auf. Finn holte wieder aus, traf Valerian am Kiefer. Der stolperte zurück, ging zu Boden, stieß mit dem Rücken gegen die Wand.

Jetzt reichte es! »Finn, hör auf!«, schrie ich.

Doch er setzte zum nächsten Schlag an.

Oh nein, nicht auf die Nase!

Im letzten Moment rutschte Valerian weiter nach unten, entwich dem Schlag.

Finns Faust donnerte gegen die Wand. Blutig zog er sie zurück, trat auf Valerian ein.

Ich lief auf Finn zu, stieß ihn weg. »Wie kannst du nur! Er ist BLIND!!«

Blöde, sinnlose Eifersucht! Sie hatte alles zerstört. Ich ließ meiner Wut freien Lauf, schubste ihn ein weiteres Mal, so fest, dass er auf der Wiese landete.

Nun folgten die Leute, kamen auf uns zu gerannt. Pater Guntram hielt Finn zurück, jemand anderes wollte mich von hinten packen, doch ich machte klar, dass das nicht notwendig war. Finn war es nicht wert.

Ich drehte mich um und lief zu Valerian, landete vor ihm auf den Knien. Seine Lippe blutete. »Wie geht es dir?«

»Nicht so schlimm.« Trotzdem stöhnte er, als ich ihm aufhalf.

Fria stolperte zu Ludek, der sich auf der Wiese krümmte. »Das war es dann wohl mit Ringen für heute. Meine Güte, ihr seid alle Hohlbirnen«, fauchte sie.

»Genau«, schloss ich mich ihr an. »Das war unter jeder Würde!« Ich legte mir Valerians Arm um die Schulter, um ihm nach Hause zu helfen. Finn warf ich einen letzten vernichtenden Blick zu.

GESPITZTE OHREN

Valerian fuhr sich über die blutige Lippe, verschmierte dadurch das Rot noch mehr. Ich zog ihn mit mir, aus dem Dorf hinaus, zurück zur Heilerei. Die Sonne stand tief. Nicht mehr lange und die Musik würde zu spielen beginnen – den Pfauenreigen und was sonst noch alles in Mode war. Tänze, die ich jetzt nicht einmal von fern sehen würde.

Valerian grinste – so gut es eben ging.

»Was, bitte, findest du lustig?«

»Hast du es nicht gesehen? Der Stab hat sich echt ausgezahlt.« Er hielt ihn vor sich hin. »Mit zweien kann ich es immer noch aufnehmen!«

»Und wie ich das gesehen habe. Grün und blau hast du dich schlagen lassen.«

»Als Blinder vor Publikum – welche Wahl blieb mir? Der Punkt ist, ich hätte es gekonnt ... ich hätte sie fertig machen können. Alle beide! Nicht nur den Ringer, danach Finn erst recht.«

Ich schwieg. Was sollte ich darauf auch antworten?

»Du weißt, dass ich es wegen dir abbekommen habe?« Er lächelte immer noch schelmisch.

Natürlich wusste ich das. Aber machte es einen Unterschied? »Dann hättest du Finn gleich sagen können, dass er sich die Mühe nicht zu machen braucht.«

Er setzte an, doch blieb dann stumm.

Wie ich das hasste ... jedes Mal dasselbe!

Eine Weile gingen wir schweigend nebeneinander her, bogen beim Moosbacherhof auf den Weg zur Heilerei ein.

»Du musst Korvinus mitteilen, dass du dich erinnerst.«

»Das geht nicht, sagte ich doch schon.«

»Dann hast du die nächste Kutsche auf dem Gewissen. Wenn du es nicht machst, tu ich es!« Auch wenn sich mir allein schon bei dem Gedanken daran der Magen umdrehte.

Ruckartig wandte Valerian sich mir zu, hielt mich am Arm fest. »Mach das ja nicht! Dann sind wir beide in Kronenburg im Kerker und Alraune noch dazu.«

Ich schluckte. So hatte ich ihn noch nie erlebt.

Er atmete heftig. »Entschuldige, das wollte ich nicht. Es ist nur ...« Er stockte kurz. »... So wie Korvinus heute gesprochen hat ...«

»Ist doch klar, dass das alles gelogen war!«

»Nicht nur. Ist dir aufgefallen, wie nervös er war?«

Nein, das war es mir nicht. Wie konnte ein Blinder ...?

Er brummte. »Habe es auch nicht gesehen. Es war in seiner Stimme. Ich sage dir, er weiß mehr, als er preisgibt.«

Bei allen guten Geistern!

Aber wenn Korvinus wusste, wer die Schuld an diesen Überfällen trug, hätte er sich doch sicher damit gebrüstet. Schob er all das nur auf die Begabten, um die Hetze der Hüter zu stärken?

Oder, noch viel schlimmer, wetterte er zu Recht gegen unsereins?

Wir überquerten die Brücke. Ich sperrte auf, sah wie gewohnt zur Schwelle hinunter, damit Valerian nicht darüber stolperte.

Er zog mich in die Heilerei hinein, ließ die Tür hinter uns ins Schloss fallen. Im Haus war es schon dunkel, nur ein wenig Restlicht kam noch durch das Fenster herein. Valerian streifte die Augenbinde ab und suchte meinen Blick.

»Finden wir es heraus!«

In seinen Augen war dieser Forschergeist, der mir den Boden unter den Füßen wegzog.

»Und wie?«

Da war es wieder, das schelmische Lächeln ... und ich schmolz dahin.

Schnell sah ich weg, egal wohin, nur nicht in diese Augen.

»Verbena.« Er tastete nach meiner Schulter, den Hals entlang hinauf, bis er mein Kinn fand, drückte es sanft nach oben, suchte wieder meinen Blick.

Wie für einen Kuss ...

»Du hast das Mistvieh inzwischen gut im Griff. Es ist Zeit für einen Ausflug!«

Ernsthaft?

Ich trat einen Schritt zurück. Erst ließ er es knistern und mich dann ins Leere laufen? Nur damit er bekam, was er wollte. War das seine Masche? Ich war schon zu oft darauf hineingefallen, hatte genug von dem Gerede von meinem Lächeln, der Ankündigung der »Nacht der Nächte«, all diesen innigen Momenten ... und dann gab er mir doch nur wieder eine Aufgabe statt einen Kuss?!

Ich schluckte – schluckte so viel hinunter.

Er wusste, was ich empfand, las es ständig in meinen Gedanken und tat nichts, nicht einmal dann, wenn ich ihn darauf ansprach.

Rasend machte mich das! Nur mühsam fand ich wieder zu dem zurück, was er gerade gesagt hatte.

»Wie bitte?« Wovon sprach er da?

»Wir gehen Korvinus besuchen, aber ohne an seine Tür zu klopfen. Komm!«

Auf was hatte ich mich da eingelassen?

Wir standen am Waldrand und sahen über eine Wiese zur Burg Seggensee hinauf. Der Mond ging auf und tauchte sie in einen blau-grauen Schimmer. Allein ihr Anblick ließ mich frösteln. Erhaben war sie in den Felsen des Mannsschorff gebaut, thronte über dem Dorf, daneben glitzerte die Oberfläche des Seggensees unter dem wolkenlosen Sternenhimmel.

Was für eine Nacht, um Feste zu feiern. Auch im Dorf unten war das Mavanja-Fest voll im Gange.

Ich hatte Valerian auf Feldwegen hierhergeführt, einen weiten Bogen um Spelzendorf und Seggensee gemacht. Wir hatten niemanden getroffen. Es waren ja alle auf den Festen – alle außer mir. Wie üblich.

Malve turnte über uns durch die Baumkronen, keckerte aufgeregt. Spürte er schon, dass es heute Nacht ein Abenteuer geben würde?

»Schau nochmal zur Burg hinauf«, bat Valerian.

Der Bergfried war dunkel, aber im Wohngebäude daneben ...

»Genau, hinter einem dieser hellen Fenster – dort könnte er sein.«

Korvinus.

Sofort sah ich sie wieder vor mir, diese eisblauen Augen.

»Weiß nicht, hinter welchem«, murmelte ich. Alraune hatte mich nie hierher mitgenommen, obwohl sie dem Baron oft Hausbesuche abstattete. In die Gepflogenheiten derer von Seggensee hatte ich nicht den geringsten Einblick, wusste nur, dass sie mit

Ausnahme von Ulrik nie an den Festen in den Dörfern teilnahmen.

»Dann ist er wenigstens ziemlich sicher zu Hause.« Valerian schmunzelte. »Komm schon, gehen wir es an!«

Ich suchte nach einem Platz, an dem ich mich hinlegen konnte. Ein Stück weiter im Wald fand ich eine moosige Mulde.

Valerian setzte sich neben mich und nahm die Augenbinde ab. Er tastete nach meiner Hand, lächelte mich an. »Bist du bereit?«

»Was, wenn Malve ihn nicht findet?«

»Du wirst ihn finden.« Er drückte meine Finger.

Ich schloss die Augen. Im Nu war der Tunnel da und ich befand mich in Malves kleinem Körper. Wie schnell das inzwischen ging!

Wendig lief ich einen Ast entlang, tiefer in den Wald hinein. Falsche Richtung!

Ich dachte an die Burg, wie spannend es dort war und was es alles zu entdecken gab. Bestimmt hatten sie eine riesige Speisekammer ... eine, in der die besten Schinken hingen und ein Korb voller Eier stand.

Malves spitze kleine Nase hob sich, schnüffelte, suchte nach der Fährte, die zu all diesen Köstlichkeiten führte und schon war ich in Bewegung, lief Richtung Burg.

Da roch ich noch eine andere Fährte, die der Geborgenheit. Das warme Band war so stark, dass es beinahe greifbar vor mir in der Luft schwebte. Ich folgte ihm, fand meinen eigenen Körper am Waldboden liegend. Daneben saß Valerian, hielt meine Hand. Auch sein Duft – Johannisbeer und Steinpilz – verwob sich mit der Fährte. Mir war nach einem Lächeln, doch das konnte Malve nicht.

Auch Valerian lächelte, für einen Moment. Dann presste er die Lippen aufeinander, drehte sich weg, so dass ich sein Gesicht nicht sehen konnte. »Lauf zur Burg!«, flüsterte er, die Stimme rau.

Was war mit ihm? Sein Geruch war auf einmal anders, salziger, strenger. Ich lief in Malves Körper um ihn herum, sah ihm in die Augen.

Er wischte sich über die Wange. »Lauf!«, wiederholte er, »wir müssen wissen, was los ist.«

Hatte er geweint? Er, der nie Gefühle zeigte? Wie konnte ich ihn jetzt allein lassen? Was verlangte er da von mir?

»Finde Korvinus. Bitte! So hilfst du mir am meisten.«

Ich riss mich zusammen, wandte mich ab, zwang mich, an Schinken zu denken und an Würste, vielleicht fand sich sogar ein Huhn, und all das hinter den hohen Mauern, die in einiger Entfernung vor uns aufragten. Ich zeichnete die Fährte der Köstlichkeiten – auch wenn sie gerade salzig schmeckte – wand sie über die Wiese, durch eine Gruppe von Bäumen, die Burgmauern hinauf. In Malves Maul lief das Wasser zusammen und seine Beine rannten, so schnell sie konnten.

Am Fuße des Burgbergs standen einige Bäume. Ich kletterte einen Stamm hinauf, sprang hoch oben in den Kronen von Ast zu Ast.

Plötzlich war ein ohrenbetäubendes Kreischen und Krakeelen um mich her. Ein Schwarm Krähen flatterte aufgeschreckt auf. In hohem Bogen sprang ich durch die Blätter hinüber auf einen Felsvorsprung. Vor mir ragten Felsen und Burgmauer in den Himmel empor, schwindelnd hoch.

Die Krähen kreisten krächzend über den Bäumen, suchten neue Schlafplätze.

Meine Güte, waren wir schon hoch oben …

Bloß nicht nach unten sehen!, dachte ich. Eine überflüssige Angst. Mein Marderkörper setzte unbeirrt den Weg fort, kletterte die groben Steine der Burgmauer hinauf, krallte sich von einem Brocken zum nächsten.

Aus dem Augenwinkel sah ich weit oben an der Mauer eine Bewegung. Ein Licht ging aus … nein, es stand jemand im Fenster, schaute heraus.

Mutter des Lebens!

Ich duckte mich an die Mauer, hoffte, in den Schatten zu verschwinden.

Die Person zog sich zurück.

Vorsichtig setzte ich meinen Weg fort, kam zu der Stelle, lugte über den Sims. Das Fenster stand offen. Wie freundlich!

Drinnen knisterte ein Feuer. Jemand ging auf und ab.

»Setz dich wieder!« Die Stimme des Barons rasselte.

Ob sie uns am Sims entdeckten? Ewig würden mich Malves Pfoten nicht an der steilen Wand halten. Vorsichtig schob ich den Kopf über den Rand. Der Raum, in den ich sah, war mindestens so groß wie unser gesamtes Haus. Hinten im offenen Kamin loderten frische Scheite. Davor saßen der Baron, Karlotta und ihr Angetrauter, der Edle von Fernau, in gepolsterten Sesseln. Korvinus setzte sich an den Rand eines Lehnstuhls, die Ellenbogen auf den Knien abgestützt, seufzte er in seine Hände hinein. Dann richtete er sich auf und sah den Baron an. »Ich kann hier nicht untätig sitzen. Mein Bruder ist abgängig!«

Ulrik? Wie das?

Leise kroch ich auf den Sims und versteckte mich hinter dem Fensterladen.

»Beruhige dich! Zwei Tage zu spät aus Kronenburg zurückzukehren, ist nicht ungewöhnlich. Es ist ein weiter Weg.«

»Es ist etwas passiert, da bin ich mir sicher! Er wäre garantiert pünktlich zurückgekommen.«

»Wegen des Festes, meinst du? Hör doch auf! Er weiß, dass er sich nicht unter das Volk mischen soll.«

Karlotta schnaubte. »Als ob ihn das jemals abgehalten hätte.«

Ihr Mann nickte betont, die beiden warfen sich einen wissenden Blick zu.

»Was, wenn seine Kutsche genauso verschwunden ist wie die anderen?«

»Das käme dir und deiner Hetze wohl zupass, dass dein eigener Bruder Opfer von ›Begabten‹ wäre«, spuckte der Baron ihm entgegen. »Bei Mavanja, hast du mit diesem Wahn nicht schon genug Schaden angerichtet? Fang lieber endlich die Räuberbande!« Er strich über den Kopf des Jagdhundes, der neben seinem Sessel saß.

Ein Hund! Was, wenn er Malve roch?

»Karlotta, sei so freundlich und bring mir noch etwas zu essen, solange die Aufwärterin nicht da ist!«

Sie stand auf und verschwand nach hinten, während Korvinus dem Baron nicht das letzte Wort überlassen wollte.

»Gut, Herr Vater, morgen werde ich den Narren noch einmal befragen. Vielleicht ist dem inzwischen wieder etwas zu seinen Angreifern eingefallen.«

»Den Narren? Welchen Narren? Was redest du da!«

»Den Blinden aus der Heilerei.« Korvinus ließ sich gegen die Lehne des Sessels fallen. Er klopfte die Fingerkuppen aneinander, dachte nach. »Der kommt mir so bekannt vor ...«

»Na, von dem teuren Laden in Kronenburg ... «

Korvinus schüttelte den Kopf.

»Danke, meine Liebe!« Der Baron griff nach dem Teller, den ihm seine Tochter reichte. Der Geruch von Schweinsbraten stieg mir in die Nase. Wasser lief mir im Maul zusammen. Malve brummte vor Verlangen ...

Der Hund richtete sich auf, knurrte.

»Was war das?«

»Eine Ratte, am Fenster!«, schrie Karlotta.

Mutter des Lebens, weg hier!

Ich blickte nach unten ... besser nicht! ... hetzte die Mauer nach oben.

Bellen, Schritte, hysterisches Gezeter.

Ich schlüpfte in den Dachstuhl, rannte die Balken entlang. Mein

Herz schlug bis zum Hals. Hoffentlich hatte mich sonst niemand gesehen, mich niemand als Marder erkannt.

Tut mir leid, Malve, das wird nichts mit der Belohnung hier. Zum Trost dachte ich an die Eier in meiner Tasche, die ich extra dafür mitgenommen hatte.

Er grummelte, setzte sich aber wieder in Bewegung.

Auf der anderen Seite des Gebäudes fand ich einen niedrigeren Anbau, sprang auf das Dach und lief zur Burgmauer hinunter.

Im Hof rannte ein Trupp von Dienern vorbei, ins Haupthaus hinein.

Ich hielt still. Sobald sie weg waren, wagte ich einen Blick die Burgmauer hinunter. Hier war es nicht so tief wie auf der Talseite. Trotzdem wurde mir schwindelig, wenn ich nur daran dachte, diese Mauer hinunterzuklettern. Ich lief auf den Zinnen hin und her, konnte mich nicht überwinden.

»Mach schon!«, flüsterte Valerian.

Bei Alvar, hatte ich seine Stimme wahrgenommen? Ich hörte durch meine Ohren, während ich in Malves Körper war!

»Verbena? Mach schnell!« Ich spürte den Griff seiner Hand.

Erleichterung durchströmte mich. Wenn ich sogleich in meinen Körper zurückkehrte, musste ich nicht mehr diese schreckliche Mauer runter.

Trotzdem konnte ich Malve nicht allein lassen.

»Versuch's durchs Burgtor.« Valerians Stimme war dringlich.

Schnell wieselte ich die Treppe des Wehrgangs hinunter in den Hof, kroch hinter eine Regentonne, lugte um die Ecke. Zwei Wachen lehnten gelangweilt im Torbogen.

»Lock sie weg, lege eine Finte.«

Wie kam er nur immer auf solche Ideen? War ich wirklich so behütet, dass mir so etwas nicht selbst einfiel?

Auf einem Fenstersims standen einige Blumentöpfe. Die Köchin würde mir gleich böse sein ... Auf leisen Tatzen huschte ich über den Hof und sprang hinauf, schnupperte an den Kräutern. Thymian, Rosmarin, Dost, Liebstöckel, ... Dille – die mochte ich noch nie. Ich drängte meinen schmalen Körper dahinter und schob den Topf so lange an, bis er krachend zu Boden fiel. Schnell drückte ich mich in die Schatten, schlich der Mauer entlang zum Tor.

Die beiden Wächter kamen näher, traten in den Hof, betrachteten die Scherben.

»Bei Mavanja, diese elende Katze! Der wievielte Topf ist das jetzt schon?«

»Mich reißt es jedes Mal wieder ... blödes Vieh!«

Und ich huschte hinter ihnen in die Freiheit.

Wie das Leben fließt

Ich setzte mich auf, schüttelte die Trance ab.

Malve stand neben mir, legte mir die Pfote auf die Hand.

»Gut gemacht, natürlich bekommst du deine Belohnung!« Ich strich ihm über den Kopf und holte die Eier aus der Tasche.

Valerian half mir aufzustehen. Er strich sich über das Gesicht. Selbst im fahlen Licht der Laterne sah ich, wie blass er war.

»Ich ... muss weg, heute noch!«

In mir schnürte sich alles zusammen, wurde so eng, dass ich kaum noch atmen konnte. »Wegen Korvinus?«

Valerian nickte. »Wenn er mich erkennt, seid auch ihr dran! Alraune und du. Das kann ich nicht verantworten.«

Was redete er da?

»Verstehst du nicht? Mein Meister … die Hüter … in Kronenburg …
sie suchen auch mich! Und ich komme nicht weg hier … verfluchter
Wald!« Er ging zwischen den Bäumen auf und ab, raufte sich die
Haare, war wieder das eingesperrte Tier.

»Sonst wärst du schon längst gegangen?« Warum sprach ich
diesen Satz überhaupt aus? Ich wusste die Antwort, wollte sie
nicht hören.

»Keine Frage. Ihr seid in Gefahr, wegen mir. Und ich muss weiter, dringend. Habe schon zu viel Zeit verloren, nur weil ich – verdammt noch einmal – nichts mehr sehe.« Er schlug mit der Faust
gegen den nächstbesten Stamm.

»Ich begleite dich.« *Alles liegen und stehen lassen würde ich für*
dich.

Es war so schnell ausgesprochen, so klar.

Er trat an mich heran, legte seine Hand an meine Wange, presste die Lippen aufeinander. Seine Stimme war heiser, als er sprach.
»Verbena, das geht nicht.«

»Warum nicht? Alles geht, wenn man will.«

»Du hast keine Ahnung, auf was du dich einlässt.«

»Dann sag es mir – endlich!«

Er trat von einem Bein auf das andere, zögerte. »Wenn du mit
mir gehst, bist du genauso flüchtig wie ich. Den Weg von Kronenburg hierher bin ich zu Fuß gegangen, im Wald, neben der Landstraße her, nur damit man mich nicht sieht, mich niemand erkennt. Ich muss wichtige Dinge tun, habe sie schon viel zu lange
hinausgezögert. Du hast ein Leben hier. Denk an Alraune. Wenn
du morgen nicht in der Heilerei bist, muss sie das verantworten,
und Korvinus wird nicht gnädig sein.«

»Was für Dinge?«

Er seufzte. »Je weniger du weißt, desto besser.«

Ein tiefer Groll stieg in mir auf, als wäre der Marder in mir entfesselt. »Kannst du nicht einmal offen und ehrlich sein?!« Was war los mit diesen Männern? Der eine hatte seine Eifersucht nicht im Griff, der andere war zu verschlossen. Konnte ich nicht einem netten Normalen begegnen, einem, bei dem nicht alles unendlich kompliziert war?!

»Verbena, es tut mir leid ...« Er biss sich auf die Lippe, machte einen Schritt auf mich zu. »Glaub mir, ich bin jemand, mit dem du nichts zu tun haben willst! Leider. So gern ich es wäre, ich bin nicht die gute Partie, die Fria und du sich wünschen. In meinem Leben geht es nicht mehr um eine Ballnacht nach der anderen. Es geht darum, nicht auf dem Scheiterhaufen zu landen. Und mich hat niemand gefragt, ob ich das so haben will!«

Ich stieß ihn weg. »Und? Glaubst du, das macht für mich einen Unterschied? Dir fällt nicht einmal auf ...« Ach was, er wusste, was ich für ihn empfand, da war ich mir sicher.

Valerian suchte nach meinem Blick, fing ihn ein mit seinen warmen, braunen Augen. »Ich weiß ... und wie ich das weiß ...«

Er legte seine Hände an meine Wangen, seinen Kopf an den meinen. Sein Atem war heiß. Er berührte meine Stirn mit seinen Lippen, küsste sie.

Leise, ich hörte ihn kaum, sagte er: »Du weißt ja gar nicht, wie sehr ich mich nach dir verzehre.« Damit schlang er seine Arme um mich, hielt mich fest. Endlich.

Ich konnte die Tränen nicht mehr halten.

Er wischte sie weg, zärtlich, und drückte mich nur noch inniger. Umschlungen standen wir im Wald, wollten nie wieder loslassen, das Band, das es schon lange zwischen uns gab, nur noch enger verweben.

Ich brauchte ihn. Er war mein Anker.

Und er brauchte mich. Ohne meine Augen war er verloren.

»Sag mir, was los ist, bitte ...«

Einige Zeit überlegte er, dann setzte er an: »In Kronenburg ...

mein Meister. Er hat mir einen letzten Auftrag gegeben ... ich muss den Baron zu Hellenfels finden. Nur mit seiner Unterstützung kann es gelingen, die alte Ordnung wiederherzustellen.«

Und jetzt verlangte er, dass ich ihn gehen ließ? Kaum, dass wir zueinander gefunden hatten? Das brachte ich nicht übers Herz. »Ich komme mit!«, sagte ich noch einmal. Immerhin betraf mich das ja auch.

Er schüttelte den Kopf, strich mir über das Haar. »Denk an Alraune.«

Tief in mir wusste ich, dass er recht hatte, es nur eine Möglichkeit gab. Ich musste ihn ziehen lassen – um seinet- und um unseretwillen – auch wenn es mich zerriss.

Ihm blieben nur noch wenige Stunden. Morgen früh würde Korvinus nach ihm suchen. Hand in Hand gingen wir zurück zur Heilerei, setzten einen Schritt nach dem anderen in eine Zukunft, die wir beide nicht wollten.

Durch den Wald würde er es nicht schaffen. »In der Früh fährt eine Postkutsche, allerdings nach Kronenburg, glaube ich.«

Valerian schüttelte den Kopf. »Ich muss in die andere Richtung.«

»Die nach Fernau kommt, wenn ich mich recht erinnere, erst in zwei Tagen vorbei.«

»Verdammt! Aber das ist sowieso viel zu riskant ...«

»Wie willst du es denn sonst machen?«

Er schnaubte. »Ich weiß nicht ... einem Krüppel wie mir bleibt wahrscheinlich nur, kutschiert zu werden. Ich wünschte, ich hätte auch einen Begleiter, ein Tier wie Malve, durch dessen Augen ich sehen könnte.«

Wie vom Blitz getroffen blieb ich stehen. »Die Drachenzahn-Essenz!«

»Das Zeug, das ihr im Wald versteckt habt ...?«

Ich lachte. »Habe mir damals schon gedacht, dass du viel zu viel mitbekommst.«

Er tat entrüstet.

»Jedenfalls, hör zu! Am Abend, bevor ich Malve gefunden habe, hat mir Alraune diese Essenz zum ersten Mal gezeigt. Danach hat sie gemeint, dass meine Verbindung zu Malve vielleicht eine Nachwirkung davon war.«

»Das glaube ich nicht. Begabungen hat man, oder eben nicht.«

»Einen Versuch ist es wert, oder?«

Er nickte. »Wenn du denkst, du kannst mir auf diese Weise einen kleinen Führer verschaffen. Warum nicht.«

»Schade ist nur, dass du den Rest nicht wahrnehmen wirst.« Ich zeigte ihm meine Erinnerung – wie schön es gewesen war, das Leben fließen zu sehen.

»Meine Güte, Verbena! Tollkirschen und Bilsenkraut sind harmlos dagegen …«

Ich sah ihn verwundert an. Woher kannte er sich damit aus?

»He!«, sagte er mit gespielter Entrüstung, »ich habe die letzten anderthalb Monde in einer Heilerei gelebt.«

Ich führte Valerian an unserem Haus vorbei und hinter dem Weiher in den Wald. Vor der hohlen Wurzel eines alten Baums kniete ich mich nieder und streckte meinen Arm tief in das morsche Holz. Mit den Fingerspitzen ertastete ich das Tongefäß. Nie im Leben würden es die Hüter hier finden.

Als ich wieder neben Valerian stand, hob ich den Deckel und hielt ihm das Gefäß vor das Gesicht.

»Hui.« Er rieb sich die Nase. »Riechen reicht schon für so einen Rausch?«

Ich kicherte. »Nein, aber ein Tropfen. Mund auf!«

Auch ich nahm mir einen und versteckte das Gefäß wieder im Baum.

»Und jetzt?«

»Jetzt warten wir.«

Ich ließ mich am Ufer des Weihers nieder, bedeutete ihm, sich neben mich zu setzen. Beinahe Vollmond. Der kleine Wasserfall glitzerte in seinem Licht.

Valerian wanderte unruhig auf und ab. »Was, wenn es bei mir nicht gelingt? Ich muss weg! Zum Henker, kann ich nichts mehr allein machen?!«

Ich stand wieder auf, schloss ihn in meine Arme, wollte ihn nie und nimmer gehen lassen.

Er muss! Es geht nicht anders!, sagte ich mir immer wieder. Und doch sah ich mich schon mit ihm durch den Wald wandern. Es wäre so einfach, vor allem, wenn er eine kundige Kräuterheilerin dabeihatte, die wusste, was man essen konnte und was nicht.

»Wie wäre es damit? Ein Versteck im Wald für morgen – bis Korvinus weg ist? Danach bringe ich dich nach Engernstein. Das ist die nächste Postkutschenstation Richtung Fernau.«

Valerian nickte, zufrieden war er nicht. »Dann musst du Korvinus sagen, dass du mich in die Kutsche nach Kronenburg gesetzt hast. Darf ich ein paar Teile von Rikards Gewändern mitnehmen?«

»Alraune wird es verkraften.«

Leise schloss ich die Tür der Heilerei auf und lugte in die Stube. War Alraune schon zu Hause?

Zu dumm. Sie lag auf ihrer Bank und schnarchte leise.

»Gemeinsam sind wir zu laut. Warte lieber hier, ich packe für dich«, flüsterte ich Valerian zu.

Auf Zehenspitzen tastete ich mich an Alraune vorbei durch die Stube. Bei jedem Schritt knarzte die alte Treppe. Oben steckte ich einige von Rikards Sachen in einen Rucksack. Aber Valerian würde nicht nur Kleidung brauchen ...

Alraune drehte und wendete sich, als ich die Treppe wieder hinunter schlich. Ich trat besonders langsam auf jede Stufe, wartete, bis sie tiefer schlief.

»Was ist denn los hier? Kannst du nicht endlich leise sein?«, fuhr sie mich an.

»Entschuldige, bin gleich weg. Schlaf weiter!«, flüsterte ich und lief Richtung Küche.

Murrend zog sie sich die Decke über den Kopf.

Es war stockdunkel. Der Laden des Fensters war verriegelt. Wenigstens wusste ich genau, wo in der Speisekammer alles stand. Ich tastete die Regale ab, hoffte inständig, dass nichts hinunterfiel. Alraune schlief schließlich auf der anderen Seite dieser Wand. So fühlte sich Valerian also, wenn niemand in seiner Nähe war. Wie konnte er nur von mir erwarten, dass ich ihn allein ziehen ließ?

Ich fand Brot, Käse und Dörrfleisch und steckte alles in seine Tasche. Verloren stand ich in der Küche.

Schon wieder liefen mir die Tränen über die Wangen. Valerian gleich den Rucksack zu übergeben, schien so endgültig. Für diesen Abschied war ich nicht bereit.

Leise öffnete ich die Küchentür, hoffte inständig, dass Alraune wieder schlief, denn jetzt kam der schwierigste Teil ... Kronen aus einer der Laden unter der Stiege zu holen. Ich tastete nach dem kleinen Eisenring und zog die Schublade Zoll um Zoll heraus, so dass die Münzen darin nicht klirrten.

Das schlechte Gewissen nagte an mir. In meinem eigenen Haus kam ich mir vor wie eine Einbrecherin. Eigentlich war ich es auch und fürchtete mich jetzt schon vor dem Morgen, wenn ich Alraune all das beichten musste.

Erst eine gefühlte Ewigkeit später stand die Lade so weit offen, dass meine Hand hineinpasste. Einzeln angelte ich eine Münze nach der anderen heraus und ließ sie im Rucksack verschwinden.

Als ich mich zur Tür wandte, glitzerten kleine Lichtpunkte in den Ecken der Stube. Spinnen, die mir sonst nie aufgefallen wären. Ah, es war so weit! Die Drachenzahn-Essenz!

Ich stellte den Rucksack unter die Bank vor der Tür. Ihn später zu übergeben, war noch früh genug.

»Es geht los, komm mit!«, raunte ich Valerian ins Ohr und zog ihn mit mir, über die Brücke und den Weg entlang in den Wald hinein.

»Wirkt es?«

»Und wie!« In den Baumstämmen rundum flimmerte es. Das Leben nahm seinen Lauf, schimmerte, brachte alles zum Erstrahlen.

»Verrückt …«, murmelte Valerian. Er ließ meine Wahrnehmung auf sich wirken.

Ich wandte mich ihm zu. Auch er strahlte, stand leuchtend vor mir. »Darf ich?«

»Darfst du was?«

»Sehen, ob alles gut verheilt ist?«

Er räusperte sich, hob die Schultern.

Der Bruch seiner Rippen war kaum mehr zu sehen. Auch seine Nase schien völlig verheilt. Nur – ich ging um ihn herum – in seinem Hinterkopf, dort, wo es nach dem Unfall so geleuchtet hatte, war es dunkel.

»Was bedeutet das?«, fragte er.

»Weiß nicht … deine Augen scheinen in Ordnung. Ich verstehe nicht, warum du blind bist. Hast du hier hinten noch Kopfschmerzen?«

»Selten.«

Wir gingen weiter den Weg entlang.

»Was für ein Tier hättest du denn gern?«

»Ein kleines, das nicht auffällt.«

»Also keinen Bären oder ein Wildschwein?«

»Du machst Witze! Am besten eines, das ruhig auf der Schulter sitzt, eine Eule vielleicht?«

»Besonders unauffällig! Dann eher ein Käuzchen. Nein, das ist immer noch zu groß. Wie wäre es mit einem Käfer?«

Er verzog das Gesicht. »Nein danke!«

»Eine Taube! Die könntest du im Käfig herumtragen und es würde nicht auffallen.«

Valerian blieb stehen. Er drehte mich zu sich und suchte meinen Blick. »Ich ... ich muss dir danken! Für das hier und für alles, was du im letzten Mond für mich getan hast. Ohne dich ...« Er schluckte. »Du bist mein Licht!«

Meine Wangen prickelten, wohlige Wärme erfüllte mich.

Von einem Moment zum nächsten atmete er scharf ein und ein Grinsen breitete sich auf seinem Gesicht aus. Wie bei einem Trunkenen, der gerade ein höheres Stadium der Seligkeit erreicht hatte. Einer, für dessen fünf Sinne eine neue Pforte aufging. Er drückte mich weg von sich, tat einige Schritte nach hinten.

»Bleib«, sagte er und bedeutete mir, nicht nachzukommen. Dann drehte er sich langsam im Kreis, so als ob er die Bäume, die Sträucher, das Leben rundum betrachten würde.

»Kannst du es sehen?«

»Nicht sehen ... eher fühlen ... unbeschreiblich!«

Er wandte sich wieder mir zu. Seine Augen waren nicht direkt auf mich gerichtet, trotzdem war klar, dass er mich wahrnahm.

»Oh, Verbena ...!«

Ich sah an mir hinunter.

Natürlich, so musste es ja kommen. Die strahlend hellen Lebensbahnen brachten meinen Körper zum Leuchten. Wer rechnete schon damit, dass die Drachenzahn-Essenz bei einem Blinden derart wirken würde!? Er sah mich – durch mein Kleid hindurch ... ich stand vor ihm, wie Mavanja mich geschaffen hatte!

Schnell verdeckte ich Brust und Scham, lugte unsicher zu ihm hinüber.

Ihm schien aufzugehen, dass er mindestens genauso nackt vor

mir stand, und er bedeckte das Notwendigste. Seine Mundwinkel zuckten, bis er losprustete.

»Verstecken ist wohl eher sinnlos! Das Zeug ist großartig!«

Sein Lachen war so ansteckend, dass er mich einfach mitriss, wir beide auf der Lichtung standen und nicht mehr aufhören konnten.

»Das ist das beste Lächeln, das du mir schenken kannst!«, sagte er nach einer Weile und kam wieder näher. Er strich mir einen meiner Zöpfe aus dem Gesicht. »Wie schön du bist!«

Valerian zog mich an sich heran, hielt mich fest, beugte sich zu mir herunter. Ich ließ mich fallen in seinen Armen, wartete auf seine Lippen, die endlich die meinen berührten.

JOHANNISBEEREN UND STEINPILZE

Ich fühlte die Wärme um mich herum, kuschelte mich in das Kissen. Nur nicht die Augen öffnen. Um mich herum roch alles nach ihm. Noch einmal döste ich glückselig ein, in Valerians Armen – genau dort, wo ich hingehörte – und träumte vom Wald und all den fremden Plätzen, die wir gemeinsam erkunden würden.

Schlagartig erwachte ich, tastete um mich.

»Valerian?«

Wir waren doch zusammen eingeschlafen ...?

Mit einem Ruck setzte ich mich auf. Er war weg, sein Teil des Bettes schon kalt. Am Boden lag unsere Kleidung – mein Kleid und sein Hemd ... Es war kein Traum gewesen! Wir hatten diese Nacht gemeinsam verbracht, zuerst im Wald, dann hier.

Zog er sich gerade an, damit ich ihn in den Wald bringen konnte?

Da erfasste mich ein Gedanke, ließ mich schaudern.

War es zu spät?

War Korvinus schon hier?

Ich stürzte zum Fenster, stolperte über irgendetwas, riss die Läden auf.

Nein. Es dämmerte gerade einmal.

Die Zehe reibend, fiel mein Blick auf das Kräuterbuch. Darüber war ich gestolpert! Was tat es hier, aufgeschlagen, am Boden meiner Kammer? Gestern hatte es noch auf dem Tisch in der Heilerei gelegen.

Ich hob es hoch, starrte auf die Seite vor mir.

Ein Brief.

Geschwungene Buchstaben, manche Zeilen über andere geschrieben.

Valerian ... er hatte das verfasst ... blind!

Ich ließ das Buch sinken, konnte mir denken, was darin stand. Zitternd sah ich zur Decke hinauf, versuchte die Tränen zurückzuhalten.

Er war weg, unwiederbringlich. Ich brauchte nicht hinunter zu laufen, nach ihm zu suchen. Er war aufgebrochen, ohne mich.

Zum Henker, der Schuft!

Wir hatten doch ... wie konnte er nur!

Taub vor Erschütterung sank ich auf den Rand des Bettes, legte das Buch auf meinen Schoß, wagte nicht, die Zeilen zu überfliegen. Nicht einmal verabschiedet hatte er sich. Nach dieser Nacht! Ich berührte meine Lippen. Noch immer spürte ich seinen Kuss, fühlte seine Umarmung. Waren diese Worte das letzte, was mir von ihm blieb?

Ich kniff die Tränen aus den Augen, begann doch zu lesen.

Liebste Verbena,

vergib mir, dass ich mich davonschleiche! Nur so kann ich mich von dir losreißen. Weder Wildschwein noch Taube werden sich bei mir melden, das weiß ich. Darauf zu warten, wäre töricht. Und was, wenn unser Freund schon im Morgengrauen vor der Tür steht? Ich muss so schnell wie möglich fort! Jeder Schritt, den ich weiter entfernt bin, zählt.

Ich danke dir und Alraune für alles, was ihr für mich getan habt ~ bitte richte ihr das aus! Erst recht bedanke ich mich, dass du mir die Freiheit gezeigt hast. So kann ich es allein schaffen. Verzeiht mir, dass ich die Essenz ‚ausleihe'. Das ist normalerweise nicht meine Art und ich hoffe, dass ich diese Schuld irgendwann begleichen kann.

Mir wurde heiß und kalt zugleich. Die Drachenzahn-Essenz! Ich hatte doch erwähnt, dass dies Alraunes größter Schatz war ...

Durch deine Augen zu sehen, hat meinem Leben neuen Sinn gegeben. Es zerreißt mich, dass ich dich zurücklassen muss. Doch wenn dir wegen mir etwas zustieße, könnte ich mir das nicht verzeihen. Ich wünschte, die Zeiten wären andere. Genau deshalb muss ich zumindest versuchen, die Dinge wieder ins Reine zu bringen. Unter deinem Polster liegt etwas für dich!

In Liebe,
dein Valerian

P.S.: Verbrenne diese Seite, sobald du sie gelesen hast! Tut mir leid um dein Buch!!

Ich fuhr mit der Hand unter mein Kopfkissen.

Tatsächlich, da lag etwas!

Heraus zog ich eine kleine Scheibe Holz, bräunlich und stark gemasert. Die glatte Oberfläche schmeichelte meinen Fingern. Es war das Ebereschenholz, da war ich mir sicher. Auf einer Seite war ein Relief – ein Anker ...

Valerian hatte mir diesen Anhänger geschnitzt!

Ich umschloss ihn mit der Hand, legte ihn an die Brust, nahe zu meinem Herzen. Schon wieder liefen mir die Tränen über die Wangen.

Traute er mir die Flucht mit ihm nicht zu? War ich für ihn auch nur die »Kleine«, die um Mavanja willen beschützt werden musste? Gemeinsam waren wir doch viel stärker. Warum sah er das nicht? Wenn er sich unbedingt durch den Wald schlagen wollte, dann mit einer erfahrenen Kräuterheilerin!

Ich wischte mir die Tränen ab und setzte mich auf. Wenn er es nicht glaubte, würde ich es ihm beweisen – dann, wenn die Sache mit Korvinus erledigt und Alraune in Sicherheit war. Schließlich wusste ich, wohin Valerian ging, und ich hatte Zeit bis übermorgen früh, ihn einzuholen!

Unten klapperte es in der Küche. Alraune war aufgestanden.

Wie nur sollte ich ihr alles erklären? Reichte es zu sagen, dass ich Valerian in der Nacht zur Postkutschenstation gebracht hatte? Je weniger Leute von den näheren Umständen wussten, umso besser, oder? Herrje, jetzt dachte ich schon wie er!

Aber, egal was ich sagte, Alraune würde in die Luft gehen ...

Mit dem Kräutermesser von meinem Gürtel schnitt ich vorsichtig den Brief aus dem Buch, fühlte über den abgetrennten Stumpf der Seite. Noch so eine Narbe, die nur wegen der Hüterhetze entstanden war. Um den Brief selbst war es nicht schade, redete ich mir ein. Sollte er doch brennen in den lodernden Flammen des frisch angeheizten Ofens.

Ich blätterte im Buch nach hinten bis zur letzten Seite, betrachtete die Zeichnung, die Valerian von unserem Spiegelbild gefertigt hatte. Meine Finger glitten über das Papier. Die Zeichnung zerfloss vor meinen Augen in verschwommene Tintenkleckse. Ich schniefte, wischte mir die Tränen von den Wangen. War es besser, sich auch davon zu trennen?

Nein ... das war zu viel verlangt. Ich klappte das Buch zu und schob es unter mein Bett. Mit einem Knoten im Magen ging ich hinunter in die Stube.

Alraune stand neben dem Tisch, sah zu mir herauf. Tiefe Augenringe zierten ihr Gesicht. Trotzdem starrte sie mich grimmig an.

»Er ist weg, stimmt's?«, sagte sie.

Ich nickte stumm, kam zögernd die Treppe herunter.

»Verabschieden wäre zu viel verlangt gewesen?«

»Er ... er musste ... so schnell wie möglich! Ich soll dir sagen, dass er sich aufrichtig bei dir bedankt, für alles.«

Sah sie mir an, wie verheult ich war?

»Ist das so? Warum musste er weg?«

»Weil, weil ...« Diesmal war ich die, die alle Türen und Fenster schloss. »Weil Korvinus kommt!«

Selbst im Dunkeln sah ich, wie ihre Augenbrauen nach oben gingen.

»Setz dich! Erzähl mir alles.«

Und ich erzählte, und erzählte, war so froh, es mir von der Seele zu reden. Nur, dass ich vorhatte, ihm zu folgen, das erwähnte ich nicht – noch nicht.

»Habe ich dir nicht gesagt, du sollst die Finger von ihm lassen? War doch klar, dass das so kommt.« Sie schnalzte mit der Zunge, fuhr jedoch nicht fort.

Zaghaft sah ich zu ihr auf. Wo blieb das Donnerwetter? »Zürnst du gar nicht wegen der Drachenzahn-Essenz?« Nie wieder würden wir einen Drachen jagen können. Umso wichtiger war es, Valerian zu folgen!

Alraune winkte ab. »Dann schafft er es wenigstens zu fliehen.

Mavanja sei mit ihm! Aber das ist jetzt nicht so wichtig ...« Sie klopfte mit ihrem Fingernagel an die Teetasse, die schon längst kalt geworden war. »Um Korvinus müssen wir uns kümmern.« Sie stand auf, deutete mit dem Kopf zur Tür. »Gehen wir!«

Wovon sprach sie? Verwirrt blieb ich sitzen, sah ihr nach.

»Wenn du deinen Kopf behalten willst, dann komm! Es wird schwierig genug, Korvinus zu erklären, dass Valerian nicht mehr da ist.«

Alraune lief durch das Dorf und ich ihr hinterher. Der Platz um die drei Linden glich einem Schlachtfeld. Noch war niemand aufgestanden, um die Reste des gestrigen Festes wegzuräumen. Die Dörfler schliefen ihren Rausch aus. Nur unter der einen oder anderen Bank regten sich einige Liegengebliebene.

Alraune schnaubte und stapfte weiter, bog auf die Landstraße ein. Die Postkutsche Richtung Kronenburg fuhr gerade los. Wir folgten ihr, sahen sie bald in der Ferne verschwinden. Gut, dass Valerian nicht wirklich darin saß.

Auf halbem Weg nach Seggensee tauchten sie auf – Korvinus und seine Hüter – und donnerten auf ihren mächtigen Schlachtrössern heran.

Sofort stieg seine stumme Drohung von gestern in mir auf.

Ich krieg dich noch!

Hoch und heilig schwor ich mir, heute nicht den Fehler zu begehen, seinen Blick zu erwidern.

Alraune zischte: »Lass mich reden!«

Sie senkte den Kopf, hob aber einen Arm und winkte zaghaft den Hütern, stehen zu bleiben. »Seid gegrüßt, Euer Hochgeboren! Wie gut, dass sich unsere Wege kreuzen.«

Korvinus zügelte sein Pferd, hielt so knapp vor uns, dass ich den heißen Atem seines Hengstes spürte. Vier Hüter stellten sich neben ihn, bildeten vor uns eine Mauer, drängten uns fast von der Straße.

»Alraune, sieh an, sieh an ... was tut sie hier?«

»Euer Hochgeboren, wir wollen melden. Der Verletzte erinnert sich!«

»Der Narr? Wie zweckdienlich! Wo ist er? Er möge vorsprechen.«

»Euer Hochgeboren, der Verletzte glaubt, sich an nur einen Mann zu erinnern, einen mit üblem Gestank!«

»Beantworte sie gefälligst meine Frage! Wo ist er?«, bellte Korvinus vom Pferd herunter, so dass ich mich hinter Alraunes Rücken verstecken wollte.

»Euer Hochgeboren, er ist genesen, bis auf sein Augenlicht wohlgemerkt. Es gab keinen Grund, ihn länger zu versorgen. Wir haben ihn in die Obhut seiner Familie entlassen.«

Mutter des Lebens! Gewählter hätte Alraune sich nicht ausdrücken können. Sie hatte meine neidlose Anerkennung.

»Wie? Will sie mir sagen, er ist weg ...?«, zischte Korvinus.

»Euer Hochgeboren, wir haben ihn heute Morgen in die Postkutsche gesetzt.«

»Nach Kronenburg?«

»Die, die gerade vorbeigefahren ist?«, meldete sich einer der anderen zu Wort. Diese Stimme kannte ich. Meine Kopfhaut schmerzte gleich wieder bei der Erinnerung an seinen Griff. Aurelio.

Alraune nickte.

Korvinus warf Aurelio die Zügel zu und stieg ab. Wie eine Raubkatze kam er auf uns zu. »Ihr habt ihn einfach gehen lassen?«, brüllte er uns an.

»Der feine Herr wollte nach Hause«, sagte Alraune.

Wie gelang ihr bloß, so ruhig zu bleiben?

»Wir können die Kutsche sicher noch einholen ...«, schlug Aurelio vor.

Bloß das nicht! Wenn sie entdeckten, dass ...

Korvinus ließ grollende Laute des Unmuts hören. Offenbar schwankte er, was zu tun sei.

Ich starrte auf seine Stiefel, seine glänzenden schwarzen Stiefel. Worauf wartete er? Warum gab er nicht gleich den Befehl?

Doch dann hatte er sich entschieden. »Es ist wichtiger, die abgängigen Kutschen zu finden.« Damit drängte er Alraune auf die Seite und stand plötzlich vor mir. »Die Kleine hier hat doch sicher viel Zeit mit dem Narren verbracht ...« Er packte mich am Kragen, hob mich an, so dass seine spitze Nase genau vor meiner war. »Sage sie mir, was sie vom Überfall weiß!«

Seine Augen suchten in den meinen, suchten nach einer Wahrheit, nach einem kleinen Detail, das ihm weiterhelfen konnte. Es war kein Befehl, eher eine Bitte. Hinter der Eiseskälte flackerte noch eine andere Regung. Kaum zu glauben. Er war in Sorge ... um seinen Bruder. Selbst sein Vater hatte ihm das nicht recht abgenommen und ihn beschimpft, er benutze Ulriks Verschwinden für seine Hetze. Wer hätte gedacht, dass doch ein Funken Menschlichkeit in ihm steckte.

»Euer Hochgeboren ...«, stammelte ich, »... er sagte, es war nur ein Mann, ein Einsiedler mit grauenhaftem Geruch. Er kam aus dem Nebel, bei der Schlucht, hatte wohl einen Stab als Waffe, den Wunden nach zu schließen.«

Schmallippig nickte Korvinus, ließ mich fallen.

»Männer, es ist Zeit für eine Treibjagd! Holt die Landsknechte und die Leute aus den Dörfern, die Weiber auch, wir gehen in den Wald!«

TREIBJAGD

Hatten wir nicht unsere Pflicht getan? Warum ließ Korvinus uns nicht gehen?

Bevor er davongeritten war, hatte er Befehl gegeben, dass wir mitkommen sollten. Zur Nebelschlucht. Der letzte Ort, an den es mich gerade zog! Ich musste in die andere Richtung, Valerian finden. Wenn ich jetzt packte und losging, könnte ich ihn noch einholen.

Aurelio ließ uns nicht aus den Augen. Auf dem Weg durch Seggensee sammelten die Hüter wahllos ein, wen sie zu fassen bekamen, und trieben die beständig wachsende Schar hoch zu Ross zur Nebelschlucht. Mein Magen knurrte, aber dieser Feldzug hier würde wohl den ganzen Tag dauern.

Als es nahe der Schlucht zu stinken begann, hielt Aurelio seinen Tross an. Hätte ihm das nicht schon ein Stück weiter hinten einfallen können? Nun standen wir auf der Landstraße, hielten uns die Ärmel vors Gesicht und warteten, bis die Spelzendorfer und Seine Hochgeboren mit den Landsknechten endlich aufschlossen. Wütend stieß ich einen Stein von der Straße ins Gebüsch.

Endlich wankten die Spelzendorfer heran, waren wohl aus dem Schlaf gerissen worden nach der gestrigen langen Nacht. Auch Finn hinkte mit ihnen daher, Bogen und Köcher über der Schulter.

Ich wandte meinen Blick ab, suchte Fria in der Menge. Sie ging neben Adelind, sah alles andere als frisch aus.

»Ho, Verbena!«, gähnte sie. »Du hast echt noch was verpasst gestern!«

Adelind nickte zustimmend.

Kurz neidete ich ihnen ihr normales Leben. Aber wenn ich es bedachte, meine letzte Nacht ... Valerian und ich...

Mutter des Lebens! Hoffentlich waren sie noch zu unausgeschlafen und bemerkten mein Grinsen nicht – wie heiß mir wurde, wenn ich nur daran dachte. Zu gern hätte ich alles erzählt, doch ich biss mir auf die Zunge. Gleichzeitig schwappte eine Woge der Wehmut über mich.

Ich würde gehen, Valerian folgen, heute noch. Sie alle zurücklassen. Nicht einmal verabschieden würde ich mich können.

Eine Hundeschnauze roch an meiner Hand.

Moment ... den kannte ich! War das nicht der Jagdhund des Barons?

Schon lief er weiter, frei. Dahinter zog eine bellende Hundemeute an uns vorbei. Die Tiere rissen so stark an den Leinen, dass ihre Führer sie kaum halten konnten. Korvinus meinte es wohl ernst mit der Treibjagd. Er stieg vom Pferd und gab Aurelio ein Handzeichen.

»Aufstellung!«, brüllte dieser.

Die Hüter stellten uns mit jeweils mehreren Schritten Abstand in einer langen Reihe am Waldrand auf. Ich stand zwischen Fria und Alraune, doch wir waren zu weit weg voneinander, um uns zu unterhalten. Daneben schlossen Hederich und die Jäger an. Die Enden der Kette waren nicht zu erkennen. Eines verschwand im Nebel, das andere hinter einer Biegung der Landstraße.

Der Hund des Barons lief die lange Reihe an Menschen entlang, schnüffelte hier und dort. Alraune begrüßte er schwanzwedelnd und lief dann voran durch die Büsche.

»Los!«, rief Korvinus hinter uns. Wie ein Echo wiederholten die anderen Hüter seinen Befehl. Von links und rechts ertönten ihre Rufe. Als Erstes schritten die Hundeführer aus, dahinter setzte sich die Menschenkette in Bewegung. Die Böschung hoch ging es in den Wald hinein.

Ich warf einen Seitenblick zu Alraune. Ob sie das noch schaffte?

Hederich streckte ihr von oben die Hand entgegen.

»So gebrechlich bin ich auch wieder nicht, du alter Sack!«, schnauzte sie und stieg allein hinauf, was ihm ein schallendes Lachen entrang.

Draußen auf der Straße hatte die Sonne den Nebel größtenteils weggebrannt, doch hier, zwischen den Bäumen, waberten die Schwaden, ließen die Konturen verschwimmen. Wir suchten nach dem Mann, der Valerian so übel zugerichtet hatte. Hatte dieser Mann auch die Kutschen auf dem Gewissen? Selbst die von Ulrik, die wahrscheinlich mit Geleitschutz unterwegs gewesen war? Wie konnte das sein? Ein einzelner Mann war doch nicht in der Lage, sie einfach verschwinden zu lassen. Dafür musste es eine andere Erklärung geben. War er Teil einer organisierten Räuberbande? Würden wir auch dieser hier im Wald begegnen? Mich fröstelte trotz der unnatürlich warmen Luft.

Den Weg den Hang hinauf behinderten Äste und Unterholz. Meine Arme und Beine waren jetzt schon zerkratzt und würden sicher noch mehr abgekommen. Der Nebel wurde dichter. Vor uns schnauften und knurrten die Hunde.

Ich konnte nicht viel mehr ausmachen als die nächsten Schritte. Alraune und Fria waren immer noch neben mir, auch wenn ich sie kaum sah, nur das Knacken der Äste unter ihren Schritten hörte, während wir uns durch den Wald kämpften. Das Gelände wurde unwegsamer. Ich stützte mich an Baumstämmen ab, um die Steigung zu überwinden, kletterte über Felsplatten, die nackt aus dem Waldboden schauten, sprang über klaffende Spalten, hütete mich, an Wurzeln hängenzubleiben. Sorgen machte mir Alraune. Ich horchte, ob sie nicht abrutschte. Hederich bot ihr immer wieder Hilfe an, doch sie wies ihn nur schroff zurück.

Irgendwann lichtete sich der Nebel. Wir hatten das obere Ende der Schlucht erreicht. Erleichtert sah ich zu Fria hinüber. Schmallippig stapfte sie voran, fragte sich sicher genauso wie ich, was wir hier eigentlich taten.

Da schlug einer der Hunde an, dann bellte ein zweiter und bald die ganze Meute. Hatten sie etwas gefunden? Durch die Bäume vor uns war noch nichts zu erkennen.

Ich ging schneller, kletterte ein steiles Stück hinauf.

»Bleibt fern von mir!«, schrie jemand durch das Hundegebell.

Fria sah mich mit großen Augen an. Beide legten wir einen Zahn zu.

Oben wurde es flacher und es breitete sich eine moosige Lichtung aus, an deren Ende sich eine Felswand erhob.

Aurelio stand dort, mit ihm noch ein anderer Hüter. Ihre Hunde rissen wie verrückt an den Leinen. Dahinter sammelten sich die Landsknechte, kreisten die Gruppe ein.

Korvinus eilte an mir vorbei.

Immer mehr Leute kamen, bildeten eine undurchdringliche Mauer.

»Bleibt fern!« Noch einmal die raue Stimme.

Erst jetzt sah ich den dürren Mann. Er stand gegen die Felswand gepresst, streckte die Hände vor sich.

»Ergreift ihn!«, befahl Korvinus.

Die beiden Hüter stürmten vor.

»NICHT!«

Der Einsiedler stieß einen gellenden Schrei aus, hielt seinen Kopf fest.

Wie durch eine Welle wurden Männer und Hunde nach hinten geschleudert, blieben regungslos auf der Wiese liegen.

»Mutter des Lebens!« Alraune rannte los.

»Nein!«, schrie ich, wollte sie zurückhalten.

Ein Pfeil sauste an mir vorbei, zwang mich innezuhalten, traf den Einsiedler.

Vor mir knarzte der Boden.

Die moosige Wiese brach ein und Alraune stürzte in eine Grube.

Gerade noch konnte ich mich am Rand halten.

Ich sah hinunter in das düstere Loch. Gestank schlug mir von unten entgegen. Eine unterirdische Behausung. Alraune lag auf gebrochenen Ästen, wimmerte.

Ich rutschte das eingestürzte Dach entlang zu ihr hinunter, kniete mich neben sie. Zwischen zusammengebissenen Zähnen presste sie hervor: »Blutet es?«

Nicht auf den ersten Blick.

»Wo?«, fragte ich panisch.

»Linkes Bein.«

Vorsichtig hob ich den Rock. Bei Escha! Ihr Bein lag eigenartig abgespreizt.

Ich griff nach ihrer Hand, schüttelte den Kopf.

Hederich tauchte neben mir auf. »Schlimm?«

»Oberschenkelbruch«, hauchte ich, stimmlos von dem, was gerade passiert war.

»Heilerin!«, verlangte Korvinus oben.

»Hier unten!«, rief Hederich hinauf. »Geh!« Er drängte mich aufzustehen.

Aber Alraune!

Korvinus Gesicht erschien am Rande des Lochs über uns. »Dann komme sie herauf. Sofort!«

»Du musst! Ich bleibe bei ihr«, sagte Hederich eindringlich.

Ich sah mich um. Hinaufklettern? Das ging nicht. Irgendwo gab es sicher einen Zugang. Wir waren in einer einfachen Behausung gelandet, einer ausgehobenen Grube, überdacht mit Ästen. Sie war so überwachsen mit Gras und Moos gewesen, dass die vollständige Tarnung für Alraune zur Falle geworden war. Ich schlüpfte unter das eingestürzte Dach.

Ein Lager aus Blättern am Boden, es stank erbärmlich, und jede Menge Truhen und Tand. Dahinter schien Licht von oben herein – der Ausgang.

Im Vorbeigehen stach mir etwas ins Auge. Ein Messer, in einer schön verzierten Scheide. Es lag auf einer der Truhen. Am Knauf drei Bäume ... Valerians Dolch?

»Wo bleibt sie?!?«

Schnell griff ich danach, steckte ihn mir hinten in den Gürtel, ließ meinen Umhang darüber fallen. Dann stieg ich die lehmigen Stufen hoch, durch den Ausgang hinaus.

»Na, endlich! Sehe sie sich die Verletzten an!«

Vor mir drängten sich die Leute um die, die da am Boden lagen. Man machte mir Platz.

Der Einsiedler saß an die Felswand gelehnt, als ob er friedlich schliefe, einen Pfeil in der Brust. Seltsam gekleidet war er unter seinem langen Bart, trug das Wams eines reichen Mannes. Diebesgut?

»Nicht den. Die unseren!«, schnauzte Korvinus.

Ich wandte mich um, geschockt. Vor mir lagen zwei Männer und zwei Hunde. Ich kniete mich neben sie. Blut rann aus ihren Augen und Ohren, keiner atmete. Aurelio. Zitternd streckte ich meine Hand aus, suchte nach seinem Puls, fand ihn nicht.

»Tot«, sagte ich und schloss die leeren Augen. »Es tut mir leid.«

Korvinus nickte und drehte sich um.

»Hört her, ihr Seggenseer und Spelzendorfer. Ihr alle wart Zeugen, habt gesehen, wie gefährlich die Begabten sind! Zwei aus unseren Reihen, treue Freunde und Hüter ersten Ranges, haben heute ihr Leben gegeben, nur um für eure Sicherheit zu sorgen ...«

Mein Blick ging noch einmal zum Einsiedler hinüber. Er hatte das getan, hatte diese Männer umgebracht – mit einem Schrei!?

Valerians Hinterkopf!

Zuerst leuchtend, dann leer ... er hatte wohl unendliches Glück gehabt, hätte genauso tot sein können. Nun war er blind, wegen eines anderen Begabten ...

Die Erkenntnis traf mich so hart, dass mir schummrig wurde.

Korvinus hatte recht gehabt. Es gab keine Räuberbande, es gab nur diesen Einsiedler, einen Begabten. Und die Hüter hatten ihre Berechtigung, mussten uns schützen vor Menschen wie ihm. Nur, was bedeutete das für Valerian und mich?

»... Danken wir Finn, dessen Hand nicht zitterte und nicht zagte. Sein Pfeil hat uns von diesem Abschaum befreit. Willkommen, junger Mann, in den Reihen der Hüter! Ich sehe Großes in deiner Zukunft!« Korvinus klopfte Finn auf die Schulter, nahm seinen Arm und reckte ihn in die Höhe. Jubelschreie und Klatschen von den Leuten. Mir verschlug es den Atem. Finn ein Hüter. Da hatten sich die Richtigen getroffen. Mir wurde übel. Ich konnte das nicht länger mitansehen.

Alraune! Ich musste zu ihr.

Hederich hatte sie auf seine Knie gebettet. Bei meinem Anblick öffnete sie den Mund:

»Du musst ...«

»Ich weiß«, unterbrach ich sie und versuchte, ihr beruhigend zuzulächeln. Ich brach einen der trockenen Äste und reichte ihr ein kurzes Stück.

Doch sie schüttelte den Kopf, biss die Zähne aufeinander.

Ich griff nach ihrem Bein, zog kräftig an, richtete den Bruch zumindest notdürftig ein.

Sie schrie, krallte ihre Finger in Hederichs Arme.

Als sie sich erholt hatte, trafen sich unsere Blicke. Sie nickte mir zu. Wir wussten beide, dass uns das Gleiche in der Heilerei noch einmal genauer bevorstand.

Korvinus und noch einer der Hüter zwängten sich herein, obwohl kaum Platz war unter dem eingestürzten Dach. Sie würdigten uns keines Blickes und begannen, die Truhen zu durchwühlen. Kleidung und Tücher flogen achtlos auf den Boden. Hin und wieder zeigte der Hüter Korvinus ausgewählte Stücke, doch dieser schüttelte jedes Mal noch missmutiger den Kopf. Suchten sie nach einem Hinweis, dass auch Ulrik ein Opfer des Einsiedlers war?

»Euer Hochgeboren, mit Verlaub, darf ich diese Tücher als Verband verwenden?«

»Störe sie mich nicht!«, fuhr er mich an, doch dann winkte er mir, sie zu nehmen.

Ich schnitt die Tücher in Bahnen, um den Bruch mit einem Ast zu schienen und Alraunes Beine aneinander zu binden.

»Ihr müsst eine Bahre bauen«, sagte ich zu Hederich.

Er nickte. »Geh vor in die Heilerei und richte alles her. Wir bringen Alraune zu dir, sobald ...« Mit einer Kopfbewegung deutete er auf die Hüter.

Zu Hause angekommen, stand ich in der Stube. Verloren, wie losgelöst von mir selbst. Es war so still. Keine Alraune, kein Valerian. Ich starrte die Treppe hinauf, sah mich hinauflaufen, um zu packen. Doch es war klar, dass ich nicht gehen konnte. Alraune brauchte mich. Es würde Monde dauern, bis der Bruch verheilt war. Meine Pflicht war, mich um sie zu kümmern.

Valerian.

Ich konnte ihm nicht folgen, musste ihn ziehen lassen.

Hinter mir drückte ich die Tür ins Schloss, rutschte den Rahmen hinunter zu Boden. Nun war ich die, die gefangen war, hier in diesem Haus. Ich griff nach dem Anker, der um meinen Hals hing.

Das Einzige von ihm, was mir blieb.

Ich zog die Beine an, umschlang sie mit den Armen, legte den Hinterkopf ans Holz. Meine Lippen bebten und ich schluchzte los.

Fordernd pochte es an der Tür, genau hinter mir. Statt am Holz hätte man ebenso gut gleich an meinem Schädel klopfen können.

Ich zuckte zusammen. Waren sie schon da?

Schnell wischte ich mir die Tränen aus den Augen, sprang auf und ließ den Anhänger unter meinem Kleid verschwinden.

Noch ein Klopfen.

Ich öffnete.

Finn!?

»Hast du Nachricht von Alraune?«, fuhr ich ihn an.

Er schüttelte den Kopf, sah an mir vorbei in die Stube hinein. »Wo ist er?«

Wer? Valerian?? Hatte Korvinus Finn geschickt?

»Weg. Hat dir das dein neuer Meister noch nicht gesagt?«

Er sah mich verwundert an. »Gestern war er noch da. Wo ist er hin?«

»Heute Morgen mit der Postkutsche nach Kronenburg gefahren. Bist du gekommen, um dich zu entschuldigen?«

Finn biss sich auf die Unterlippe. Er trat einen Schritt näher über die Schwelle, stand plötzlich viel zu nahe bei mir. »Sag ... ist er ein Begabter?«

Ich stockte.

»Was!? Wie kommst du denn darauf?«, fuhr ich ihn an.

»Weil ... so wie er Ludek verprügelt hat ...«

Mutter des Lebens! War Valerian zu weit gegangen?

Da war sie, die Kleinigkeit, die eine falsche Bewegung, die alles ins Rollen brachte ... Hatte Finn seinen Verdacht Korvinus schon erzählt? Konnte ich die Lawine noch aufhalten, bevor sie uns verschüttete?

»Hast du die Augenbinde übersehen? Er ist blind. Wie soll er euch verprügeln? Wenn ich mich recht erinnere, habt ihr angefangen!«

Finn zuckte mit den Schultern. Versonnen strich er über die verkrusteten Knöchel seiner Hand. »Eben, Blinde treffen nicht so genau. Außerdem, er hat es verdient!«

»Was redest du dir ein? Er hat versucht, sich vorn mit dem Stab gegen dich zu schützen, und hat versehentlich hinten damit ausgeschlagen. Was kann er dafür, dass Ludek genau dort steht?«

»War es das? Ein Versehen?? Ludek ist immer noch bedient, kann kaum gehen. Verbena, wenn Valerian ...«, er spuckte den Namen so richtig aus, »... ein Begabter ist, muss das untersucht werden!«

Meine Güte, so weit ging das mit seinem verletzten Stolz, noch dazu gepaart mit neuen Hüter-Allüren ...

In mir schnürte sich alles zusammen.

Was, wenn Finn nachforschte? Die Hüter in Kronenburg verständigte? Herausfand, dass »der Blinde« nie dort angekommen war?

Valerian, Alraune, mein eigenes Leben ... alles hing am seidenen Faden.

Ich musste Finn auf andere Gedanken bringen, ihn davon abhalten, weitere Erkundigungen einzuziehen. Mir graute vor den Worten, die auf meine Zunge krochen. Ich biss sie zurück. Und musste sie doch benutzen.

Ich trat näher an Finn heran, legte meine Hand auf seinen Arm, räusperte mich. Rau war meine Stimme und ich den Tränen nah. »Finn, du hast das alles ganz falsch verstanden. Da war nie etwas zwischen mir und ihm. Er hat mich nur getröstet, weil ich so traurig war, dass du ... dass du mich nicht mehr wolltest.«

ENDE DES ERSTEN TEILS

Verzeichnis der Personen und Guten Geister

Valerian — der Verletzte

⊶ Familie Ackerl ⊷

Verbena — angehende Heilerin
Alraune — Verbenas Ziehmutter und Lehrmeisterin
Rikard — Alraunes verstorbener Mann
Malve — Verbenas Marder

⊶ Familie von Seggensee ⊷

Roderik — Baron von Seggensee
Die alte Seggenseerin — Roderiks verstorbene Mutter Emilia
Korvinus — Roderiks ältester Sohn
Karlotta — Roderiks Tochter, Frau des Freiherrn von Fernau
Ulrik — Roderiks jüngster Sohn
Freiherr von Fernau — Karlottas Mann

⊶ Adel aus Kronenburg ⊷

Helleborus von Resede — Großmeister der Hüter
Amaryl von Liebhartsthal — König von Rohnland
Aurelio — ein Hüter, Korvinus' bester Freund

Dorfbewohner aus Spelzendorf und Seggensee

Fria — Verbenas beste Freundin, Schankmaid bei den Drei Linden
Finn — Verbenas Schwarm, ein Jäger
Ludek — Finns bester Freund, Sohn des Fleischers
Adelind — Freundin von Verbena, Bäckerstochter
Gunar — Spelzendorfer Jugendlicher
Henrik — Spelzendorfer Jugendlicher
Rolan — Spelzendorfer Jugendlicher
Levin — Spelzendorfer Jugendlicher

Wicke — Alraunes Freundin, Waschweib in der Burg Seggensee
Rosa — Alraunes Freundin, Bäckerin
Hederich — Jägermeister
Gunda — Alraunes Nachbarin, Jos' Frau, Bäuerin
Jos — Alraunes Nachbar, Gundas Mann, Bauer
Gerwin — alter, blinder Müllermeister
Pater Guntram — Spelzendorfer Tempelaufseher
Ingar — Bote des Barons
Sigurd — ein Holzfäller

Die guten Geister

Mavanja — Die Mutter des Lebens
Escha — Geist der Heilung
Alvar — Geist der Magie
Naran — Geist der Gerechtigkeit
Ingrun — Geist des Geheimnisses

DANK

Autorin zu sein, ist nicht so einsam, wie manche glauben, denn ohne die Unterstützung vieler lieber Leute wäre dieses Buch nicht rund geworden.

Viel Dank und viel Liebe gelten meinem Mann und meiner Tochter, die mir den Freiraum zugestehen, mich kreativ auszuleben, die aber auch wie geübte Heiler zur Stelle sind, wenn einer meiner Charaktere in ein Plotloch gefallen ist oder eine Szene Erste Hilfe braucht.

Christine, Julia und Sabine – unsere Kleeblatt-Treffen sind aus meinem Leben nicht mehr wegzudenken. Vielen Dank für das Mitfiebern mit Verbena, euer Zuhören und Lesen, die scharfsinnigen, schriftstellerischen Analysen und konstruktiven Vorschläge.

Danken möchte ich auch meinen Testlesern Tanja, Petra, Brian und Margot und möchte speziell Vicky und all die anderen vom Texthobel erwähnen, die über die Jahre hinweg Verbenas Geschichte begleitet haben.

Besonderer Dank gilt Julia und Klaus für die Unterstützung in Heilerbelangen und dem Kelli für die vielen Jahre der Inspiration sowie für das Knowhow, Finn und Ludek richtig zu vermöbeln.

Ich freue mich riesig, dass Verbena im Fabulus Verlag ihr Zuhause gefunden hat. Vielen Dank an Tanja Höfliger, dass diese Geschichte sie nicht mehr losließ, und an Joachim Güntner für das Lektorat.

Und zu guter Letzt, danke lieber Leser/liebe Leserin, dass du nicht nur dieses Buch zu Ende gelesen, sondern es auch noch durch die Danksagung bis hierher geschafft hast!

ÜBER DIE AUTORIN

Ruth Anne Byrne, geboren 1975 in Innsbruck, war Meeresbiologin und arbeitete mit Oktopussen und karibischen Riff-Kalmaren. Dann unterrichtete sie Ökologie und Evolution an einer amerikanischen Universität. Jetzt lebt sie mit Familie in Wien, betreibt Verhaltensforschung an humanen Zellen und schreibt spannende Geschichten für junge und jung gebliebene Leser. Beim multikulturellen Wiener Künstlerwettbewerb *Der Kunstreigen* belegte sie mit ihrem Kinderbuch »Voran, Schwestern!« den 1. Platz.

»Verbena. Hexenjagd« ist ihr erstes Buch bei Fabulus und Band 1 einer Trilogie um die junge, magisch begabte Heilerin Verbena. Als Band 2 und 3 werden folgen: »Verbena. Hexenflucht« und »Verbena. Hexenkampf«.

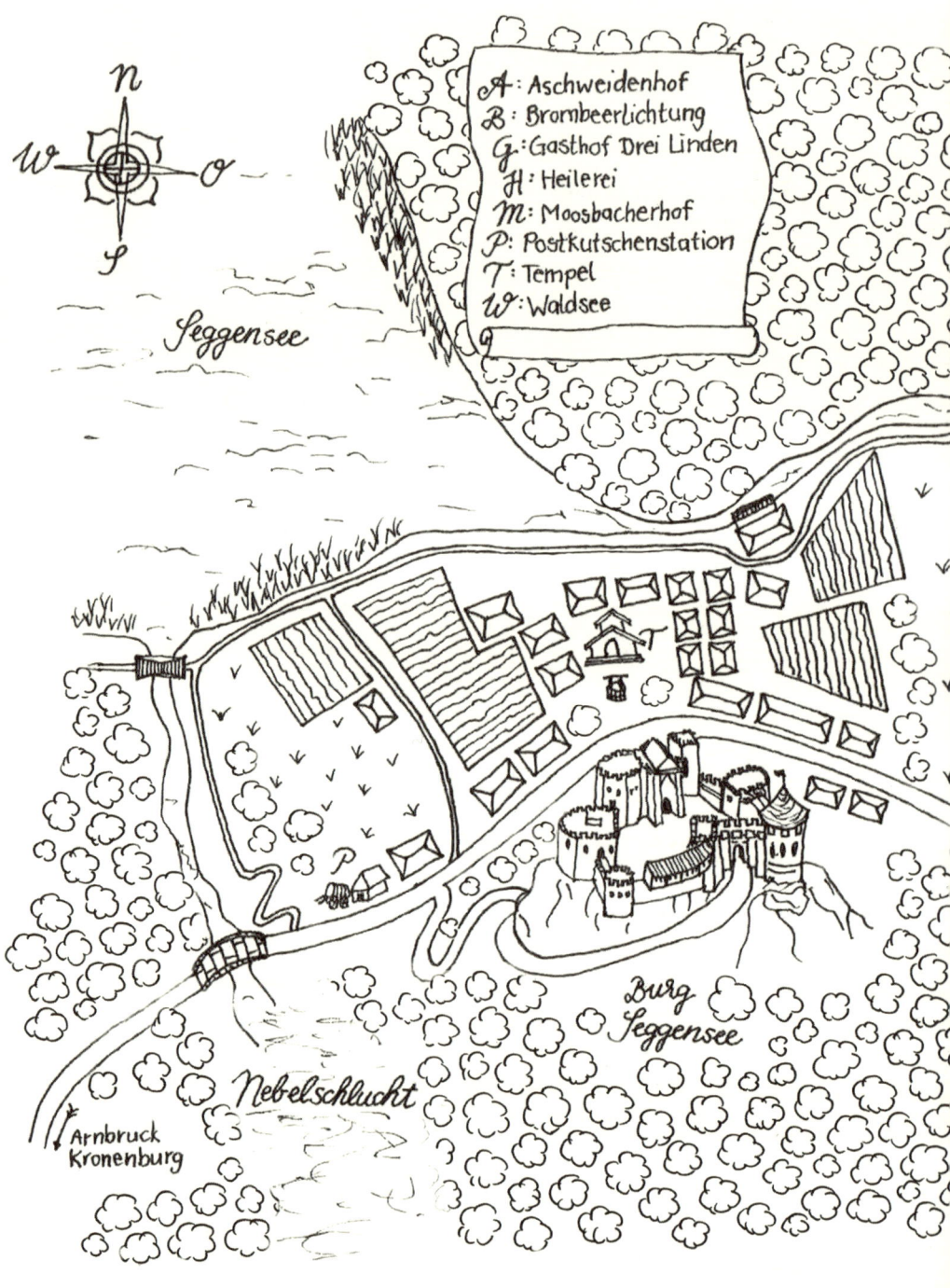

n · **W** · **O** · **S**

Seggensee

A : Aschweidenhof
B : Brombeerlichtung
G : Gasthof Drei Linden
H : Heilerei
M : Moosbacherhof
P : Postkutschenstation
T : Tempel
W : Waldsee

Burg
Seggensee

Nebelschlucht

Arnbruck
Kronenburg